卒業したら教室で

似鳥 鶏

上の先輩たちが学校を巣立っていく。てんな、しんみりとしたある日の放課後、秋野麻衣が、おずおずと相談にやってきた。鍵のかかった真っ暗なCAI室で、不可解なものを見たらしい。書道室や山岳部の部室などでも謎の人物の出現と消失があったという情報が寄せられ、卒業生によるとそれは「兼坂さん」という市立高校「八番目の七不思議」らしいが……。トリックメーカーである似鳥鶏が贈る、予測不能の〈市立高校シリーズ〉最新作。

卒業したら教室で

似鳥　鶏

創元推理文庫

MY CRUSH STILL LIVES IN A DIFFERENT WORLD

by

Kei Nitadori

2021

目　次

卒業したら教室で

もっと早くに気付いていればよかった。こんなにもあなたが好きだったことに。

第一章

瞳の黒を塗っていた筆を離し、目の色が決まらないな、と思う。この画のメインは迷うまでもなく中心にくるこのイノシシの顔面で、顔面の中のメインはどうしても両の目になる。だがその目に力がない。現実のイノシシの目は特に何の工夫もない、ガラス玉のような黒だ。だがその通りに塗ると目立たない。塗り重ねて立体感で圧を出そうとするとそこだけ「後から付けた」ように見えるしそもそも塗り重ねないのがこの画のコンセプトなのだ。では、と緑を混ぜてみたり白で「星」を入れてみたりしたら目立ったたし、分かりやすく力も出たのだが、これは漫画の技法であり、漫画的目立ち方をしたに過ぎない。頭の中に漫画の画が浮かぶ。イノシシのキャラというのはいただろうか。犬のキャラ、猫のキャラ、アザラシのキャラというのはいた。イノシシは。

それが必要ない思考であることに気付くまで一分ほどかかった。集中が切れていることが自覚できたので意識して息を吐き、背中を反らせて筆とパレットを置く。隣を見ると柳瀬(やなせ)さんが携帯の画面をじっと見ながらブツブツと呟(つぶや)いている。「エミーリア」という単語が入ったから外国が舞台の芝居を観ているのだろう。机に肘をつき、横向きにした携帯を持ったまま動かない。集中した横顔と頬にかかる黒髪。胸元のリボン。組んだ脚。傍(かたわ)らに置かれたバッグは凹み方からしてほとんど何も入っていないのだろう。もう三月なのだ。三年生は受験本番か、それが終わって天国かのどちらか。いや僕が通う某市立(いちりつ)高校は昔から浪人率が高く「市立四年制」などと言われていたらしいが、その名残なのか今でも浪人を選ぶ人がわりといて、その人たちにとっては地獄かもしれない。だが、いずれにしろ学校に用はないのだ。卒業式で盛り上がって「さよなら先輩！」みたいなシーンは市立(ウチ)でもあるが、現実には、三年生は部活を引退した夏休み明けあたりから徐々に存在がちらつきはじめ、だんだん消えていく。受験勉強のために学校を休むからだ。そのかわりに卒業後も消えきらず、わりとちょこちょこ現れる。

一方、元演劇部部長の柳瀬さんはここのところ、本来何の関係もない美術室によく来てくれている。一年前ぐらいまでは部員不足の演劇部に僕を勧誘し、ひとしきり口説いたら帰っていったのだが、今は特に何をするということもなく、こうして手ぶらで来て、制作をしている僕の横で携帯を出し、何やら舞台の映像を観て、時折話をする。

その横顔を見て思う。もうじき卒業式。この人も卒業してしまうのだ。そして来年は僕も。

「大抵の人間は身近な人の葬式に出ることで自分の死を意識する」という話を何かで読んだが、これはどうやら「卒業」にも当てはまるようだ。

僕の視線に気付いた柳瀬さんがこちらを向いて微笑(ほほえ)む。「どしたの？　またチューしたくなっちゃった？」

「いや、してないでしょ」この人はいつもこんな感じである。「集中してますね。舞台の映像ですか？」

「成田さんとかあわわさんとかのね。よその舞台に出た時のやつも観といた方がいいしね」

柳瀬さんは俳優の成田昭也とあわわけいこを「さん」付けで言った。その二人はテレビにも時折出るし、僕も名前は知っている。普通はフルネームで言うところだが、柳瀬さんにとってはすでに「自分のところの人」なのかもしれない。

市立は一応進学校ではあるが、偏差値に比して卒業生の進路は様々である。進学、浪人、留学、就職、弟子入り、放浪、家業を継ぐ人、すでに稼いでいるオンライン事業を本格化する人。進学先も防衛大学から専門学校まで幅広いが、柳瀬さんのように「劇団」というのはわりと珍しい。彼女は十一月のオーディションを（本人曰く）余裕で通過し、四月から老舗の有名劇団「清明座」の研修生になることが決まっていた。本格的に俳優の道に入るのだ。もちろん最低一年の研修を終えた後、選抜されないと正式な「団員」にはなれないらしいのだが。

「演技で参考になるっていうのももちろんなんだけど、配役決めるのも成田さんとかだから。自分の過去の舞台、ちゃんと観てくれてる人の方が話が合いやすいかもしれないしね」柳瀬さんはそこまで話してから声色を変える。「もしかして枕営業の心配してる？　心配要らないって。そんなものが通用するほど甘い業界じゃないんだから」

「いえ」しかしそれを聞いてわずかに安心している部分があることを自覚している。僕が心配してもどうしようもないことだし口出しする権利などないが、芸能関係のセクハラはよく話題にされるから心配で、柳瀬さんがそんな目に遭うなど考えるのも恐ろしい。

でも、と思う。大ざっぱな話だが、はっきりと感じる。柳瀬さんはもう「高校の人」ではないのだ。なんというか、この人はすでに外の社会を向いている。三年生はそうなのだ。夏休みで部活が終わった三年生は、学校に「外の空気」を持ってくる。予備校も模試も入試も大学見学もみんな学校の「外」なのだから、当然かもしれない。

「……なんか、すっかり『社会人』っぽいですね」

「まだ一応『高校生』だけどね」柳瀬さんは携帯の画面を消し、ブレザーの裾をつまむ。「わりと前からもう、制服も窮屈だしね」

僕が見ると柳瀬さんは「サイズの話じゃなくて。……太ってねーよ！」とつっこみを入れてきた。

「なんていうか、学校の制服っていうのはさ。要するに『子供だから手加減してください』っていう話なの。まあそれ以外に武器になったり変態ホイホイになったりいろいろあるんだけど。……そういうの、だんだん邪魔になってくるんだよね」柳瀬さんはそこまで言うと急に声色を変え、身をくねらせた。「でも、これ着てられるのもあと少しだと思うと、逆に今のうちになるべく着ていようとも思うの。だってほら。卒業しちゃったらもう葉山くんと学校でいちゃいちゃできないでしょ？　夕日が差す放課後の教室で見つめあってチューとか、図書室の奥で見つめあって廊下側奥の『海外文学』の棚に押しつけられてチューとか、マラソンの授業中に気分悪くなって倒れた葉山くんに保健室で付き添いつつ不意にチューとか、別館の非常階段の一番上の踊り場でいちゃいちゃしてたらお互い止まらなくなってそのままとか、そういうのがもうできないと思うと寂しくて」

「一つもないですけどね」場所の設定が生々しい。

柳瀬さんは「記憶違いかー……」と言ってそっぽを向き、少し間があいた。つっこんでおきながらその場面を想像し、鼓動が早くなっているのを自覚する。この人、どの程度本気で言っているのだろうか。90％からゼロまで可能性は幅広い。僕の脳内に常駐する「if自分シリーズ④ 軽い僕」が柳瀬さんに向かって「今からしてみますか？」と架空の声をかけ、慌てた「主自分」に首根っこを摑まれ引き戻される。慣れ親しんだ葛藤ではある。

美術室を眺めている柳瀬さんの横顔を見ながら、いや、でも、と思う。こうやっていつものようにからかわれて、慌てふためく内心を隠しつつつっこむことももう、ないわけである。「まあ、いざ去るとなると名残惜しくてね」柳瀬さんは入口の戸を指さした。「……ああいうのも、もうないでしょ？」

戸の方を見ると、細く開いた戸板の隙間からこちらを覗き込んでいるものがいる。一見するとホラーだが、覗き込んでいるのは吹奏楽部で同じクラスの秋野麻衣(あきのまい)だ。いいかげんつきあいも長いしもともと小鳥のように大人しい人だから、怖い要素は何もなかった。「秋野」

秋野は隙間のむこうからこちらを窺い、僕と柳瀬さんが同時に手招きするまで入ってこなかった。

「ごめん。邪魔だったかも、って……」

「いや、ないない」しかし頭の片隅に冷気めいたものが走る。こういう感じで秋野が訪ねてきた、となると。

柳瀬さんに座れ座れ、と手で促され、秋野はスクールバッグを守るように、というよりバッグにしがみつくように抱えて小さくなりながら椅子に腰掛けた。そんな犯人みたいな顔をしなくてもいいのに、と思うが、そういう性格なのだ。

「……あの、葉山くん」上目遣いでちらりと見てはすぐ視線を落とし、を繰り返しつつ、秋野は遠慮がちに言う。「……CAI室って、何か変な噂、知ってる?」

やはりそういう話か、と合点した。彼女自身に何ら責任はないのだが、僕の生活に事件めいたものが起こるきっかけはしばしば彼女を介してであり、秋野は「不吉なメッセンジャー」の役割を神様から命じられているかのようである。

「CAI室」要するにパソコンルームだ。怪談とは縁遠い場所に思えるし、柳瀬さんも首を振っている。とりあえず話の先を促す。「……何か出た?」

当然のようにこう訊くのはここが蘇我市立蘇我高等学校だからである。なにしろこの古い校舎には、開かずの間だの呪いの階段だの水を飲むと腹を壊す井戸だのがやたらと存在する（井戸の方は純粋にサルモネラ菌のせいだが）。ご多分に漏れず学校七不思議なるものも存在するわけだが、市立のすごいところは七不思議がすべて「実話」だという点である。ここ一年ちょっとの間に七不思議にちなんだ事件が揃い（つまり七件も!）、しかもそれら「事件」はすべて僕たちが関わって「解決」している。秋野だっていくつかは関わっているのだ。

だから彼女もすぐに頷く。「……先週の木曜なんだけど。夜、帰る時にね」

秋野は柳瀬さんにも許可を求めるように目配せし、彼女がゴゴ、と椅子を動かして身を乗り出したのを確認してから続けた。「二音（第二音楽室）に忘れ物して、取りに帰ったんだけど。そしたらCAI室から物音がして。……電気がついてなかったから、気になって見たんだけど」

秋野はいつも校舎が閉まるぎりぎりまで練習をしているから、時間的には午後六時前だろう。CAI室は真っ暗だっただろうな、と想像する。

「……部屋のね、前の方の端末をいじってる人がいたの」

「……電気をつけずに？」

秋野が頷く。「入口のドアに触ってみたけど、鍵もかけてた」

真っ暗でキーボードなど見えないはずだ。パソコン研究会の磯貝君あたりならブラインドタッチで可能だろうし、集中していて明かりをつけ忘れることはあるかもしれないが、それでもずっとキーボードが見えないままで操作できるものだろうか。それに磯貝君なら、秋野も知りあいのはずである。

「それがね」まだ終わりでない、と慌てて示す様子で、秋野は顔を上げた。「モニターの電源が入ってなかったの。なのにその人、真っ暗な画面に向かって手を動かしてて」

隣の柳瀬さんが、えっ、と漏らすのが聞こえた。

確かに、急に不審な話になった。暗いCAI室で一人だけ端末に向かう人間。脇目も振らず端末を操作している後ろ姿。だが画面は真っ暗。異常だ。

「……その人、生徒だった？　顔とかは見た？」

秋野は首を振る。「……ごめん。女子だったけど、何年生かは」

「いや、そりゃそうだって」

急いでフォローしつつ考える。暗くてひと気のない第二別館でそんなものを見せられたら、普通はすぐ逃げるだろう。

「気になったから、金曜の昼に行ってみたんだけど……そのときは誰もいなくて、端末も、別に何もなってなかったけど」

怖がりの彼女にしては勇気を出したと思う。あるいはこれまで、数々の事件に巻き込まれてきたせいで慣れているのだろうか。

頭にいくつか浮かんだ当たり前の質問はやめておいた。見間違いではないかとか、たまたま電源を切った直後だったのではないかとか、そういうものだ。これまで何度も「不吉なメッセンジャー」役をしてきた秋野は、自力で解決できずに僕に相談することを不甲斐なく思っているふしがあった。それにもかかわらず持ってきたということは、その程度のありふれた可能性は彼女自身ですでにすべて潰し、それでも分からなかったからだ。ＣＡＩ室の入口から端末の並ぶ机は「斜め前」になるから、モニターの電源がついていないのは見て分かるはずだし、座っている人の顔が見えず、リボンの色から学年が分からなかったのも無理はない。

「鍵はかかってないだろうし、先週木曜だったらまだテスト前じゃないから、パソ研の人がいてもおかしくないけど。……パソ研て女子いないよね」

腕を組んで柳瀬さんを見ると、彼女はなぜか微笑んでいた。「どうしたんですか？」

「ん？　ああ、別にね」柳瀬さんは苦笑した。「こういう事件に関わるのも最後かな、って。……市立高校最後の事件、だね」

なるほど卒業する彼女からすればそうだ。僕はあと一年あるのだが。

「よーし。じゃ、お姉さんが相談に乗ってあげよう！」柳瀬さんは秋野の頭を撫でた。秋野は複雑そうな顔をしている。

「ちょっと気になりますしね」僕も頷いた。

ただの野次馬根性、ではないつもりだった。これまでの経験からして、ＣＡＩ室の人は怪異のたぐいなどではなく人間だ。だが、していることは明らかに異常だった。

普通でないことをする人間には、普通でない事情がある。それが幸福な事情であるはずがなく、その人自身が何かに追い詰められているか、誰かを追い詰めようとしているかのどちらかだ。どちらにしろ放置していいものではない。もしお節介であったとしても、僕が恥をかくだけで済む。

それにもう一つ理由がある。秋野がその生徒を目撃したのは偶然のように見えるが、そうでない可能性もわずかながら存在する。たとえば彼女の持ち物を隠して「忘れ物」自体を演出し、ＣＡＩ室に来るように仕向ければ、偶然を装ってその光景を見せることもできる。まずありえない話だが、もしそうであった場合、「犯人」は彼女を狙っており、かなり周到な悪戯(いたずら)をする動機がある、ということになってしまう。これは危険だ。

「秋野、この話、ミノにしていい？　こういう時、頼りになると思う」

ミノは事件の時、たいてい調査に参加していたし、頼めば絶対に手伝ってくれる。秋野の方も特に遠慮する相手とは思っていないようで、迷わずに頷いた。いつの頃からか「麻衣ちゃんかわいい」と言い続けているミノからすれば、むしろ願ったり叶ったりなのかもしれなかった。

だが、とりあえず今日は。僕は腕時計を見る。「……もう校舎閉まりますし、明日にしましょう。今夜ちょっと伊神さんに会うので、意見を聞いてみます」

すでにOBだが、市立には名探偵がいるのだ。ほとんど一人で「七不思議」すべての解決をやってのけた天才が。僕は新聞紙で筆を拭う。ちょうど今夜、家を訪ねるつもりだった。

だが柳瀬さんが身を乗り出す。「今夜ってどういうこと？」

「夕飯作りにいくんですよ。たまに行ってるんです」

「はあ？」

「えっ？」

なぜか柳瀬さんだけでなく秋野まで反応した。二人とも知らないようなので訴えておくことにする。「いや、あの人、放っとくと三食カロリーメイトで済ませたりするんですよ。ひどくないですか？　たまにはちゃんとしたもの食べさせないと」

「ちょっと待って。何それそういう関係なの？　通い妻なの？」

「行って、ごはん作ってあげて、帰ってくるの……？」

両側から詰め寄られて混乱した。「何か、変ですか？」

「変だって」柳瀬さんは初めて見る顔をして早口で喋った。「普通他人の家にごはん作りにいく？　いかないよね？　いや親とか彼女とかなら分かるよ？　なに葉山くん彼女なの？　お母さんなの？　ていうか今の言い方完全にお母さんなんだけど？　だって先輩だよ？　もう百歩譲って弟とかなら分かるけど先輩だよ？　なんでそんな当たり前みたいな感じなの？　お金もらってるの？　もらってないの？　材料持参で？　料理道具とかも持ってくの？　まさか自分ちの持ってってもう伊神さんの部屋に置いてるとか？　そんでまた来る口実にしたりとか？　なに？　パジャマとか歯ブラシも置いてるの？　それもう半同棲じゃない？　ていうかなんで私に黙ってよその男と半同棲してるの？　料理しながら楽しげに鼻歌歌っちゃったりしてんの？　『もう、しょうがないなあ。ちゃんと野菜も食べなきゃ駄目ですよ？　はい、あーん』とか？　『ごはんが済んだら僕も食べてください』的な」

「やってません」ようやく止められた。気を取り直して筆を筆洗油につける。「……ただ夕飯作って、作り置きできるもの置いて帰るだけですから」

秋野が「お母さん……」と呟くのが聞こえた。

「ていうか、手料理ずるい」柳瀬さんが地団駄を踏んだ。僕は保育園時代の妹以外で「地団駄を踏む人」というのを初めて見た。「私だってまだないのに。伊神さんだけずるい」

「……でも、ついでに何か相談する時も」

「だからってずるい。決めた。私も行く」柳瀬さんは僕をびしっ、と指さし、携帯を出した。

「ああもしもしお母さん？　今日遅くなるから！　ん？　何時だか分かんない朝帰りかも。そう。葉山くんと一緒。了解。じゃあね。……よし許可取った」

「あんなあっさりでいいんですか」

「葉山くんと一緒って言ってあるもん」柳瀬さんは僕の腕を取った。「えへへー。今夜は手料理」

　まあ、二人前も三人前もたいして違いはない。


　いつもと違う他人の家の包丁というのは、なぜか鋭くおっかないものに見える。伊神さんの家の三徳包丁はもう何度も使っているのに、未だに少し緊張する。慣れた包丁だと忘れているだけで、包丁とは本来危ない「刃物」なのだから、こちらが正しいのだろう。左手人差し指の側面、母指球の手首付近、中指の第一関節付近。怪我をしたことは何度もあるのでそう恐れることではないのだが、伊神さんの前ではしたくなかった。その程度の怪我で心配してくれるような人ではないが、包丁で指を切るなどというのはいかにも料理下手な不器用さんのする記号的行動であり「無理して手慣れたふりをするから」と思われたら恥ずかしい。文字通り勝手の違う他人の台所だから怪我をした、などと弁解をするのもみっともない。僕はいつもより慎重に包丁を動かして韮の束を五センチ程度に切っていく。横で鍋が煮立ち始めており、すぐに弱火にする。蓋を取ると生姜と豚肉と煮込んだ野菜の香りがふわっと立ち上った。お玉にとって味見する。少し薄いだろうかという気もするが普段と違う人に食べさせる時は好みが分からないからつい濃い味にしがちで、それをふまえればこのくらいでいいのだろう。色味が足りない気がして傍らの大根を見るが、大根の葉っぱはしっかり煮込んでもわりと草的な主張が強く、伊神さんはともかく柳瀬さんが好きかどうか分からないから入れない方が無難だろう。何か圧を感じると思ったら柳瀬さんは脚を交差させて腕組みをした姿勢のまま壁際に積まれた本の塔にもたれ、僕の背中をじっと見ていた。

「あの、部屋の方に行ってて大丈夫ですよ……？」

「……俺の味噌汁を作ってくれ」

「えっ。普通の味噌汁の方がよかったですか」今更言われても困る。「すいません。でも豚汁なので」

「違う。なんでもない」柳瀬さんは携帯を出した。「動画撮っていい？」

「嫌です。あっちの部屋で待っててくださいって」

「……あっちの部屋、伊神さんの上しか座る場所ないもん」

「……ですね。すいません。座る場所作っといてもらえますか。あと本の塔、どれか適当な高さに崩してテーブルにしてください。どれでもいいんで」

「もうちょっと眺めてからでいい？」

「はあ」

眺められつつ料理をする。背後から「手料理」「腕まくり」「エプロンon制服かつネクタイとか……」と吐息交じりの囁き声が聞こえてきて首筋をくすぐられるような落ち着かなさがあるが耐える。ごはんは今炊けたようだ。豚汁。肉じゃが。鰤と韮のアヒージョ風はあと火を通せば完成だがそういえば火口が足りない。肉じゃがの鍋をシンクに移動させると熱せられた鍋底がシンクの水滴をシュッと蒸発させる。

いつもより緊張したが、なんとか一時間弱で完成した。食器は基本的に二セットしかないので三杯目のごはんは小鉢によそい、三人分を一度に持って部屋の引き戸を開けると、柳瀬さんが詰まれた本を押し、倒し、座るスペースを作ろうと奮闘していた。詰まれた本の陰になっているので分かりにくいが窓も全開になっている。夜から雨だという予報だったがまだ大丈夫なようだ。外気が入り部屋が「お掃除」の空気になっている。

柳瀬さんはフンガッ、と唸りながら本の塔を押してテーブルを作ってくれた。だがその横で当の家主は本棚にもたれて何語かも分からない洋書を読みふけっている。台所と往復して椀と皿とシルバー類を並べていく。飲み物を床に置けるようペットボトルで買っていったのも功を奏したようで、柳瀬さんが必死に作ってくれた「本のテーブル」になんとかすべての料理が載った。その間、家主は顔も上げずに本を読んでいた。

「伊神さん。ごはんですよ」

「ん」家主はようやく顔を上げ、目の前に突然夕食が出現したかのように意外そうな顔をした。

「あれ、いつの間に作ってたの」

「さっきからずっとです」

エプロンを外して脚を折り畳み、本の間になんとか座る。背中が当たったため一部が崩れそうになり、慌てて押さえて事なきを得る。その間に伊神さんはもう鰤を取り皿に移して食べ始めている。「うん。塩気のバランスがいいね。うまい」

まあ、いつもこの調子の人なのだった。僕の二つ上で、元文芸部部長の伊神恒さん。入試で「面倒だから合格点分の問題だけ解いてあとは白紙」の答案を出して某一流大学に合格し、なんとなく四書五経を原文で読んだりふらりと消えて北アフリカ周遊に行ってきたりとよく分からないことをしつつ気ままに暮らしている珍学生だ。部屋の整理整頓といったことには無頓着なためアパートの部屋が本で溢れ、というか現在では玄関も台所も、トイレを借りた柳瀬さんによるとトイレの中まで溢れ、もはや「手前に詰まれた本の塔を崩さないと本棚に到達できない」状態になっている。壁際がすべて本棚で埋まっているのはまだしも窓を塞いでいるのは健康に悪いのではないだろうか。しかしそのおかげか、伊神さんは異常なまでに博識で洞察力が鋭く、これまでもごはんを作りにいくついでにあれこれ教えてもらったりしたことがある。

「……また本、増えてません？　床とか大丈夫なんですか」

「さあね。どうせ一階は空き部屋だし」

「今なんか『ミシ』っていいませんでしたか」

「気のせいだよ」

「あとなんか、こっち側の壁際とそっち側の壁際で、天井までの距離が違うような」

「遠近法だよ。龍安寺とか知ってるでしょ(1)」

柳瀬さんが動かないので見ると、向かいに座った彼女はごはんをもぐもぐしながら潤んだ目でこちらを見ていた。

「どうしました?」

「おいしい……」

「あ……ありがとうございます」

「葉山くん。……好き」

いきなりそう言われて反応に困る。この人もこれだからな、と思いながらも鼓動が早くなっているのが分かる。

……それ自体は嬉しいのだが。

いつもこうなのだ。気軽に言われてしまう。だからかえって本気なのか冗談なのか分からなくなる。有名劇団のオーディションに通るほど演技のうまい人でもあるし、単に持ちネタとして言っているのか、それとも本気ゆえあえて軽い調子にしているのか、どちらなのか分からない。この間のバレンタインに手作りチョコももらったが、例によって「あなたの想像力を刺激! 白いドロッとした何か入りチョコ」というネタ重視のものだった。ちなみに昨年も「四個中三個に『愛』が入った『リアクション芸人養成チョコ』」だった。また何を返せばいいのか迷う羽目になる。

反応に困って僕が黙ると部屋が静かになり、開いた窓からぱらぱらぱらと「乾いた雨音」とでも

(1) 土塀が奥に行くにつれわずかに低くなっていることで有名。遠近感を強調して奥行きを感じさせるトリック。

言うべき矛盾した音響が入ってくる。柳瀬さんが立ち上がって窓を閉め、また隣に戻ってきて座る。スカートを直す仕草を横目でなんとなく見る。

沈黙が続くと気まずいな、と思い、向かいの伊神さんを見る。伊神さんは空いた手で外国の硬貨らしきものをいじりつつ鰤をひたすらほぐしているが、頭では特に鰤のことを考えてはいないように見える。

「……伊神さん、そういえば全く喋りませんね」

「ん。……試験をどうしようかと思ってね」

僕たちのやりとりは全く聞いていなかったらしい。なぜか安心した。「大学生になってもやっぱり試験、大変なんですか」

「面倒極まりない。早く卒業したいよ」伊神さんは視線を上げて僕を見た。「で、事件の概要は」

「えっ」

その件についてはまだ何も話していない。というより今日はまだ伊神さんとほとんど会話すらしていない。なぜ知っているのだろうか。だが伊神さんは鰤の切り身を続けて食べながらこちらを見る。「依頼人は秋野君あたりでしょ」

「……葉山くんの脳内、見ました？」

柳瀬さんも驚いているが、伊神さんは「見てりゃ分かる」と言って食べ続けている。僕の中の気まずさはそれで吹き飛び、柳瀬さんと顔を見合わせる。

伊神さんはそんな僕たちに対し、呆れた様子で言う。「何か相談事を持ってきたんでしょ。献立を見ればそれぐらい分かるよ」

「……献立？」テーブルもとい本の上に並ぶ皿を見る。

「白飯、豚汁、牛コマの肉じゃがに鰤と韮のアヒージョ風」伊神さんは箸を持ったまま指を立ててこちらを指す。箸で指したりしないあたり意外とちゃんと躾けられているのである。「いつもの君なら和洋中いずれかで揃えるのに主菜だけ洋風なのは、そこだけ急遽献立を変えたからでしょ。他の二つが肉系だから本来予定していた主菜は魚料理。汁物が味噌汁ではなく野菜の多い豚汁だということから考えるとシンプルなもの。大根の葉の方を買っているのに葉は豚汁に入れていないところを見ると、大根はもともと甘味のある大根おろしにする予定で、本来の主菜は焼き魚か何かのはずだったと分かる。それを急遽変更してアヒージョ風にしたのは、焼き魚を盛る角皿がうちに二つしかないからでしょ。つまり『食べる人間が予定外に増えた』。ということは、柳瀬君は今日いきなり来ることになった。おおかた葉山君がうちで夕飯を作ると聞いて、自分も相伴にあずかりたいとでも言いだしたんだろうね」

献立を見ただけでそこまで分かるらしい。しかし何やら卑しげに説明されてしまい、柳瀬さんは小さくなっている。

「では、なぜ柳瀬君は突然そう言いだしたか？　それは葉山君がうちで夕飯を作っていることを初めて聞いたからだ。すでに知っているならその時に来ているだろうからね。つまり今日のおそらく放課後に葉山君は、うちに来るということを柳瀬君に話した。ではそれはなぜか。考えられるのは柳瀬君が放課後、葉山君をどこかに誘ったか、僕の名前がどこかで出たか。だが前者はありえない。柳瀬君は夜から雨だという予報だったのに傘も持っていないし、鞄の膨らみ方からして折り畳み傘も入れていない。ということは、柳瀬君にとっても今日ここに来るのは予定外で、まっすぐ帰宅するつもりだった可能性が大きい。だとすれば後者。おそらくは校内で何か事件が発生し、葉山君が、僕に話を持っていくことにしたんだろう。それを聞いた柳瀬君が同行を申し出た。柳瀬君自身が事件の相談をしたかったなら僕に直接訊けばいいから、相談者は柳瀬君自身ではない。葉山君に持ってきたとなれば秋野君あたりだろうね」

伊神さんは鰤だけを延々食べながら喋ったが、僕と柳瀬さんは箸を持ったまま硬直していた。そう。この人はこうなのである。

「……お見事です」

「普通だよ。物事はただ『見る』んじゃない。『観察する』んだ」伊神さんはどこかで聞いたようなことを言い、それからぼそりと付け加えた。「……まあそれ以前に、君の顔を見てりゃ『何か相談事がある』ということくらい分かるんだけどね」

別に勝負をしていたわけではないが、完敗という気分だった。僕はなんとなく両手を上げ、それから、秋野が見た「CAI室の怪異」の話をした。謎だの事件だの不可能だの不可解だのの話が大好きな伊神さんは「ようやく本題」という顔になって身を乗り出し、その間、一切箸は動かさなかったが、聞き終わるとふむ、と頷き、豚汁の椀をひと啜りしてから言った。

「……それは多分『兼坂さん』だね」

耳に馴染まず滑り落ちてしまうような単語で、僕は鸚鵡返しに質問した。「何坂さんですか？」

「『んねさか』。『兼坂』と書いてそう読むんだ。『ん』で始まる『兼坂』なんて姓はいわゆる幽霊名字だから、その意味でも幽霊なんだけど」伊神さんは今度は豚汁だけを食べ続けている。「詳しいことは知らないけど、市立に伝わる怪談の一つだよ。誰にも知られていない『もう一人の生徒』で、校内のあらゆる場所に現れる。書道室と部室棟の目撃が多かったかな。ちなみに、鍵がかかっていようとお構いなしだ」

なるほど「学校の怪談」である。だが。「でも昨年、超研（超自然現象研究会）がまとめた『市立七不思議』には入ってませんでしたよね？」

秋頃、超研は会報『エリア51』で「市立七不思議」の特集号を出した。「カシマレイコ」「立ち女」「花子さん」「フルートを吹く幽霊」「口裂け女」「〈天使〉の貼り紙」「壁男」の七つで、ほぼすべてを伊神さんが独力で解決していた。だから市立高校に七不思議はもう存在しないはずなのだが。

「『七不思議』なんてのは超研がでっち上げただけだよ。最近起こり始めたやつがいくつも交ざってるでしょ」伊神さんは肉じゃがの肉を避けて馬鈴薯だけを食べている。「僕もよくは知らないけど、市立には卒業生しか知らない怪談がいくつかある。国語科の草加教諭あたりは卒業生だから、詳しくはそっちに聞くんだね」

確かに市立には「実は卒業生」という教員が多い。「……昔は別の七不思議があった、とかですか？」

「いや、そこまでじゃない。でも生徒が代替わりするにつれ忘れ去られる怪談もある」伊神さんは馬鈴薯だけを食べ尽くした。肉じゃがが四色から三色になった。「『兼坂（かねさか）さん』は『八番目の七不思議』とでもいったところだよ」

八番目の七不思議。

そう言われた時、室内の空気がすっと止まった気がした。狭い部屋に三人が身を寄せ、料理はまだどれも温かく湯気をたてているのに、冷房の効いた実験室か何かにいるような。

今のところ、「兼坂さん」に関して何か犯罪があったわけではない。被害者がいるわけではないし、まして怪奇現象だと分かったわけでもない。秋野が「ＣＡＩ室でおかしな人を見た」というだけだ。

だが何かの予感がある。何の予感なのか具体的に分からないままに「予感」だけがあるのだ。僕は自分の内部を探る。この予感は何の予感だろうか。危険なことが起こる？　というよりも、何か「規格外」の予感。

結果的にこの「予感」は的中していた。ある面から見れば、この「兼坂さん」事件はこれまで経験した中で、最も僕を翻弄（ほんろう）した、最大の事件だった。確かに「規格外」だったのだ。

まえがき

まさかこの原稿を衆目に晒す日が来るとは思いませんでした。

正直なところ、担当K原さんに見せるのだって相当躊躇したのです。だって当時のわたしはただの素人で、しかもこの原稿を書いたのは学生時代です。下手糞、などとお上品に漢字表記していられません。へったくそ、です。

いえ、へっ多久そなだけならいいのです。デビュー前に、しかも初めて書いた長めの小説ですから。誰でも最初は経っ汰久蘇ですし、兼好法師だって下手なうちから人に見せろと言っています。(2) 覚悟を決めておとなしくまな板に上がり、ミキサーに入り、圧力鍋でネギ・生姜と一緒に十五分加圧して中火でコトコト煮込まれるべきなのです。「うわ恥ずかしい」と笑ってい

（2）能をつかんとする人、「よくせざらんほどは、なまじひに人に知られじ。うちうちよく習ひ得てさし出でたらんこそ、いと心にくからめ」と常に言ふめれど、かく言ふ人、一芸も習ひ得ることなし。
（『徒然草』第一五〇段）

ただき、特に小説家志望の方々に「プロだって最初はこんな恥ずかしいの書いてたんだ！」「絶対わたしの方が面白いもの書ける」と思っていただき、鮎川哲也賞の応募総数を増やそうという企画なのですから。

でも、わたしのこの原稿は、ただ軸っ陋矩黁なだけじゃないんです。

すでに御自分で小説を書いてみたことのある方ならご存じだと思います。処女作とかいったものって、いろいろやらかすんですよ。憧れの○○先生みたいなの書きたい！　って思ってたらそのまま○○先生のパクリになったり、○○先生の作品に出てくる固有名詞を「友情出演～」とか称して勝手に出してみたり（落ち着きな？　お前と○○先生は友達じゃないだろ……？）、タイトルが『聖餐のアントニウス――あるいは世界一不運な皇女の物語――』とかいう感じでやたらと長くなったり。

幸いなことにわたしは短編の方の処女作でそのあたりは済ませていたので、こちらの原稿ではそういったことはやっていないのですが、かわりに別のをやらかしています。創作初心者にありがちな「自分がそのまんま出ている」です。

そうなのです。本作に登場する学校のモデルはわたしが通っていた某市立高校です。

あの学校は少し変わっていました。先輩の残した奇妙な伝説、代々受け継がれる奇妙な伝統、語り継がれる学校七不思議。その程度ならどこの高校にもあるかもしれませんが、それだけではなく、奇妙な事件がたくさん起きました。密室のはずの教室に出入りする生徒とか、学校中に出現した謎の貼り紙とか（ニュースになったことも何度か……）。しかも当時、そうした事件を鮮やかに解決してみせる名探偵そのものの先輩までいました。正直なところ、自分の女子高生時代をそのままミステリにすればいいんじゃないかと思うくらいです。まあその場合、私は脇役になるわけですが。

そして実はすでに、実際に小説にしてしまったことがあります。それがこの原稿です。この原稿は、過去のわたしが高校生当時に遭遇した奇妙な事件の一つをモデルにして書いたものなのです。もちろん設定は全く違うのですが、登場人物なんかは当時、わたしの周囲にいた人、そのままです。我ながらよくそんな暴挙を、と思います。失礼極まりないです。

今読むと（というか、恥ずかしすぎてちゃんと読み返せていないのですが）赤面を通り越して顔がブチュンと爆発します。当時のわたしの願望とか屈折があまりにそのまま出過ぎているからです。そう。わたしもまたよくいる、自分の今の葛藤をそのまま叩きつければいい小説になるはずだ、と信じていた甘い甘い初心者のひとりだったのです。ついでに白状しますが当時はペンネームも今のものではなく、中学の頃から使っていた「二七（にのまえ　なな）」という変なものを名乗っていました。まあこれに関しては「今の名前もたいして変わらないじゃないか」と言われそうでもありますが。

そういったことを担当K原さんに説明し、読者の皆様に対してこんなお目汚しはできません、と抵抗したのですが、K原さんは「いやそういう企画ですから」と聞く耳を……もといブレずに背中を押してくれました。よく考えてみれば編集者であるK原さんは新人賞の選考で「素人の痛々しい妄想原稿」を読み慣れているのです。

というわけでわたしも腹をくくり、「掲載してもいいけどいつもと違ってまえがきをつけさせてほしい。そこで至らない部分についてあれこれと言い訳をさせてほしい」と条件をつけた上で承諾しました（全然くくっていませんね）。

どうぞ、笑ってください。そして勇気を持ってください。みんな最初はこんなことをしていたのです。

未来──12年後（1）

まあ俺の方もそんな変わんねえよ。忙しい分儲かるっつっても微々たるもんで、なんか年々、金より時間の方が貴重になるよな。画面の中のミノはそう言って白い包みを出現させた。

「それ何？」

──羽二重餅。福井銘菓の。うめーよ。

そういえばミノは毎回、つまみと称してどこかの銘菓を出してくる。高校の頃は別に甘い物好きではなかったように記憶しているので、こいつの性格を考えれば話題作りという意識も手伝っているのかもしれなかった。二人だけだと沈黙も多いし、ミノはわりとそれを気にする。

「福井行ったの？」

──いや、お取り寄せ。一つ食う？

「どうやって？」

画面の中のミノは和紙の包みをかさかさと開け、大口を開けて一口で食べた。

――うめっ。やばいこの衣の柔らかさが好みすぎる。

「欲しくなってきた。……福井いいなあ。恐竜の骨とか見たい」

――疲れてるな。

「わりとね」

画面の中でミノがもむもむと羽二重餅を堪能している。少し間があった。僕の方も欠伸を一つして部屋の時計を見た。午後十一時二十四分。部屋は静かで、遠くの高架線路を走る電車の音が窓越しに聞こえてくる。電車の音がよく響くと雨、という話があったな、と思い出した。あとで洗濯物を取り込んでおいた方がいいだろうか。

　高校を卒業して十年以上が経つ。皆、それぞれに就職したり進学したり、海外に行ったり。結婚している人もちらほらいる。大学はほぼ全員ばらばらだったし、東京に出た人も多い。だが小・中学校、あるいは直近である大学の友人と比べても、今でも「続いている」人は高校関係が一番多かった。僕にしろミノにしろ「続いている」どころではない相手もいる。ミノのお兄さんなどから聞いたところでは高校の友人とはそこまで「濃く」はないとのことで、やはりあの頃の市立蘇我高校は特別だったのだろう。

　このミノこと三野小次郎も最もよくやりとりをする一人だった。中学から一緒だから正確には「高校の友人」というだけではないのだが、今でもよく、というか振り返ってみれば週に一度はSNSでやりとりをしている。見ているテレビの内容や時事ネタ、単に今日あったことまで、かなりどうでもよい日々の瑣事をわざわざ書くという、考えてみれば高校時代のようなS

NSの使い方である。ミノはやりとりが続くと突然テレビ電話をつないでくるので、今のようにそのままリモートで飲み始めることも多い。多すぎてミノの奥さんからは「つきあってんの?」と疑われているらしいのでいいかげん控えねばならないが、どうでもいいメッセージを送っても迷惑でない相手、適当にテレビ電話につないでいい相手、というのは貴重なのである。

——ああ、そういえばさあ。今、思い出したんだけど。

ミノが羽二重餅をもごもごしながら言う。長いつきあいなので「今、思い出した」は嘘だな、というのが画面越しでも分かった。テレビ電話をつないだのはこの話を切りだすためだったのだろうか。

——俺らの中に作家がいるみたいなんだ。

ミノが「俺ら」と言う時は高校時代の「あのへんのメンバー」のことだ。「……殺人犯がいる、みたいに言うね」

——殺人犯ぐらいいるかもしれないけどな。あんだけ事件あったし。詐欺犯匿(かくま)ってた奴はいたわけだし。

「知ってて匿ってたわけじゃないだろ、あれは」高校時代に解決したある事件で、そういう状況になったことがあった。結局は警察に引き渡したが。「でも誰? 作家なんてすごいね」

——それが分かんねえんだ。プロフィールを見ても女性としか書いてない。年齢も分からないから上か下かも不明。でも間違いなく俺らの中の誰かだ。

「……へえ。誰だろうね? ミノの奥さん?」

――その可能性もなくはないな。そういえば。

ミノは眉間に皺を寄せて目をそらす。背景のカーテンに、その奥さんが作ったとおぼしき、トケイソウ形のカーテン留め飾りが映っている。

――いや、ただの作家なら別にいいんだけどな。そいつが最近、ウェブ雑誌に上げた原稿がちょっとさあ。大学の友達が教えてくれたんだけど。

「うん」

――俺たちっぽいのが出てるんだよ。登場人物として。

「『っぽい』。……どのくらい？」

――気のせいじゃないと思う。プロフィール見たら市立蘇我高校出身って書いてあるし、そこをモデルにしたってまえがきに書いてるし。

ミノはカメラに顔を近付けてくる。僕は腕を組んで椅子の背もたれに体重をあずけた。

「……誰だろうね」

とはいえ、自分の肖像権に特に興味はない。読んでみたくはあるが、特に問題があるとも思えない。だがミノは言った。

――俺も途中までしか読んでないけど、どうもミステリーみたいなんだ。その小説。その作家がデビュー前に書いた初めての長めの小説で、どうも話題の作家のデビュー前の原稿を無料で上げるっていう、文芸誌の企画ページらしい。それはいいんだけど、その小説の内容が気になるんだよ。

「……どう？」

――葉山、あの事件覚えてるか。「兼坂さん」事件。

「ああ……もちろん」

忘れようがなかった。高校時代に関わった数々の事件はどれも、おそらく百歳まで生きても忘れないだろうなという強烈な思い出である。あの事件も結末が結末だけに忘れようがなかった。

――あれに似た話が出てくるんだよ。ていうかこの作者が市立の卒業生だっていうなら、間違いなくあの事件をもとに書いてる。

僕は思い出す。「兼坂さん」事件。二年生の三学期、一つ上の代が卒業する頃に起こったやつだ。最初はただ「CAI室におかしな人がいた」というだけの話だと思っていたのだが……。

――あの事件ってさ。「未解決」のままだっただろ？　俺が知る限りじゃ「伊神さんが最後まで解決しなかった」事件は、後にも先にもあれ一つだったんだけど。

「……そうだね」

――だからびっくりしたんだよ。あの事件をモデルに小説書いたってことは、この作者は「伊神さんですら解けなかった『兼坂さん』事件の真相を知ってる」ってことなのか？

「……作者が伊神さんだった、ってことは？」

――女性だっつってるだろ。「まえがき」にはちゃんと「女子高生」とも書いてるし。

当時、周囲にいた女子の誰それを順に思い浮かべる。作者は誰だろうか。

「『兼坂さん』事件、どのくらい具体的にモデルにしてるの？」

――俺もまだ最初しか読んでないんだけど。

ミノが画面の中でマウスを操作する。

――そこは先入観ない方がいいかも。ＵＲＬ教えるから、ちょっと始めの章だけ読んでくれるか？　短いから。それでどんな印象を受けたか教えてくれ。

「了解」

断る理由はない。小説は好きだし、プロ作家のデビュー前の原稿というのも興味がある。何よりその作家が僕たちの知っている誰で、僕たちがどう書かれているのかが気になる。

ミノがチャットメッセージで送ってきたＵＲＬにジャンプする。ウェブ文芸誌の目次から、その原稿へはすぐに飛べた。

異世界——王立ソルガリア魔導学院（1）

カルザーク先生の指示通りに詠唱（えいしょう）をして魔力を這わせると、召喚陣の内側三列目までが発光を始めた。だがよく見るとΔ（ゲル）とό（ファオン）の文字だけが青というより赤紫色に発光している。これはいいのだろうか。さっき先生は「三列目まで青く光ります」と言っていた。だが訊こうとしても先生は今、二班のいる第二召喚陣の方についている。二班は陰で「事故体質」と呼ばれるメイ・アルキーノの番のようだ。彼女のことだからまた何かトラブルを起こしたのかもしれず、だとすると先生はしばらくこちらには来てくれそうもなかった。このまま維持するしかない。

「あれっ？　ティナ、なんか一部だけ赤くない？」同じ班のコルジィが気付き、笑いながら杖の先で陣を叩く。「なんで一部だけ赤くなんの？　笑える。先生呼ぶ？」

「ちょっと、触んないでよ。手だけ異世界に飛んでも知らないよ？」振り返る。先生はまだ二班についている。「別に大丈夫だと思うけど……ねえユーリ、これ大丈夫だよね？」

三班の人を手伝っていたらしいユーリは私が呼ぶとすぐ来てくれて、召喚陣の発光を見た。

「魔力が均一になっていないとたまにこうなるんだ。このまま維持して先生に直してもらえばいいけど。……きつい？」

「維持するだけなら大丈夫」

　そう言いはしたが、実のところけっこう疲れる。魔力より姿勢を変えられないことの方が。ユーリは私の顔をちらりと見ると、ふわりと私に寄り添って杖を出した。「僕が直しとく。そのまま維持してて」

「あ……うん」

　ユーリは召喚陣に杖を当てると、教科書通り「命令するような感じで」声を張る。「以下二文字、及び別に二文字を詠唱とする。端(リズル)・応(トールシュ)。端(リズル)・拓(アン)」

　杖が青く発光し、ユーリはその先端を正確に動かして印を描く。光の軌跡がいくつかの魔法印を形作り、杖の発光が強くなる。あとはその先端でとん、と召喚陣を叩くだけで、陣の文字が青に揃った。すごい、と思う。同級生なのに先生みたいだ。二文字魔法(デュア)とはいえ詠唱を二つまとめてしまうのも地味にすごい。

「あれ？　もう大丈夫か？」なんだかんだで先生を呼んできてくれていたらしいコルジィは、私の様子を見て首をかしげた。「先生。なんかもう大丈夫みたいっす」

　見にきた先生から次の段階に進む許可をもらい、詠唱を始める。今度の詠唱はうまくいき、四列目はちゃんと全部、青く発光した。

「おっ、今度は大丈夫だったな。ははは」コルジィが陣を覗いて笑う。「魔神でも出てくるのかと思った。我が校二人目の魔神憑き。な、一人目？」

「縁起でもない」肩を叩かれたユーリが首をすぼめる。

――おや、お仲間かい？

声がした。ユーリの頭上の空間が陽炎のように揺らめき、古式ゆかしい式典服を着た男性がふわりと出現した。黄金の長い髪に紺碧の瞳。人間離れした美しさの青年だが、現れ方で分かる通り人間ではない。異世界から召喚された魔神の一柱「暴虐のガミクゥ」だ。もっともこの姿も仮のものであり、本来は自由に姿を変える概念的存在なのだという。

「ガミクゥ様。お呼びしておりませんが」ユーリは呆れ顔で魔神を見上げた。「出現前には一言下さい。突然現れると皆が驚きます」

――嫌だよ面倒臭い。そもそも、なんで君の許可がいるの？

重さを全く感じさせずにユーリの頭上で浮いているガミクゥは周囲を見回し、なんだ授業か、と、つまらなそうに剣先でユーリの頭をつつく。もちろん実体化していないのですり抜けるだけなのだが、ユーリは困ったように首を振る。「今からうちの班の召喚陣、開きますけど。お帰りになりますか？」

――僕の故郷につながったらね。

ガミクゥはそう言い、それがまずありえないことを承知しているユーリは肩をすくめた。召喚先となる異世界は極めて接近しあった状態で無数に存在しており、少し位相がずれるだけで違う世界につながってしまう。以前つないだ世界と全く同じ世界に再びつなぎ直すことは不可能に近かった。それに、異世界との間にゲートを作る召喚術だが、わけのわからない世界につながれば何が出てくるか分からなくて危険なので、この世界にごく近い世界にしかつながらないように陣が設定されており、比較的遠いガミクゥの世界につながる確率はもともとゼロに近い。設定を変えるのは王宮魔導師レベルのプロでないと不可能だし、そもそも禁止魔法なので、特別に許可された一部の人以外は、「禁止」の拘束（こうそく）魔法がかけられていて使えない。ガミクゥはいつも「僕の故郷につながったら帰る」と言うが、このことを承知の上で言っているのである。

　先生を呼んで確認してもらい、召喚術の最終段階を済ませる。陣の上に青白く発光する球体が生成され、その中に草原らしき空間が見える。魔力を流し、見える空間を移動させる。どうもちょうど湖か何かの上にゲートができたようなので岸まで移動し、生物を探す。ちらりと見えた鳥のような生き物に「召（アモルメル）」の呪文をかけてこちらに引き出した。一瞬、緊張したが、もちろん魔神の分神が出てくるなんていうことはなく、不気味な緑色をした鴨が飛び出してくると、すぐにまたゲートに引き寄せられて消えた。召喚術ではむこうの世界のどこにゲートが開くか分からないため、生徒が実習で使う小召喚陣は、召喚したものが短時間でゲートに吸い寄せられて消えるように設定されているし、小型なので小動物しか通れない。

　生物召喚は初めてだったが、穏当な結果だった。召喚魔法に恐怖心のある子だとつなぐ世界を近くに設定しすぎて、異世界ならぬ異国にゲートをつなげて普通の兎などを召喚し、恥をかいたりするのだが、私はちゃんと異世界から変な鴨を連れてこられたし、ゲートもきちんと閉じた。先生に声をかけたが、先生も「じゃ、次の人」と言っただけだった。後ろで順番を待っているイソップ君に召喚陣を明け渡して壁にもたれると、お疲れ、とユーリに肩を叩かれる。ありがと、と返すと、ユーリの頭上に浮いていたガミクゥも腕組みをしながら消えた。ちらりと見えたが、ユーリは私が変なものを呼び出したらすぐ攻撃できるよう、後ろで杖を構えてくれていたらしい。

幼馴染(おさななじ)みとはいえいささか過保護だと思うが、ユーリからすれば無理もないことなのかもしれなかった。昨年の実習中、ユーリはたまたま魔神ガミクゥの分神を呼び出してしまった。本来ならそんな大物はゲートを通れないはずなのだが、偶然にもちょうど小鳥に化けていたガミクゥが、ゲートを見つけて飛び込んできたのだ。ガミクゥが変身を解くと召喚室は大騒ぎになったが、実体化はできなかったため惨事は避けられた。そのかわりにガミクゥはユーリが気に入ったのか取り憑いてしまい、以後、顕現せずに寝ているか、顕現して私たちをからかうか、ユーリに借りた魔力で実体化して本を読むかのどれかで過ごしている。そんな生活はさぞかし退屈だろうと思うのだが、本人いわくそうでもないらしい。

イソップ君は私よりだいぶスムーズに一列目を点灯させたようだ。ユーリが隣に立ってアドバイスをしている。うちの班はあと二人。長くなりそうだなと思い、壁際に座った。石の床が冷たい。

「お疲れ。普通に鴨みたいなのだったな」

コルジィがやってきて私の隣に座る。自分の番はもう終わったらしい。実習系の授業は楽しいが、どうしても「一人ずつ」になるから暇な時間が多い。「ティナの番、一瞬焦ったけどな。なんで赤く光る？　って」

「私も。……魔力が均一になってなかっただけだって」

「ヴィーカがいたの、この陣だもんな。そのせいかと思って焦った」

「『ヴィーカ』？　何？」変な名前だ。

「知らない？　『悪霊ヴィーカ』。学院の中を彷徨(さまよ)う、誰も知らない『もう一人の生徒』で、どんな鍵も封印も無視して校舎内のどこにでも出現する、っていう」

「……魔物？」一部の薄体死霊(ゴースト)や液状生物(スライム)は石造りの壁でもすり抜ける能力を持つ。だが封印を通過するなんていう存在は聞いたことがない。「……噂でしょ？」

「でないと困るよな。先生たちもいるのに駆除できてないとしたらヤバくない？」コルジィはうちの班が使っている第三召喚陣を指さした。「夜、そのヴィーカがそこに立ってるのを見た奴がいる、っていう噂が広まってるんだ。しかも召喚陣のところにじっと立ってるのに、陣は真っ暗のままだったらしい」

　陣、というより魔法を使う場合は例外なく発光と発熱を伴う。そのヴィーカとやらは、ただ陣の前に突っ立って何をしていたのだろうか。何より。

「ヴィーカって生徒なの？　この部屋、封印されたよね？」

　学院内では昔から、鍵より確実な手段として封印魔法が使われていた。校長室や寮の個室、武器庫の他、教官たちの研究用に魔法増幅器が設置してある部屋なども鍵に代えて封印魔法がかけられている。これがかかっている部屋は中から出ることはできても、外から入ることはできない。たとえ壁を壊したとしても壁の形に結界が残るのだ。よほどのことがない限り対抗魔法もすべて弾き、封印時に設定した「管理者」の魔紋と一致する魔力をぶつけなければ解呪魔法も効かない。魔紋を変える方法はないし、双子ですら持って生まれた魔紋は違うから、「管理者」がいなくなってしまうと半永久的に開かなくなるという欠点があり、我が王立ソルガリア魔導学院には管理者不明、または死亡により「開かずの間」になってしまった部屋がいくつもある。それを大いなるおおらかさでそのまま放置しておくのが学院らしいのだが。

「……そう。十日くらい前に封印されたよな？　だから入れるのは校長かそこのカルザーク先生か、あとはいても教官の一人か二人のはずなんだよ」コルジィは杖をぐるりと回す。教官には怒られる癖だが、喋っているとつい出てしまうようだ。「まさか教官の誰かが生徒の仮装をして召喚室にただ突っ立ってた、なんてわけはないし。そっちの方が怪談だよな」

真面目な顔で言っている。ふだんはよく冗談を言うが、この話は違うようだ。

確かにおかしな話だった。召喚室はこれまで鍵で管理されていただけだった。教官もしばしば研究で出入りするし、中央にある大召喚陣の周囲も鉄格子で囲まれていて（起動中にうっかり落ちでもしたら二度とこちらの世界に戻れないため）、特に危険はないからだ。それが十日ほど前、夜中に勝手に召喚をしている生徒がいる、という目撃証言があり、急遽封印がされた。よその学校では前からそうしているらしいので、学院がいいかげんだった、というだけの話なのだが。

「はい。あと十分ですよ。各班、全員終わりましたか？」

カルザーク先生がのんびりした声で呼びかける。はあい、という散発的な声がそれに応える。

今日の授業はこれで終わり。掃除が済めば自由時間だ。冷却魔法の研究室に顔を出してもいいが、寮に帰って読みたい本もある。でもユーリかサーリア先輩あたりから「市場にお菓子食べにいかない？」と誘われたらそうしてもいいな、などと、いつも通りの、平和なことを考えながら立ち上がったのだが。

突然鐘が鳴った。しかも全校舎の鐘が共鳴魔法で一斉に鳴っている。ぎくりと体が緊張し、まさか、と思う。

——襲撃！　襲撃！　全校、戦闘配置。南側より複数種。総数およそ二百！

「……二百？」

私とコルジィが同時に呟(つぶや)く。だがユーリはその間に杖の制御布を外し、駆け出していた。

「三級二組ユーリ・アルヤム、戦闘参加します！」

速い。そう。こういう時、ユーリはいつも真っ先に戦闘参加する。カルザーク先生は召喚室でざわつく生徒たちに呼びかけて戦闘参加希望者を募っている。手を挙げて先生の前に整列してもよかったが、それではユーリに置いていかれてしまう。

「三級二組オルスティーナ・ロント・ル＝フラン、戦闘参加します！」

私は普段めったに名乗らないフルネームを叫び、祖母にもらった短上衣(ボレロ)を羽織り直して入口に駆け出す。戦闘参加は初めてではないがやっぱり怖い。緊張する。だが没落貴族の末っ子にはいささか贅沢なこの名前は、高らかに名乗ると誇り高い気分になって少し恐怖が和らぐのだ。制御布を外し忘れていることに気付き、外しながら廊下に飛び出す。少し迷ったがそのまま捨てた。帰ってきて、拾えばいい。

廊下は鳴り続ける鐘と教官たちの足音と生徒たちのざわめきが交差し、校内は戦闘時特有の熱く冷えた空気で張りつめていた。魔物の襲撃はよくあることだし、全員、入学時に訓練もしているが、やはり人の動きのそこここに混乱が混じる。

「まったく、かなわねえな。あいつには！」後ろから声がする。振り返るとコルジィだった。コルジィは召喚室の中へ怒鳴った。「三級二組コルジィ・ミーノス、戦闘参加します！」

「コルジィ、先生のとこに並ばなくていいの？」

「お前らが単独で戦闘参加してんのに、そんな悠長（ゆうちょう）なことしてられるかよ」コルジィは制御布を外して放り捨てた。「実は戦闘用に電撃魔法、練習してたんだ。見せてやるよ」

「バカ。無茶して死なないでよ？」

走りながらそう言い、それでも私は嬉しかった。コルジィも私やユーリと同じ「バカ」の一人なのだ。

市の衛兵を兼ねている教官たちと違い、私たち生徒に戦闘参加の義務はない。だがよその魔法学校と違って貧乏な生徒の多い学院では、学費免除に対する「義理」として自発的に戦闘参加する生徒が多い。もちろん、義理に過ぎないのだから無視してもいいのだ。だが生徒たちがあまりに戦闘参加に消極的になると、あそこの生徒はけしからんということになり、寄付と税で支えられている学費免除の制度自体がお取り潰しになりかねない。だから結局、常に誰かがやらなければならないのだった。

それでもやはり腰が引ける。「うっかりぐずぐずしている間に」ことが済んでしまえばいいのに、と誰でも考える。だからユーリがいつも先頭になる。となれば、幼馴染みの私も、親友のコルジィも当然続く。戦いに出た友を置いて隠れなどしたらル＝フラン家の名に傷がつく。それに戦闘で活躍して名をあげ、王宮とかどこか貴族の衛士になるのが、兄や姉がいて家を継げない私たちの最も手っとり早い就職活動だった。だから私たちは、教官の招集に応じて安全な集団戦闘に参加するのではなく、個人で飛び出して先陣に加わる。人を募り、班を決め、作戦を確認してからでないと参戦できない集団組とは戦闘への貢献度が格段に違うのだ。

「ユーリ！」

廊下の先にユーリのマントを見つけて呼び、前方に人が出てこなそうなことを確認して跳躍魔法で一気に追いつく。あとから跳躍してきたコルジィに後ろからぶつかられてもろともに倒れながら、驚いている顔のユーリを見上げる。「一緒に行こう」

「ありがとう」

ユーリは「危ないからやめろ」とは決して言わない。それが嬉しい。三人で外回廊に飛び出し、日差しの眩しさに目を細めつつ太陽の方角を確かめ、それぞれに印を描いてほぼ同時に跳躍魔法で飛んだ。体が空中に飛び出し、もう戻れない、という絶望感とさあ暴れてやるぞ、という高揚感が私の心を揉みくちゃにする。それでも戦闘には慣れているから、飛び降りながら浮遊魔法を唱えて落下を遅くする。はためく制服が風をはらんでばたばたと鳴る。空中で状況を確認する。外回廊は十身(ロット)の高さがあるので、飛び出すと周囲の風景がぶわっと広がる。叢(くさむら)の緑とその中をうねって走る小道の茶。その先に森の木々の濃緑。森のはるか先は傾斜してリオニル山の稜線(りょうせん)につながっている。そして空のむこうと森の中からばらばらと向かってくる魔物たちの影。総数二百、などと聞いた時は半信半疑で、きっと見張りの兵士が混乱のあまり敵を多く見積もったのだろう、などと甘く考えていたが、本当に二百以上いそうだった。空中に二足飛竜(ワイバーン)と無足飛竜(ワイアーム)がそれぞれ十五、六程度。それに四十ほどの巨禽(ルフ)。地上にはひときわ大型の大地竜(ペンドラゴン)が一頭と、地竜(ドラゴン)が十頭程度。その周辺に牙虎(サーベルタイガー)や蒼狼(ヘルハウンド)。大地竜を中心とする竜の群れが、便乗した周囲の獣属を吸収して大集団になった、といったところだろう。

　空中で振り返ると、すでに校舎からは矢と攻撃魔法が飛んでいる。だがこの距離ではたいした打撃を与えられるわけがなく、あくまで地上戦の補助に過ぎない。地上戦は危険で過酷だった。空を飛び、一足で数身も跳躍する魔物たちが相手では柵も城壁もあまり防衛の役には立たず、市民の被害を最小限にするためには、敵が散開してばらばらに市域に侵入する前に打って出て各個撃破する、という突撃戦法しかないのだ。だから市には天然の川と申し訳程度の柵がある程度で、防衛は学院側に一任されている。校舎は見張り塔兼囮(おとり)の意味で市域から突出しており、鐘を聞きつけて市の兵士たちが到着するまでは学院の人間でなんとかするしかないのだから、一任されていなくても勝手にやるのだが。

校舎からは私たちと同じバカが次々と駆け出してきて、手の早い人はぱっと杖を輝かせて火球を飛ばしている。五発も六発も連続して放つあれはツィーダ先輩の得意技だ。その斜め前でイソップ君が手製の二連杖を振りかざしている。地面が近付く。手足を開いて草の中に着地し、杖を構えながら敵の先頭との距離を測る。距離約二十五身。あの一団がこちらを通り越して乱戦になる前に、一匹でも数を減らさないといけなかった。制御布を外した杖は私の存在ごと吸い取らんとするかのような勢いで魔力を吸引し、ぶるぶると小刻みに振動し、握っている私の全身にも振動が伝わる。手の震えが紛れるからちょうどいい。

「――以下三文字を詠唱とする」発光する杖の先端で三文字の印を描き、魔力の印越しに杖を伸ばして二十五身先の地面付近に狙いをつける。「凝(ヴルド)・連(ツイラク)・爆(ゼム)!」

得意の爆発魔法。魔力を放出した後の引っぱられるような脱力感に耐えて脚を踏んばる。横薙(な)ぎに連続する爆発が先頭の蒼狼二頭を巻き込んで吹き飛ばした。頭上から迫る巨禽は横からの電撃で黒焦げになり落下した。横を見ると、コルジィが指を立ててポーズを決めている。

だが私たちの頭上に大きな影がいくつも迫ってきた。それぞれ勝手にまっすぐ飛んでいたはずの飛竜たちがこちらに集まってきている。どうして、と思う。

「ちょっ、おい、なんでこっちにばっかり……」

コルジィが言い終わるより先に状況を理解した。調子に乗って前に出すぎたのだ。私たちより前方で戦っていたはずのイソップ君がいつの間にか後退している上に私たちが目立ちすぎた。

「コルジィ、いったん逃げ……」

遅かった。私たちの頭上に、同時に急降下してきた無足飛竜三頭。その動きで直感する。炎を吐く。三頭同時に。跳躍魔法が間に合わない。

頭の中が白く凍りついた。死ぬ。こんなにあっさりと。

――詠唱、三文字！　周（アズルド）・隔（ジグ）・斥（クファス）！

私たちの周囲に白く輝く防壁ができたのと、頭上の飛竜三頭が吐き出した火炎が私たちを包むのがほぼ同時だった。思わず目を閉じた私は焼かれる感覚が来ないことに気付いて周囲を見た。熱い空気が顔に当たる。だがそれだけだ。叢が焼けているが、防壁に守られた私とコルジィの周囲には火が届いていない。

――ティナ！　コルジィ！　下がって！

声のする方を見ると、ユーリが杖を構えていた。あんな遠くから、正確に私たちの周囲に防壁を作ったのだ。しかも詠唱の前置きを省略している。すっげ、とコルジィが呟く間に、ユーリは氷結魔法で私たちの頭上に極低温の渦を作り、三頭の無足飛竜を次々と落下させた。跳躍魔法で私の隣に着地し、それと同時に氷結魔法で薙ぎ払い、前から迫ってきていた牙虎を凍りつかせる。

「二人とも、怪我はない？」

戦闘中なのに不意に泣きそうになった。怖かった。死ぬかと思った。ほっとした。ありがとう。だがそれを口にしている暇はない。私は頷くだけで、口は爆発魔法の詠唱をしなければならない。

「助かった。すまん」コルジィが代わりに言ってくれた。「でもこれ、ちょっと数、多過ぎねえか?」

「僕もそう思うけど」ユーリは私たちに保護魔法をかけてくれる。「考えるの、後にしよう。少し後退しよう」

コルジィが跳躍魔法で数身後ろに下がり、攻撃を優先させていた私の手を取ってユーリが跳ぶ。他人の魔法で跳躍させてもらうのはどこか「抱っこ」されているみたいな気恥ずかしさがある。ユーリは私に重ねて保護魔法をかける。過保護、という言葉が浮かんで噴き出しそうになり、私は少し硬さが取れていることに気付く。ユーリはいつもこうだ。自分の活躍ではなく他人の安全のために、難しいわりに武勲にならない保護魔法や治療魔法を習得している。そして私はいつもそれに助けられてばかりだ。感じている嬉しさや照れくささや悔しさをユーリの手と一緒に振りほどき、私は爆発魔法の詠唱をする。巨禽が吹き飛ぶ。

周囲に教官や生徒が展開し始め、少し楽になった私たちはそれぞれ得意の魔法で魔物たちを薙ぎ倒していく。三人が並ぶとさすがに弾幕ができる。自分の「溜め」の間も残り二人のどちらかが攻撃をしてくれている状態になり、ようやく心に余裕ができた。

それでも魔物の数は多く、徐々に敵の接近を許すようになってくる。数が多い上に、頑強な竜族は一撃で倒せないことも多い。二文字魔法でも数呼吸おきながらでないと連発はできないのだ。しかも目立っている私たちは集中攻撃の的にされ始めていた。蒼狼や牙虎たちの一団だけでなく、右方上空をすり抜けて校舎に向かっていたはずの二足飛竜たちまで方向転換してこちらに来ている。

「こらあ三級生たち！　無茶しないの！」

　後ろからよく通る声に叱られた。振り返ると、華麗なベルベットのマントをなびかせた美人が杖をまっすぐに天に向けていた。四級生のサーリア先輩だ。

「以下四文字を詠唱とする。凝（ヴルド）・拡（ワグラ）・強（ジス）・疾（ストラム）！」

　四文字（クワドラ）魔法。三文字より桁違いに難しく、四級生ですら「両手両足で四つの楽器を同時に演奏するようなもの」と言って諦める芸当をあっさり見せ、先輩の頭上に凄まじい威力の上昇気流が生じる。上空の巨禽と二足飛竜が次々と翼を折られて落下し、続いて先輩の頭上に向かって強風が吹き込む。周囲の無足飛竜たちが巻き込まれて先輩に吸い寄せられていく。

「さあて、お集まりの皆様！」先輩は歌劇役者のように台詞（せりふ）を言い、杖を掲げる。そういえばこの人は生徒有志で組織する歌劇団の団長をしていた。先輩の杖が目で追いきれないほど複雑な印を描く。「私に跪（ひざまず）け！　以下四文字を詠唱とする。端（リズル）・連（ツイラク）・惑（オトル）・律（ラグリス）！」

　サーリア先輩の杖先が赤紫色に光る。昔は「魅了魔法」と呼ばれていた精神支配魔法だった。杖先で直接触れる「端（リズル）」でしか発動させられない上に、対象との間に魔力の糸をつなぎ続けていないとすぐ解けるため不便で、戦闘に使う例はほとんどないのだが（そもそも禁止魔法で、先輩は特別に許可をもらっている）、先輩は気流で吸い寄せられてきた飛竜たちの間を舞うようにすり抜けながら次々と杖で叩き、五、六頭の飛竜にまとめて精神支配をかけた。

「そーれ！　相、争え！」

竜の女王のごとき佇まいで飛竜たちを支配し、赤紫色に光る魔力の手綱を振るって突撃を命ずる。その華麗な姿にはいつも溜め息が出る。うちは規則がゆるく、制服の上に着るものは各自好きなものを持参しているが、あんな高級なベルベットのマントがよく似合うサーリア先輩は、本質的に私とは違う人間だと思う。戦いぶりも実に楽しそうだ。

だがその一方で、この人も「そのタイプ」なのか、と複雑な気分にもなった。死んでもいいや、という投げやりさの混じった蛮勇。没落貴族の口減らし。家督争いから弾かれた末っ子。そういった者が入学してくることが多い学院では、どこか生に対して投げやりで、「派手に戦って、死んでもまあいいや」という空気がある。

それでも、サーリア先輩のおかげで周囲を見回す余裕ができた。先輩は二十身にも及ぼうかという長大な魔力の手綱を六本ばらばらに操り、飛竜たちの攻撃で蒼狼たちの群れを崩壊させ、上空の巨禽たちを蹂躙(じゅうりん)していた。地竜たちはそちらに気を取られているし、親玉の大地竜まではまだ距離があるから、しばらくはこのまま戦える。先頭にいた地竜二頭はユーリとコルジィが一撃をくわえたため足が止まっている。まだ前進はしてこないだろう。この隙に比較的倒しやすい牙虎や蒼狼をあらかた片付けて、それから地竜たちと戦えれば危険が少ない。地竜に気を取られている時に他の魔物にやられるか、他の魔物に気を取られている時に地竜の吐炎(ブレス)で魔物ごと焼かれるのが一番ありそうな「死にパターン」だからだ。私は斜め後方に跳躍して叢から飛び出る。まず周囲に苦戦している人がいないか確認するつもりだった。だが右方三十身付近に不審なものを見つける。魔物が一点を取り巻くように集まっている。草と魔物の陰になって輪の中心はよく見えないが、巨禽が一羽、何かの攻撃を受けて跳ね飛ばされ、血を振り撒きながら空中を舞っている。

あの中心に誰かがいる。

私はそちらに向かって跳躍した。急速に近付く魔物の輪の中に地竜が交じっていることに気付き、杖を構えると同時に半ば絶望した。あの数に囲まれたら、もう中の人は助からない。というより、助けに入った私も続いてやられる。それでも爆発魔法を唱えている。唱えながら、私も「そのタイプ」なのだとあらためて自覚する。渾身（こんしん）の三文字魔法（トリル）でも落とせたのは巨禽二羽だけで、周囲の蒼狼が、地竜が、一斉にこちらを向く。

びょう、と冷気が頬を撫でる。蒼狼が一瞬で凍結し、前肢を凍らされた地竜が嫌がるように首をそむける。隣に来たユーリに肩を抱かれる。「いったん間合いをとろう」

「駄目」私は首を振る。「あの真ん中に、人が」

私が杖で指した先を見て、ユーリが目を見開く。私は後悔した。あの数の上に地竜も二頭いる。とても二人でなんとかできる状況じゃないのに、優しいユーリはきっと助けにいってしまう。

「ユーリ」

「仕方ない」

――ほほう？　何が、かな？

愉しげな第三の声がユーリの頭上から聞こえた。ガミクゥが魔物たちを見据え、余裕たっぷりに腕を組んでいる。あっ、と思った。ユーリにはこれがいるのだ。

ユーリは頭上の魔神に請うた。「ガミクゥ様、お願いいたします」

——面倒なんだけど。

「お願いいたします！」

——承知した。

ガミクゥはユーリの杖の先端を摑むと、魔力の波動を撒き散らしながら実体化した。ユーリの魔力を吸い取っているのだ。吸われるユーリは唇を噛んで耐えている。ガミクゥは許可さえ出れば全く遠慮しない。奪いたいように奪う。

「……やはり、君の魔力は美味い」

ガミクゥは妖しげに目を光らせると、残像を残して消える。突風と爆音が私の耳を叩く。見ると、魔神は魔物たちの群れを通過し、その五身ほど先で踏みとどまって停止していた。周囲の草が一瞬で焼け落ち、焦げ臭いにおいがする。

いつの間にか抜いていた腰の剣をひと振りしてガミクゥが振り返ると、魔物たちが血飛沫を迸らせながら分解した。首が、脚が、四つ切りにされた胴体が、ばらばらと空中に弧を描いて落ちる。

あの一瞬で十ヶ所近くも斬りつけられていたことに気付いた二頭の地竜が激高し、新たな敵に向かってかっと顎を開く。だが次の瞬間には二頭の首がそれぞれの長さを残して胴から離れ、どさりと重い音をたてて地に落ちた。黒く焦げた草がかすかに煙をたて、いつの間にかその先に移動していたガミクゥは手巾で剣の刃を拭い、腰の鞘に納める。

「……遊び相手としては退屈だね」

ガミクゥが再び半透明になると同時に、ユーリがぐらりともたれかかってくる。ガミクゥは戦闘時、実体化のたびに魔力を根こそぎ吸い取っていくため、ユーリは毎回意識を失う。だが助かった。

ちょっとそこ、戦闘中に何くっついてんの！ といささか場違いな叱責をしつつ跳躍してきたサーリア先輩にユーリを任せ、遅れてきたコルジィと一緒に魔物の輪のあった場所に駆け寄る。四散した魔物たちの肉片が強い血の臭いを発する真ん中に、学院の制服を着た女子が倒れていた。制服の上に羽織っている薄紫色のケープに見覚えがある。

「メイ」駆け寄って首に触れる。脈はある。顔に血が飛び散っているがこれは返り血だ。見たところ外傷はない。

「マジかよ」コルジィが驚く。戦闘が苦手なメイはてっきり校舎内に隠れていると思っていたが、私たちに続いて単独で戦闘参加していたらしい。隣には焼け焦げた蒼狼の死体もある。

「気を失ってるだけ。怪我はないみたい」頭を支えて体を起こす。「いったん、下がろう」

「おう。でも……」

私が左上方を指さすと、コルジィは歓声をあげた。光の防壁を展開しつつ高速で飛行する校長先生が、二本の杖で次々に飛竜を撃ち落とし、大地竜に突進していくところだった。

「……ほんと化け物だな。うちの校長」コルジィが笑う。

とにかく、私たちは死なずに済んだ。あとは他に犠牲者がでていないことを祈るだけだ。戦闘を終えて校舎に戻ったら友達が腕や脚をなくして泣いていたり、黒焦げで手を合わされていたりするのは珍しいことではなかった。

「なんとか助かったね」

三人でメイとユーリを抱きかかえつつ、跳躍魔法で後退する。サーリア先輩はそう言って笑顔だが、先輩に背負われてまだ意識のないユーリの傍(かたわ)らに勝手に顕現したガミクゥは、戦場を振り返って首をかしげている。

——妙だね。数が多すぎる。

それを聞き、先輩も表情を曇らせる。「……確かに、ちょっと異常だね」

その通りだった。魔物の襲撃は月に一度あるかないかだが、通常はせいぜい五、六頭で、多くても三十頭程度だった。二百頭以上というのはおかしい。

——何かが起こるかもしれないね。天変地異の前触れで魔物が異常行動をすることは、ままある。面白そうだ。

「面白くないですよ」魔神は気楽で羨ましい。「魔神なら、何か分からないんですか?」

——生憎、僕は予知能力なんてつまらないものを持つタイプじゃない。仮に持っていても、使いたくもないね。自分以外の誰かが決めた「未来」の情報に踊らされるなんて、真っ平御免だ。

気ままなこの魔神らしいと思う。

だが私の頭にはもう一つ、別のことが浮かんでいた。最近、学院でよく噂される「悪霊ヴィーカ」。あれが囁かれるようになったことと、今回の異常発生に関係はないのだろうか。もしヴィーカが本当にいたとして、何らかの方法で封印魔法すら無視できるほどの力を持っていたとしたら。

考えすぎだ。そうに決まっている。そもそも封印魔法はいかに魔力があろうと通過などできない。

だが私は、このしばらく後に知る。この時の予感は正しかった、ということを。

未来――12年後（2）

大学時代、勉強のためになんとなく速読法らしきものを身につけてしまったこともあり、件の小説の冒頭部分は数分で読み終わった。画面の中のミノはその間、お茶を入れたり携帯を見たりして待っていたが、そうしながらも僕の表情の変化を窺っていたようで、読みながらこちらが「む」と唸ると、くくく、と笑った。

――どうよ？

「……これってつまり、この『ユーリ』が僕？」溜め息が出る。ミノも僕の反応を見たくてテレビ電話を選んだようだ。「僕は伊神さんに取り憑かれてたのか」

――伊神さんって異世界から召喚される感じだよな。

確かに、あの人の部屋は今でも異世界の様相である。

――でも、いいだろ？　お前随分と優等生に描かれてるし。

「なんかだいぶ美化されてない？　言っとくけど『作者』、僕じゃないよ」

——学歴見りゃ、あながち美化とも言えないだろ。まあとにかく、少なくともこの作者には、お前がそう映っていたということになる。これ、ヒントだよな。

「ミノはこの『コルジィ』か。特にどこが共通点っていうわけでもないのに分かるね」

——だろうな。それに部長もいる。

「『サーリア先輩』だね。これはすぐに分かった」

——読んだ感じじゃ、部長が作者ってことはないよな。

「小説家デビューなんてしてたら、さすがに分かるよ」未だに「部長」なんだな、と苦笑する。

「他にも当て書きっぽい人物がいるね」

答え合わせをしていく。「イソップ君」はパソ研の磯貝君だし、「カルザーク先生」は草加先生だろう。よく冗談で「教員やめる」と言っていた人だったがお元気だろうか。そして。

原稿の表示されているウインドウを最大化し、ページをスクロールする。「火炎魔法を飛ばしてた『ツィーダ先輩』っていうのがいるね」

——そうなんだよ。それ、土田（つちだ）先輩じゃねえ?

だとすると、やはり「兼坂（かねさか）さん」事件ということになる。偶然で済ませてよい一致率ではない。話の筋もそうだ。市立（いちりつ）蘇我高校の校舎内のどこにでも現れるという兼坂さん。王立ソルガリア魔導学院の校舎内のどこにでも現れるという悪霊ヴィーカ。そしてここまでの話の展開を考えれば、悪霊ヴィーカの正体はどこかで必ず明らかにならなければおかしい。

自分が前のめりになっているのが分かった。少し緊張もしているようだ。もしこの作者が悪霊ヴィーカの正体を通して「兼坂さん」事件の真相を描いているなら、そいつはあの事件に関して「伊神さんに勝った」ということになる。あるいは、この作者はあの事件の「犯人」自身なのだろうか。どちらにしろ気になる。

「とにかく読んでみる」

——おう。実は俺も見つけたばかりで、まだそこまでしか読んでねえ。リアルタイムで読みつつ推理してみようぜ。

「了解」ミノとの間では、推理、という非日常の単語も普通に出る。

僕は小説のページをスクロールさせる。「兼坂さん」事件。その詳細は今でもはっきり覚えている。

第二章

もうすぐ高校三年生になるわけだが、職員室に入るのは未だに少し緊張する。何なのか分からない資料が積まれた机。生徒に関係ない大人同士の通知が貼られた壁。無造作に置かれたお茶のポット。それらすべてが「子供はお呼びでない」を表明する乱雑さで入り乱れている。なぜそう感じるのか小学生の頃には分からなかったが、今なら分かる。学校で普段、僕たち生徒が見ている掲示物や教室の作りなどがそもそも、実は生徒のために随分と見やすく分かりやすく配慮されていたものだったのだ。大人たちの立ち居振る舞いにしてもそうだった。教室と違い職員室にいる時の「先生」たちはぶっきらぼうで素早く、分かりにくい。

これが大人の世界なんだろうな、と思う。それに気後れするほど幼くはないが、隣の柳瀬さんのように我が物顔でずかずか入っていくこともできない。この人は昔からこうなのだろうか。それともこの人ももう「大人」側なのだろうか。

伊神さんから話を聞いた翌日の昼休み、卒業生だという草加先生をさっそく訪ねてみた。先生は自席で弁当を食べつつ空いた手でハンドグリップをぎちぎち握り、時折机に置いた雑誌をめくっていた。いくつものことを同時にしていて外見的には忙しそうだが仕事中ではなさそうだ。常にジャージ姿で机にヌンチャクを入れていたりし、読んでいる雑誌も『月刊秘伝』[3]だが国語科の教員である。

「兼坂さん」声をかけられた先生は弁当箱に残ったごはんをまとめてかっこみ、もごもごしながら応じた。「懐かしいな」

「どんな話か伺いたいんですが」

「んん」草加先生はお茶でごはんを流し込んだ。「ええと、伝わっていくうちに変容するから、私が聞いたのと皆さんが聞いたのは細部が違うかもしれませんが。……『もう一人の生徒』みたいな感じですよ。クラスが四十人なら四十一人目。学年が三百六十人なら三百六十一人目」

出席番号は五十音順だから、「兼坂さん」は最後になるわけだ。先生は机の上のティッシュを引き出して口を拭う。

「確か卒業前に亡くなった生徒の幽霊？　で、校内のいろんなところに神出鬼没だったかな。でも確か、出るのは書道室とか部室棟、私の頃にはＣＡＩ室という噂もありましたね」

隣の柳瀬さんと頷きあう。書道室と部室棟。となれば当たるべきは書道部と各種運動部だ。

「お昼休み中にありがとうございました」

「いいえ。……で、なんでそんなの訊きにきたの？」

全部喋ってから理由を訊くところがこの人らしいと思う。基本的に生徒を信用してくれる先生だし、頭ごなしに禁止も命令もしない。だがCAI室の「事件」についてはまだ広めていい話なのか判断がつかない。

「親戚の友達にライターやってる人がいまして」柳瀬さんが突然言いだした。「現代の怪談はどういうのがあって高校生とかの間でどう伝わっていくのか、生きたサンプルが欲しい、とか言われたそうで。一応まだぎりぎり現役高校生なので、協力してあげようかと」

「ああ、なるほど。それだと私の話、死んだサンプルになりませんか？」

「いいんじゃないですか。ていうか、そんな伝聞で記事作ってるんですかね？」柳瀬さんはその「親戚の友達」の顔を思い浮かべているようにしか見えない顔で腕を組む。

「媒体によりますね、正直。ひどいのは聞き取り調査すらしないで、記者の妄想で書いてる場合もあります」それでも草加先生は一応、教師らしく付け加える。「雑誌の取材だから、って言って誘い出す手口も多いから、気をつけてくださいね？　あと個人情報は渡さないように」

はーい、となんとなく気乗り薄に返事をするところまで完璧だった。これで「友達の親戚」の存在を疑う人はいないだろう。この人が詐欺師などを目指さなくてよかった、と思う。

ともあれ、情報は得た。あらためてお礼を言い、柳瀬さんに続いて出ようとする僕の背中に、草加先生が言った。「頑張って」

「え……？」

（3）　BABジャパン刊。柔道・空手から居合道、各種古武術に至るまで武道全般を扱う雑誌。内容は硬派で専門的。

振り返るが、草加先生は小さく手を振り、鞄からなぜか弁当箱をもう一つ出して食べ始めた。ぜんぜん太っていないのによく食べるな、と思ったがそれはどうでもよく。

……どういうことだろうか。ただ適当にそう言っただけなのか。

だが先生はもう弁当と雑誌とハンドグリップに戻ってしまっている。訊いても答えてはくれなそうだった。

まだ昼休みは二十分ほどある。携帯にメッセージが入っていたので教室に戻ると、一人で携帯を見ていたミノがこちらを見た。「おう。どうだった？……ていうか部長、すごい違和感なく二年の教室入ってきますね」

それは僕も思う。「『兼坂(かねさか)さん』、知ってる先生いた。市立(ウチ)の先生、卒業生多いよね」

「ん？　何坂だって？」

「『兼坂』。……あ、ごめん。『兼坂(かねさか)』って書いてそう読むんだって」僕と同じリアクションだなと思う。いいかげんつきあいが長いから似てきたのだろうか。「書道室と部室棟に出るっぽいけど」

「書道室か。じゃ、やっぱそうだな」ミノは携帯を持ち上げてみせる。「見た？」

「ミノのメッセージだけ」誰かが微妙に密集させた机をもとの位置に戻しつつミノの席の横に行く。「反応あった？」

「うん。最初誰かと思ったけど、書道部の勅使河原(てしがわら)先輩だった」

自分の携帯で検索するのは面倒なのでそのままミノの携帯を見せてもらう。

昨夜、伊神さんから聞いた話を秋野に報告すると同時に、そのコピーを添えてミノに協力を要請した。ミノは乗り気で承諾してくれただけでなく、早速「書道室か部室棟で最近、気になる話を聞いた人はいませんか？」「市立に古くから伝わる『兼坂さん』の噂について聞いたことがある人はいませんか？」と各所に書き込んでくれた。日常的に使っているメッセンジャーアプリの学年別トークルームに、書き込みが一般公開される拡散系ＳＮＳに、だいたい派手な人たちが使っている写真系ＳＮＳ。メディアでは「学校裏サイト」と呼ばれる、生徒にとっては別に秘密でもなんでもなく、ただいつもひと気がないことから「裏手」という意味であれば確かに「裏」な匿名掲示板のスレッド。参加者から招待された者でなければ閲覧できず、個人の特定がされた前提で書き込むメッセンジャーアプリはともかく、誰でも閲覧可能な匿名掲示板、はては最初に設定したＩＤを使い続けるためそう気軽に逃亡できない各種ＳＮＳでまで「二年の三野です」と名乗った上で書き込みをしており、メインのアカウントで個人特定させてしまっていいのだろうかと思ったが、ミノは「特定されて困るようなこと書いてねえし」と強気だった。確かにこちらが名乗った方が閲覧者にも本気度が伝わる。それが功を奏したのか早速今朝、拡散系ＳＮＳの方に返信があったという。

こじろ @uwaaaaaaaaaaah03（14時間前）
市立蘇我高校二年の三野です。現在調べていることがあるので何かご存じの方いませんか。
蘇我高校の「兼坂さん」という噂についてです。書道室か部室棟に出るらしいので、そのあたりで最近何か奇妙なことがあった、という方も。プライバシーは厳守します。

自分のプライバシーはいいのだろうかと思うが、朝方に返信が来ている。

麒麟@CTTYNKL2Z6（4時間前）
書道室でちょっと変なことがありました。あとはメッセージでやりたいのでフォローお願いします。

その後は非公開でできる個人メッセージでのやりとりで、返信してきた人は三年の勅使河原と名乗っていた。書道部の元部長で、「〈天使〉の貼り紙」事件の時に話したことがある。推薦でさっさと受験は済ませたので、今の時期は「趣味で」書道室に来て好きなものを好きな書体で書いている、とのことだったが。

「今日も放課後、書道室来るって。ちょうど下級生(おれら)はテスト前で、書道室使い放題だから、って」

「推薦組はいい御身分ですこと」受験すらしていない柳瀬さんが肩をすくめ、教室の反対側を指さす。「ところであっちに秋野ちゃん、いるじゃん」

「あ、はい」演劇部員からするとまだ「部長」という認識なのか、ミノは部下の顔になってがが、と椅子を動かし、立ち上がる。「報告してきます」

柳瀬さんがこちらを見る。その視線の意味は分かる。ミノが秋野のことを好きなのは親しい人なら知っていることだし、彼女が秋頃、彼氏に二股をかけられていたことが判明して別れたのもわりと知られていることだ。秋野はその前につきあっていた吹奏楽部の先輩ともそんな感じだった。モテる男に言い寄られ、おそらくは流されるタイプであるがゆえに承諾してつきあい始め、すぐ二股をかけられるというパターンを繰り返す不幸体質なので、もっと自分を大事にしてくれる人とつきあった方がいいのでは、などとお節介おばちゃんよろしく思うことがある。だから個人的にはミノを推していて、露骨に誘導はしないまでもなるべく接点ができるように気をつけているから今回も巻き込んだのだが、慣れないことはするものではなく、あまりうまくなかったようだ。一人で女子のグループに寄っていって特定の女子に声をかければ目立つし、話の性質上、連れ出して二人にならなければいけないとなれば、露骨にやると噂になってしまう。逆にそれを狙いつつ二人になる口実ができたぞと喜ぶタイプの人もいるだろうが、普段は軽い男を装ってあの子かわいいだのこの子とつきあいたいだのと言っている（上にうちの妹にも目をつけている）わりにミノは紳士的というか慎重で、今だって僕と柳瀬さんが来るまで声をかけずにいたのだろう。そのかわりに僕たちが後ろにいると、当然という顔でまわりの友達に詫びつつ秋野を連れ出す。

「三野くん、テスト前なのにごめんね」

「いやどうせ勉強しねえし。推薦とかヌルいこと考えてねえから成績関係ねえし」ミノは頷く。

「それに俺も真相、知りたいし」

「でも、もしかしたらまた危ない事件かもしれないし……」秋野は言いながら声がさらに小さくなる。「その噂、だいぶ上の代しか知らないみたいだし」

「そうなん?」

「新聞部と、あと超研の人にも訊いてみたの。でも『兼坂さん』を知ってる人、いなかったから」

となると確かに、秋野が警戒する理由は分かる。「兼坂さん」の噂を知っているのがもう卒業した代、ということになると、CAI室の「犯人」は外部の人かもしれないのだ。つまり不法侵入になるわけで、その時点であまり穏やかではない。

「大丈夫だって慣れてるから。任せとけ」ミノは親指を立てる。「俺も気になるもん。それにその『兼坂さん』見てみたいし。かわいいかもしれないし」

柳瀬さんが何か呟いた。「そういうことを言うな」と言ったようである。

放課後、書道室にお邪魔すると、勅使河原さんのかわりに見知らぬ緑色の頭をした人がいた。と思ったらそれが勅使河原さんだった。文化祭の時は髪が茶色だったのだが。耳にピアスも光っており、相変わらず書家のイメージから遠い人である。

「こんにちは。……勅使河原さん、髪、変わりましたね」

「うん。葉山君も今日は男子の服装なんだね」

「あれ仮装ですから」前回会った時、僕は諸般の事情によりセーラー服を着ていたが、むろん文化祭だったからである。

「本当に毛だ」柳瀬さんは手を伸ばして勅使河原さんの髪の毛を無遠慮に触る。「これ髪、痛まない？」

「明日、黒くする。卒業式だし」

「演劇部(ウチ)の江澤(えざわ)とかも黒くしてたなー。みんな毎年、卒業式前は黒くなるよね」

校則がなく（いや、あるのだろうが教員も何も言わないから生徒はよく知らない）、のんびり自由な校風とされている我が市立高校なので、普段は髪を染めたりピアスをしたりと皆、かなり自由にやっている。制服を着崩す人、改造する人、そもそも着ない人なども多く一部保護者からは「美大のよう」と言われたりもする。だが各期始業式や終業式などの場では各々(おのおの)それなりにきちんとした恰好をするし、卒業式前になるとピアスは外し髪も黒くなる。面接のためにそうしたという人も多いが、そうでない人も自主的にそうするのである。別に教員からの圧力や生徒間での同調圧力があるわけではないから、そのままパンクな恰好で卒業式に臨(のぞ)む生徒もいないことはないのだが、それはごく一部である。なぜそうするのかと訊くと「式典なんだからきちんとした恰好で出なきゃだめだろ」という答えが返ってくる。色髪やピアスがなぜ「きちんとした恰好」でないと考えるのかといった疑問はとりあえずさておいて一般的な考え方に合わせる。そういう、根本的なところでの真面目さが市立の生徒にはあった。

柳瀬さんは頷く。「まあ頭、これだとほぼマガモのオスだしね」

勅使河原さんは筆を置く。「やっぱ柳瀬さんもそう思うか。彼女にも『完全に鳥だからやめて』って言われたから、大学入ったら別のにしようと思ってる。銀にして立てるとか、ツートンカラーで茶色プラス両サイド緑とか。葉山君的にはどう？　そういうの」

「似合うと思います」どっちも鳥だと教えるべきだろうか。[4]

「書は基本白黒だから、書道やってる人は髪とかカラフルにしたがるよ」勅使河原さんは適当なことを言った。「で？　三野君とSNSで話してたやつ？」

「あ、そうっす」ミノが前に出る。「書道室で変なことがあった、って話でしたけど」

「うん。俺、推薦だから暇でさ。だけど一般受験組がまだピリピリしてるからあんまブラブラできなくて、ほぼ毎日書道室来てるんだけど」早くに受験を終えて開放的になった推薦組がうるさくして一般受験組に睨まれる、という構図は市立にも存在する。「大声で言えないけど推薦でほんとよかった。一般受験組見てると可哀想になるもん」

　ミノが咳払いする。「で」

「ああ。……書道室に出る怪異もいるんだね。初めて聞いた」勅使河原さんはなぜか嬉しそうである。「一昨日なんだけど、放課後すぐに来たらさ、鍵がかかってたんだ。この部屋」

　勅使河原さんは僕たちが入ってきた入口の戸を指さす。だがそのまま黙っている。

「……ええと？　それで何があったんすか」

「あ、知らないか」勅使河原さんは僕たちの横を抜けて戸に近付き、内側から施錠するレバーを動かしてみせた。がこ、と詰まった音がして、半分くらいしか動かない。「あっち側の戸は閉まるんだけど、こっちの戸は壊れてて鍵がかからないんだ、この部屋。中からも外からも鍵がかからなくて、だから書道部員は『閉まらずの書道室』っていう認識でいる。俺が一年の時の三年もそう言ってたから、だいぶ前からこうなんだと思うけど」

ミノと顔を見合わせ、戸を施錠しようとつまみを動かしてみる。途中から秋野も来て三人でかわるがわる挑戦したが、どんなに力を込めても、念を込めても、押したり引いたりしながら工夫して動かそうとしても、引き戸をロックするつまみは半分以上下がらず、手を離すともとに戻ってしまう。三人がかりであれこれ試みても駄目ということは、本当に閉まらないのだ。

「……これが、閉まっていた？」

戸を観察する。別館の建物は古く、この戸もいささか年季の入った木製の引き違い戸である。金属のはめこまれた引手。上部の覗き窓。足元の溝。外見上、異状はない。釘一本刺せば開かなくすることはできるな、と思い、体を外に出して痕跡を探してみたが、戸自体は綺麗なものだった。

「マジ、全力でやっても開かなかったんだけど」勅使河原さんは緑色の頭を動かして頷く。「どう思う？　軽く怪奇現象じゃない？」

「普通は『開かずの間が開いていた』の方だと思うすけど」ミノも頭を掻く。「開かずの間は

(4)

ヒヨドリ（上）及びコガモのオス（下）。

こじ開けりゃ開くわけで、こっちの方が不思議っすね」

閉まらずの間が、閉まっていた。確かに怪奇だ。

「……中から誰かが押さえていた、とかでしょうか？」

「いや、俺もそう思ったんだけど」勅使河原さんは書道室を見回す。「その場合、閉めた犯人が中にいたってことになるよね？　それに俺も『中から誰か押さえてるんじゃないか』って思ったから、そこの覗き窓から中は見たんだけど、誰もいなかった」

引き違い戸なので戸板は二枚ある。僕たちが入った時は教室後方側になる左の戸板を動かしたが、もう一枚の戸板の方はどうだろうか。だが引手に指をかけて引いても、こちらの戸板は全く動かなかった。

「そっち、動かねえよ。そういえば授業の時もそっちから開けたとこ、見たことない」書道を選択しているミノが言う。「なんかもう曲がってガチガチンなってんだよ」

秋野と柳瀬さんも加わり、押したり蹴ったりガタガタと挑戦するが、もともと戸板は重いただの板で、敷居の溝にはめ込んであるだけの代物である。図書室や部室棟の各部屋もそうなのだが、このての古い戸は埃が詰まったり戸板や敷居が歪んだりして、常連利用者しか知らない特定の押し方や蹴り方をしないと動かない状態になっていることが多く、生徒の間では「封印」とか言われている。僕はしゃがんで敷居の溝を見る。片側の戸板しか動かないとなると、考えられるのは。

「……誰かが内側に、心張り棒をかませておいたんでしょうか？」

動く方の戸板は廊下から見て奥、教室の側についているから、教室側から敷居に棒でも挟めば開かなくなる。反対側の戸板は動かないのだから、これで封印完了である。

だが勅使河原さんは首を振る。「俺もそう思ったから、部屋の中はよく見たんだ。だけど誰もいなかったし、窓も全部鍵かかってた。準備室側の戸も、準備室のドアも、いつも通り鍵かかってたし」

となると確かに奇妙だった。心張り棒を入れるためには部屋の中にいなければならないのだから、「犯人」はその後、部屋から出るか、見回してみても、室内のどこかに隠れなければならない。だが他の出口はすべて閉まっていたというし、見回してみても、室内のどこかに隠れられそうな場所はなかった。机の下もよく見れば確認できるし、掃除用具入れは外の廊下だ。勅使河原さんもそれなりに念入りに見たはずで、教卓の陰にうずくまったりカーテンにくるまったりする程度は見つけていただろう。書道準備室に入るドアはあるが、こちらは鍵がかかっている。廊下側の壁の上部についている小さな窓も見上げたが、勅使河原さんは「そっちも閉まってた」と言った。そもそもこの窓は二十センチほど倒せるだけだ。ベランダ側を歩きながら窓を順々にチェックしていたミノも、「いじった跡とか、なんもねえ」と言って首をかしげた。

「……単純な話なんだけどさ」柳瀬さんが腕を組む。「この戸、最近直したとかはないの？つまり、勅使河原が見た時はもう『閉まらずの書道室』じゃなくなってて、普通に鍵がかかってただけとか」

「俺もそう思ったから昨夜携帯で、事情を説明して書道部の後輩に訊いてみたんだけど。特にそういうことはないって。むしろ『閉まったんですか？』『閉まったとこ見てみたかった』っていう反応だった」勅使河原さんはやはり楽しそうである。「マジでその『兼坂さん』なのかな。俺、霊感ないからちょっと嬉しい」

勅使河原さんは明るく言うが、その言葉が切れると、書道室は、すん、と沈黙したように静けさを増した。後方の壁に掛けられた臨書の文字列が魔的な封印の呪文に見えてくる。柳瀬さんは腕を組んでいるし、秋野もなんとなくこちらを見たりするだけで沈黙している。ミノは窓枠に足をかけて上がったり、準備室に入るドアのノブをガチャガチャ回そうとしたりと色々試していたが、特に何を見つけたわけでもないようで、黙ったまま動いている。

確かに、これは密室だった。出入口はすべて閉まっていた。問題の戸は内側からしか閉められない。隙間がないから、外から糸などで引っぱって心張り棒をかませる、ということはまず不可能だ。

……兼坂さんは、校内のあらゆる場所に現れる。鍵がかかっていようとお構いなしに。

ＣＡＩ室と同じだ。場所がまさに書道室で、それもほぼ同時期に起こっている。

だがもう一つ、不可解な点があった。「勅使河原さん、一昨日、ていうか最近、放課後に書道室に行くこと、誰かに話しました？」

「いや、書道部の後輩には言ってるけどね」勅使河原さんは緑色の頭を傾けて腕を組む。「俺の彼女は一般受験組なんだけど、後期頼みになりそうでさ。あんまり気楽なの送るのも悪いから、最近はネットで拾った鳥画像と『がんばれ』ばっかで」首をかしげるオカメインコ[5]の画像を見せてくる。「最近一番のヒットがこれなんだけど可愛くない？」

「かわいいですね」

「かわいいー」

「俺も見せてください。あー。かわいいっすね」

「……かわいい」

皆で勅使河原さんの携帯を回す。インコはかわいいが、考えてみると全く関係ない。それどころか不可解な点が増えている。そもそもこの「犯人」はなぜ「閉まらずの書道室」を閉めたのだろうか。テスト準備期間中で放課後、書道部員は来ないはずだ。勅使河原さんの行動にしたって予測不能で、彼を狙って悪戯を仕掛けたのだとすればあまりに不確実だった。ＣＡＩ室の時と同じだ。ミノが「昨日、書道の授業の時は普通に開いてた」と言う。僕と同じことを考えているのだろう。

事件ではなく、単に不可解なことが起こっている。これはどういうことなのだろうか。秋野にしろ勅使河原さんにしろ、犯人に呼び出されてもいなければ、周囲で事件が起こっているわけでもない。たまたま不可解なことを目撃した、というふうに見える。

だがそうなると、部室棟でもすでに。

思った瞬間に携帯が震えた。何か変な震え方をしていると思ったが、メッセンジャーアプリ

（5）　鳥のこの動作は、人間の「首をかしげる」とは意味合いが違う。鳥は眼球を動かすことができないため、ああやって首ごと動かして遠近感を測っているのである。

の着信とメールの着信がたて続けにあったらしい。いや待てよメールということは、と気付く。

(from) 伊神さん
(sub) 助手を送った　今日24：00までに経過報告

僕の周囲で通信手段としてまず「電子メール」を使うのは祖父とこの人だけだ。メッセンジャーアプリを使わない理由を訊いたら「言い草が不快」と答えた。「『誰某さんがあなたを友達に追加しました』とか、こちらの人間関係を勝手に規定してくる。他の人間たちがなぜあれを受け容れているのか分からない」のだそうで、まあ確かにSNSというものの最大のメリットは「気軽さ」であるところ、もともと自分がしたいと思った時は相手の都合を考えず常に「気軽」、思わない時はそもそもやらない、というスタンスのこの人ならSNSは必要ないのかもしれない。以前は携帯ですら嫌っていたのだ。

しかし、わざわざメールを送ってきたと思ったら。

「……助手？」

アプリの方を開くと、珍しい相手からメッセージが来ていた。

お久しぶりです！
先輩、また何か事件に巻き込まれていますね？

兄から指令を受けたので、市立蘇我高校にお邪魔して少し、調査をしてきました。

まだ学校内にいますか？　大丈夫でしたら、武道場の前でお待ちしています。

（16：28　天童翠）


「してきました」と書いてある。すでに無断で侵入しているらしい。


目がいいのだろうな、と思う。どう見ても市立のスクールバッグをかけ、市立の制服を着て、コートを腕にかけた美少女が、僕が見つける前からこちらを見つけて手を振っていた。他人の容姿を「美少女」などと雑に表現するのは通常あまり好ましくないはずなのだが、彼女の場合誰が見ても「ああこれは美少女だ」と頷くので、そうした方が伝わりやすいのである。背は低めだが、きちんと造形された口、すっと通った鼻、大きな目と綺麗な眉、それら部品が整った骨格の中に丁寧にバランスを取って並べられている。単純に「すごいな」と思う。世の中にはこういう顔で生まれてくる人もいるのである。

「わー……完璧に化けてるし」柳瀬さんは変装の方に目がいくようで、呆れ声で言った。

なるほど確かに、こちらも完璧だった。制服のブレザーとリボン。学校指定のローファー。前回、市立(ウチ)の制服姿を見た時と何か違うなと思ったら、スカートが適度に短くなっているのだった。確かにあの時は五月上旬で、一年生の女子はまだスカートが長い時期だった。

美少女は笑顔でお辞儀をした。「お邪魔しています」

問題なのは彼女が市立の生徒ではなく、よその中学生だということである。天童翠ちゃん。私立愛心学園中等部の三年生で伊神さんの妹。姓が違うあたりの事情にからんで、正門前に謎の女がずっと立っている——という通称「立ち女」事件などいくつかの解決に関わり、以来親しくなった。というより、あの事件の解決時、僕のことを「恩人」だと認識したようで、それ以来、何かと助けてくれるのである。この間の「〈天使〉の貼り紙」事件でも助けてもらったが、その時はちゃんと来客として、中学の制服と来客用のスリッパだったと記憶している。だがあれは急ぎだったからで、市立の校内で捜査をする場合、この子はわりと気軽に変装をする。

「伊神さんが言ってた『助手』って」

「はい。私です」

「はいはい。市立の制服でもかわいいかわいい」柳瀬さんがなぜか諦めたようなトーンで言う。

「なんで市立の生徒に化けてんの？　潜入捜査？」

「はい。でも、今日は潜入というだけではなくて」翠ちゃんは半拍だけ溜めを作り、とっておきを言う、という表情になった。「四月から入る学校の、見学も兼ねているんです」

僕とミノと柳瀬さんが同時に別々の声をあげ、そういえば翠ちゃんとほぼやりとりがない秋野だけが落ち着いて「合格したんだね。おめでとう」と先輩らしく祝福した。

翠ちゃんは皆の祝福を笑顔で受け止め、アイドルもかくやというきらきらした笑顔で「よろしくお願いします。先輩」と言う。そういえばこの子は（出会った時の経緯が原因なのだが）特に何の先輩でもない僕を「先輩」と呼び続けていたが、四月からは本当に後輩になるわけである。ミノの演劇部に手をつけられる前に美術部に勧誘しよう、と決めた。

だが翠ちゃんの方は目下、それとは関係ない用事で来ている。彼女は腕に巻いていた黄色の腕章を引っぱり上げて示す。「『兼坂さん』ですが、部室棟の方でも何か起こっていないかと思いまして、新聞部の取材ということで少し、聞き込みをしたんです。『最近何か変わったことはないか』『兼坂さんという噂について知っていることはないか』」

腕章には「新聞部」と書いてあった。僕が知る限り、市立の新聞部がこんな腕章をつけているのを見たことがないが、「らしさ」は格段に上がる。「……潜入スキル上がってない？」

「それほどでも。……テスト前なので、今日のところは話が聞けたのは野球部、サッカー部、男子バドミントン部、卓球部、硬式テニス部、ソフト部、女子バスケ部、陸上部と山岳部、ですね」翠ちゃんは刑事めいた仕草で内ポケットから出した手帳をめくる。可愛いスケジュール帳などではなく刑事ドラマのごとき「黒革の手帳」である。「聞いた話自体はほぼ空振りでした。先週、陸上部で砲丸がなくなったことがあったそうですが、これは部員の一人が『自宅で使う』からと勝手に持って帰っていたという話のようで、兼坂さんとは関係がなさそうです」

家に「砲丸」を持って帰って何に使うのか気になるが、そこは今は関係ないだろう。「ありがとう。助かったけど……男子部、一人で回ってめんどくさいことなかった？」

翠ちゃんは一瞬、何を言われたのか分からなかったようだが、すぐに気付いて微笑んだ。

「硬式テニス部のマネージャーに誘われ、陸上部に勧誘されました。あと野球部と卓球部と女子バスケ部でIDを交換しようと誘われました。ナンパですね」

「ごめん。……聞き込み、一緒に行ければよかったんだけど」

「それだと新聞部を装えないので、今回は一人で行くことにしたんです。でも、いくつかの部に『使える人』ができましたので。今後何かあれば情報をくれるそうです」この子の将来は公安だと思う。

　ナンパはともかく勧誘についてはどこの部活も似たようなもので、市立においては、部活動に熱心な二、三年生は初対面の一年生を見ると蛭のごとく吸いつきダニのごとく離れないという悪癖がある。どこも部員不足であり、泰然として「入部ＯＫ」のスタンスでいられるのはサッカー部と吹奏楽部ぐらいのものなので仕方がないのだが、ネタがある、というそぶりで取引を持ちかけてくるやつもいたことは想像に難くないし、いちいち勧誘されてそのたびにうまくかわして、では大変だったのではないかと思う。

　だがミノと秋野が「忘れていた」という顔で翠ちゃんに寄る。「翠ちゃん、演劇部入ろうぜ。絶対市立のスターになれるよ。舞台に立つの楽しいし」「あの、楽器何かやってた？　やってなくても音楽に興味」

　普段おとなしい秋野まで豹変したのはもうすぐ三年生になるからだろうし、柳瀬さんが動かないのはもうすぐ卒業するからなのだろう。だが取らないでいただきたい。二人を遮って間に割って入る。「二人ともやめて。翠ちゃんはもう美術部って決まってるから」

「は？　お前何を」「葉山くん、ずるい」

うるさい。美術部は僕一人しかいないから、翠ちゃんと、できれば彼女つながりで他の人も入ってくれないとまずいのである。

翠ちゃんは端整な笑顔でこちらを見る。「私は美術部に入部希望なので」

「まあ私はそこらへん寛大にいくスタンスでいたいから、入部自体は許可するけど」なぜか柳瀬さんが許可を出し、僕の唇を指でつついた。「でも、浮気したら牛裂きだぞっ」

地下アイドル系の作り声で言う単語ではないと思うが[(6)]、とにかく翠ちゃんの方は美術部に入ってくれそうである。

「兼部が可能なら、他の部も見てみるつもりです。でも今は捜査の話をしましょう」翠ちゃんはなぜかリーダーの口調になり、シャツの胸ポケットに入れていた携帯を出して振ってみせた。「山岳部です。話した一年生からは、直接には何も聞けませんでしたが、部室内に少し、気になったところがありまして」

「……携帯は何の意味が？」

「ちゃんと聞き込み中に撮影もしておきました。胸ポケットに入れた状態なので少し揺れますが」翠ちゃんは動画を再生させて見せてくる。「映っていますよね？　壁の、コンセント周囲に燃えた跡があります」

（6）　歴史上、世界各国に見られた「八つ裂き刑」のうちの一つ。二頭または四頭の牛を罪人の手足につなぎ、別々の方向に駆け出させることによって引き裂かせる処刑方法。実際にはそう簡単に引き裂けるものではないらしく、あらかじめ切れ込みを入れておいたり、死刑囚が気絶したらあとは通常の斬首をしたりしていたようである。

　盗撮ではないかと思ったがとにかく見る。山岳部の部室。撮影者である翠ちゃんはジャージの一年生と向きあって話しているため画面の大部分は彼の体だが、その後ろ、開いた戸のむこう側に映っている壁は確かに、一部が黒ずんでいる。「焦げ」というレベルではなく明らかに「小火(ぼや)」の痕跡だ。

「……よく撮ったね」実際にやってみると分かるが、ファインダーを覗かずに狙ったところを撮るのは難しく、それなりの練習をしないとまずできない。

「この動画ではカットしていますが、小火についてはこの部員に訊きました。話したくはなさそうでしたけど」まあそうだろうなと思うが相手は一年生一人、彼女なら硬軟駆使してどうとでも訊き出せるだろう。「彼は直接には知らないそうですが、どうも九月頃、部室で三年生が焼肉をした時に燃えたらしい、とのことです。詳細は参加した三年生に直接、訊いた方がいいですね」

「ああ山岳部のね。あいつら校内であれこれ食べるから」

　柳瀬さんが腕を組む。確かに彼らは本館前で毎週テントを張りカレーを作っているため、生徒の間では野外で生活する謎のパフォーマー集団であるかのように見做されている。「六組の西浦(にしうら)なら知ってるけど今日、来てるかな」

「西浦さん本人にもあとで当たりますが」完全に刑事の口調で翠ちゃんが手帳をめくる。「その彼女の八並(やなみ)先輩も参加していたそうです。八並先輩は山岳部員ではないので、こちらの方が訊き出しやすい話があるかもしれません」

「へえ。あそこ、つきあってたんだ、いつからだって？」

「あ、そこまでは」

「いいや直接訊いてやろう。でも八並さんって私、同じクラスだけどしばらく来てなくない？なんか体弱いみたいで、いつもわりと休んでる」柳瀬さんは携帯を出した。「西浦に訊いてみる。今も入院してたりするのかな」

社交的だな、と思う。僕の場合、同じクラスだからといってもそう気軽にやりとりはしないし、そもそもＩＤも知らない人が多い。

「しかし九月の小火、か。関係あんのかな」ミノが腕を組む。「でも、場所はまさに部室棟なんだよな」

「関係ないただの小火かもしれない。部室棟全体で見たら十いくつも部活があるんだし、九月の事件まで数えていいならむしろ、確率的にはどれかの部活で何か一つくらいは起こってる方が普通かもしれない」陰謀論だの終末予言だのでよくあるパターンなのだ。こじつけになってしまってはならない。「山岳部の人、まだ誰か残ってないかな。現役部員に訊いてみて『ただの失火だった』ってことになったら、よそを当たった方がいいと思う」

「あの」秋野が手を挙げた。指先は上を向いているが視線は俯いている。「私、山岳部の人たちに訊く係、やります。西浦さんの方は柳瀬先輩に」

係って何だろうと思うが、腕時計を見る。山岳部の人を捉まえた上で西浦先輩と八並先輩に会いにいく時間は確かにない。「ありがとう。ええと、そしたら……ミノも一緒に頼める？

翠ちゃんはあまり学校内、うろうろしない方がいいし」

「どうしてですか？」

「いや、変装して目立ちまくるのはちょっと……」三月頭に制服で校内をうろうろしていた人が翌月「新入生」として入ってきたら、何事かと思われるに決まっている。

ミノが了解と言うと、秋野はほっとしたように頷く。

柳瀬さんが「おっけー」と呟いた。「やっぱ八並さん、入院してた。小仲台病院だって。ちょうど西浦がお見舞いにきてるらしいから、まとめて捉まりそう」

「……了解です。まあ、無関係っぽかったらただのお見舞いってことで」

だが部室棟である。ＣＡＩ室の怪異と書道室の密室に続いて出てきたせいもあり、揃った、という感覚があった。


「メインのこれがガーベラ。こっちの青いのがスターチス。それからこれがカーネーション。わしゃわしゃって咲くスプレーカーネーションってやつね。で、間の白いのがカスミソウ。この黄色はバラって分かるでしょ？」柳瀬さんは僕が抱えているアレンジメントの花を一つ一つ指さして名前を呼ぶ。「オレンジガーベラの花言葉は『忍耐』」

見舞い品でそれはいいのだろうかと思ったが、どれを選んでも深掘りしていけばどこかに差し障りのある花言葉が出てくるに決まっているので、シオンやシクラメンでなければいいことにする。そもそも花屋さんが選んでくれたのだから、まずい花が交じっていることはないだろう。

「……柳瀬さん、花、詳しいんですね」翠ちゃんも唸る。「私は正直、こういうのは全然」

「へっへー。お母さんの影響でお茶お花はちょっと知ってるし、着付けも一応できるよ？　日舞[8]もずっとやってるし、次は日拳[9]かな」

おそらく役者修業も兼ねているのだろう。高らかに笑う柳瀬さんに対し、翠ちゃんは「私もテコンドーなら少し……」となぜか対抗している。だが自分を振り返ると「僕、何もやっていないな」と、こちらこそ負けた気になる。普段は普通に話しているが、実のところつくづく優秀な人たちである。

柳瀬さんは同じクラスだからまだいいとして、いち面識もない僕と翠ちゃんはどうなんだろうと思ったが、西浦さんによると誰でも歓迎、との答えだったらしい。食事制限があるかもしれないので食べ物類は避け、花は禁止されていないらしいので穴川駅前の花屋さんでアレンジメントを買った。柳瀬さんからは「なんでそんなにお見舞い慣れしてるの？」と訊かれた。翠ちゃんも何か問いたげにしていたが、こちらは遠慮したのかもしれない。

(7)　シオンは花言葉が「さようなら」。シクラメンは「死」「苦」に通じるので、いずれも見舞い品には不向きとされている。

(8)　日本舞踊。日本の伝統的な舞踊一般。基本的に和装でやる華麗な舞いで、着物＋扇だけでなく男性の着流し＋傘などのスタイルもある。代表的な演目に「藤娘」「助六」など。

(9)　日本拳法。澤山宗海が一九三二年に立ち上げた日本初のフルコンタクト系格闘技。実戦的で、投げ技で倒した相手を踏んだりする。代表的な技に「直突き」「波動突き」など。

北風があり徒歩での道中はまだ少し寒かったが、小仲台病院まで歩くとなると着く頃にはさすがに全員、コートを脱いでいた。歩くと温かくなるということは、知らない間に春が近付いてきていたのだ。

総合受付で待っていてくれた西浦さんに対し翠ちゃんは「一年の佐藤(さとう)です」と当然のように偽名を言い、柳瀬さんも「ごめん演劇部の後輩もついてきた」とそれに乗る。いらん嘘が増えていく。西浦さんは地味な眼鏡をかけた物識りそうな印象の人だったが、僕の持っている花を見ると「おっ、コスモス。綺麗だね」といきなり盛大に間違えた。

「あ、いえ……はい。駅前の『フラワー天国　穴川店』で」訂正はしないことにする。

「ありがとう。俺、花なんかもらったの久しぶりだ」

「いえ、八並さんにお見舞いで」

「あっ、そうか」西浦さんはぽんと手を叩いた。「そりゃそうか」

そりゃそうである。だいぶ天然ボケな人のようだ。「ぞろぞろ来ちゃいましたけど」

「いや一穂(いちお)、体力はもう戻ってるし。賑やかな方がいいから」家から直接来ているのだろう。私服の西浦さんはすでに夫のような顔で言い、慣れた様子で廊下を進んでエレベーターを呼ぶ。

「まあ今回はたいしたことはなくて、明日には退院予定なんだけど」

「病名とか、伺ってもいい感じですか?」

「うん。体弱いからいろいろなんだけど、今回は腎炎だって」エレベーターはすぐに来て、重重しく扉が開く。「入院するほどのは珍しいけど、とにかくいろいろやってるんだ。なかなか学校にも行けないから、来てくれると助かる」

柳瀬さんはまだしも僕と翠ちゃんは初対面だし、お見舞いを口実にした聞き込みなので内心、大変申し訳ない。しかし翠ちゃんの方は当然という笑顔で頷いている。やはり伊神さんの妹だと思う。

クリーム色の静謐（せいひつ）な空気が滞留している病院の廊下を、西浦さんは慣れた様子でどんどん進む。ナースステーションで僕たちに面会記録簿を書かせ、病室はこっち、と素早い。つまり見舞い慣れているのだろう。カートを押す職員の人を避け、点滴棒を連れてトイレに向かう男性に道を譲り、病室のドアも躊躇（ためら）わずに開ける。手前のベッドで漫画を読んでいた八並さんは西浦さんに対しては笑顔で応じたが、柳瀬さんに対しては少し驚いたようだった。「柳瀬さん……なんで？」

「久しぶりに顔見とこうと思って。元気？」

「病気」きわどい冗談だなと思うが、八並さんは顔をほころばせてヘッドレストにぎし、と背中をあずけた。「今回は腎臓でしょ。四月にもやって、扁桃炎、胃腸炎、膀胱炎、口内炎の多発でやっと一周したかなって思ったんだけど、まさかの二度目」

「大変だ……。もう百戦錬磨だね。炎の女」

「え？……ああ、なるほど」さっきからきわどいぞ、と思うのだが八並さんは笑っている。

「それいいな。炎の女。……で、後ろの可愛い子は？」

「これ？　それはもう、お察しの」後ろから抱きしめられた。いきなりなので息が止まった。

「そっちもだけど、こっちの子」

「演部の後輩。佐藤希ちゃん」

　また偽名を名乗ることになった翠ちゃんがお辞儀をすると、僕は解放された。いつもこうやっていきなりくっついてくるのだ。大胆なのか遊ばれているのか。単にぬいぐるみ扱いされている可能性もあったが。

「……ん？　演劇部の後輩の子？」八並さんは首をかしげる。「なんで来たの？　いや全然ありがたいけど」

「いえ、実は」

　西浦さんも「え？　全然知らない人？」と困惑し始めているので、怪しまれる前に用件を話した方がよさそうである。僕はいつの間にかぎゅっと握りしめていた見舞いの花を西浦さんに渡すとすすめられた椅子に座った。なぜか柳瀬さんがベッド周囲のカーテンを閉め切る。ふっと周囲が暗くなり、なんとはなしに密談めいた雰囲気になるが、確かにあまり周囲に聞かせたくない話ではある。

　予想していたことではあるが、「兼坂さん」と山岳部の小火の話をしても、二人の反応は鈍かった。

「その『兼坂さん』？　初めて聞いたけど」八並さんは体をひねり、傍らの西浦さんを見上げる。三年生だが、彼女も全く知らないようだ。「この学校、怪談とかいっぱいあるよね」

「山岳部のは、いや、確かに壁を焦がしたのはあったみたいだけど……」慣れた手つきで花のセロファンを外している西浦さんも手を止め、八並さんを見下ろす。

二人はお互いを窺いながら沈黙した。なんとなく二人の間でボールを持て余し、パスを回しながら試合終了を待つような空気である。当然といえば当然だ。部室内で焼肉をして小火を出した、となれば当然「不祥事」であり、教師にばれれば山岳部は部活動停止、主犯は謹慎処分になりかねない。三年生となると推薦に影響する可能性すらあった。柳瀬さんに聞いたところでは、西浦さんはすでに推薦で某県の国立に決まっているという。たとえ相手が生徒でも、不祥事のことを話す気にはなれないだろう。

だが、どうしたものかと僕が考えるより早く柳瀬さんが言った。

「実は山岳部だけの問題じゃないんだわ。ちょっと煙が出た程度なんだけどね。この間演劇部でも、視聴覚室でいつの間にか火が出たらしくてね」

柳瀬さんは困り顔で言う。その話は初耳だぞ、と思ったが、翠ちゃんがうんうんと頷いているということは、作り話なのだろう。柳瀬さんは実話から作り話へ完全シームレスで移行するので油断ならない。

「演劇部のはただの失火かもしれないんだけど、もし連続放火事件だったらヤバいと思ってね」柳瀬さんはやれやれと腕を組んだ。「ま、もうすぐ卒業だからね。最後にもう一つくらい、後輩たちに何かしてやろうかな、って。もう在校生の誰かに恨まれたところでどうでもいいし」

八並さんと西浦さんがそれぞれ迷う様子で沈黙すると、今度は翠ちゃんが言った。

「というより、校内で連続して火が出ているわけですから。失火であれ放火であれ、本来はすぐに先生方に届け出なければいけません。そうなる前に解決できるのであれば、こちらとしてもそれ以上のことはないんですけど」

つまり知っていることを話さないと教師に報告する、と脅しているのである。太陽と北風の違いはあれど、二人とも面の皮の厚さはよく似ていた。頼もしいことこの上ないが、いいのだろうか。

そこで携帯が震えた。ロックを解除しなくてもプッシュ通知で、ミノからのメッセージが表示される。

山岳部の森下捕まえた
事件時、現場は鍵かかってたっぽい
山岳部内では失火だろうって見解
もうちょい調べる
(17:19　三野小次郎)

そうなのか、と少し拍子抜けする。ただの失火であればこの件は兼坂さんとは無関係。嘘をついて脅しまでして八並さんたちから話を聞き出す必要はないかもしれない。

だが西浦さんが口を開いた。「あの日、部室の戸は鍵がかかっていたはずなんだ。一穂が確かにかけて出た、って」

八並さんも頷く。

だが西浦さんは、遠慮するような顔になって続けた。

「でも、現場に最初に戻ってきた一穂は、部室にぼんやり明かりがついてるのを見た、って」西浦さんは棚の上に置いた花に人差し指で触れる。「……だとしたら、勝手に火がついたんじゃなくて、誰かがつけた可能性がある。……下手に言うと部内の空気も気になるし、このことは他の部員には話してないんだけど」

思わず携帯の画面と西浦さんを見比べた。柳瀬さんはベッドの端に座り、翠ちゃんが手帳を出す。「詳しく」と言う二人の声がかぶった。

「ただ、妙なんだよ」西浦さんは言った。「入口の戸に鍵はかかってたし、その鍵は芝が持ってた。あいつは他の部員と一緒に買い出しに行ってて、一穂が見た時にはまだ戻ってないはずだったんだ」

翠ちゃんが眉をひそめる。「それは……」

「だから、つまり」西浦さんは言った。「鍵のかかった部室に、なぜか誰かが入り込んで火をつけた……としか思えない」

話し手が交替したり横から補足が入ったりして行きつ戻りつはしたが、西浦さんと八並さんの話はこうだった。山岳部の三年生は毎年九月上旬、引退式と称して夜、部室に忍び込んで焼肉をしている。二人はぼかしていたが酒も飲んでいるのだろう。その日も例年通り、部長の土田さん以下二名と西浦さん、それにもうすぐ誕生日ということで「お祝いも兼ねて」、西浦さんの彼女つまり八並さんも交ぜてもらうことになった。時刻は十九時三十分頃。いったん部室に集まった五人は買い出しのためにばらけた。土田さんたち三名は穴川駅前のスーパーに。西浦さんと八並さんは近くのコンビニに。最後に部室を出たのは八並さんで、土田さんからは鍵は開けておいていいと言われていたが、念のためかけて出たという。西浦さんは「うちの部室、オートロックだから」と言っていたが、山岳部の部室のドアはノブの真ん中についているボタンを押しながらドアを閉めると施錠されるという「田舎のトイレによくある形式」なのである。

その後、最寄りのコンビニに思っていた商品がなかった（と言っているが、年齢認証をごまかせなかった？）ため西浦さんが自転車で別のコンビニへ。八並さんはとりあえず買った品物を持って学校に戻ったのだが。

「北門の外のとこで部室棟を見上げたら、なんか明かりがついてたんだよね」八並さんはベッドの白いシーツに視線を落とし、当時のことを思い出そうと集中している様子である。「確かにカーテンは閉めてなかったから。見られたらヤバいな、って思った。で、急いで部室に戻ろうとしたんだけど、なんか焦げ臭いの」

「その時点で火が？」翠ちゃんはメモ帳に素早く字を書き留めている。

「いや、煙がちょっと、くらいだったと思う。でもどう見ても山岳部から出てるから急いで入ろうとしたんだけど、鍵ないじゃん？　しょうがないからなんとかしようと思って、窓から入れないかなって思って壁を上ろうとしたりして」

「……部室棟の窓側の壁って、よじ登れるようなとっかかり、ありましたっけ？」なぜか翠ちゃんが訊く。よく覚えているものである。

「ないの。でもなんとかよじ登ろうとして、一階の窓枠に足かけたりして」八並さんはシーツの中で折り曲げている脚をぽんと叩いた。「でも失敗して落ちて、落ち方が悪かったのかめっゃ骨折して」

「うわ。足？」柳瀬さんが顔をしかめる。

「脚と肋骨と手首。全治三ヶ月で入院一ヶ月。もうすぐ誕生日だっていうのに、こんなひどいプレゼントは初めてだったわ」

八並さんは両手をぷらぷらとさせて笑い、西浦さんが「ごめん」とうなだれる。

「いや言ったっしょ？　私が勝手に落ちたんだから」八並さんは当時のことを思い出す目で天井を見る。「それに怪我で入院するっていうの、ちょっと新鮮だったなあ。脚のギプスに絵描いてもらったりして」

現に怪我をしている人の前では言えないことだが、普段、いつも病気で入院している八並さんとしては「怪我で入院」はむしろ「元気な人」のようで、どこか嬉しく感じたのかもしれない。

その数分後、最初に戻ってきた西浦さんが、助けを求める八並さんを見て動転。さらに五、六分後に戻ってきた土田さんたちが部室に踏み込んだ時には煙もほぼ止まっていたらしいが、翠ちゃんが撮影した通り、だいぶ壁は焼けていた。

「ただ、土田さんたちと一緒に俺も見たんだけど」西浦さんも考え込む様子で視線を床にそらす。「ドアには確かに鍵がかかってた。窓も閉まってたみたいだったし。あと、その……」

西浦さんが言いにくそうにしているのを見てか、八並さんが続けた。「火が出たコンセントの周囲には何もなかった、っていうの。何も挿してなかったし、燃え残ったものとかもなかった。土田さんたちは、なんで火が出たんだろう、って不思議がってた」

ミノから来たメッセージには「失火だろうって見解」とあった。部室は鍵がかけてあったのだから、土田さんたちは「よく分からないけど火が出た」で済ませたのだろう。そして後輩にもそう説明した。困った先輩たちだが、どこの部でもままあることである。だが。

柳瀬さんが呟いた。「出た」

翠ちゃんも呟いた。「出ましたね」

僕も同じことを頭の中で感じた。「兼坂さんが出た」。これは間違いなく、僕たちが調べている例の件だ。兼坂さんはどこにでも出る。閉じられた部屋にも自由に出入りする。あるいはこれは、密室放火事件だ。

だが同時に不可解さも増した。兼坂さんは一体、何をしようとしているのだろうか。

これまで「事件」として関わり、伊神さんが解決してきた市立七不思議の怪異は、その行動にははっきりとした目的があった。少なくとも一貫してはいた。有名な都市伝説のヴァリエーションである「花子さん」「口裂け女」「カシマレイコ」はもとより、「壁男」は自分を見つけてもらいたがっていたし、「立ち女」もある生徒を探していた。フルートを吹く幽霊は単に芸術棟（「壁男」事件の影響で封鎖されてしまった文化部の部室棟）で練習をしていただけだし、

「〈天使〉の貼り紙」もある人が仕組んだ壮大な悪戯だったようだ。だが「兼坂さん」は。

ＣＡＩ室で電源をつけていない端末に向かっていた。閉まらずの書道室を閉めて消えた。そして今度は山岳部の部室で小火を起こして消えた。何が目的なのか全く分からない。

皆が沈黙したため、カーテンの向こうから、誰かが観ているテレビの音声が聞こえてきた。具体的な予感ではない。だが違和感があった。この事件は、何か違う。

病院から出ると完全に夜になっていた。街は昼間ののんびりとした日差しとはうって変わって緊張感のある冬の貌に戻っており、緩んでいた首筋から容赦なく入る冷気に僕は急いでマフラーを出した。自転車は学校に置いてきたが、もう校門は閉まっているから今日は電車で帰ることになる。そう言うと、翠ちゃんは「私は反対方向なので」と笑顔で頭を下げ、国道の方へ去っていった。しかし帰宅するならどちらにしろ駅方向に行くはずなので、本当に反対方向なのか怪しかった。横を通るトラックの風圧に首をすぼめながら、もしかして気を遣ってくれたのだろうか、と考える。暗いせいもあるが隣の柳瀬さんの表情はよく分からなかった。

「穴川駅？」

「はい」

「じゃ、駅までだね」

柳瀬さんと並んで歩き出す。いいかげんつきあいが長いので、二人きりで気まずくなるとか緊張してうろたえるとか、さすがにもうそういったことはなく、普通に会話をしながらである。

ただ、柳瀬さんは普段のようにふざけたり、芝居がかって声色を変えたり物真似をしたり、ということはなく、けっこう静かで落ち着いていた。二人きりの時、急にこうなることが以前から時折あった。不思議なもので、普段は気軽に抱きつかれたり腕を取られたりしているのに、こういう時は急に距離感が繊細になるのだ。歩いていてちょっと肩が触れあうことすら、いいのだろうか、と思ってしまう。

そしてそういう時の柳瀬さんは、とても綺麗に見えるのだった。いや、表情が豊かなのと笑い優先下ネタ上等の態度に隠れているだけで普段から常時この容貌なのだが、こうして落ち着いている時は特に大人びて見え、こちらは圧のようなものを感じてぎくしゃくしてしまうのだった。なんでぎくしゃくするんだおかしいじゃないかと焦るとますますぎくしゃくするし、ぎくしゃくしていることを隠そうとしてまたぎくしゃくするという、自己増殖する緊張がある。もっとじっと見たいと思う一方でそれを気取られたら大変という気もして、視線の置き所がよく分からない。この人をこんなふうに意識し始めたのはいつだったかと思うが、あるいは最初からだったのかもしれない。信号で立ち止まり、あ、車道側に行くべきか、と思ったりする。だがこの位置だと無理に割り込むことになってしまう。

柳瀬さんの顔を窺う。彼女は普通のトーンで普通に話している。はしゃいだふうもなく、退屈しているふうもない。僕もそれを装いつつ話しながら、これだから難しいんだよな、と思う。

嫌われてはいないはずだった。よく冗談めかしてくっついてきたり、冗談めかして前世からの許嫁(いいなずけ)であるかのように言ってきたりする。だがそういう時は常に「冗談めかして」なのだ。

僕が本気にして真っ正面から告白した途端、ごめんそういうのは違うんだよね、とか言われるのではないか、と思ってしまう。まさかそんなひどいことはしないと思うが、その確証がどうしても持てないのだ。ふざけていない、こちらの柳瀬さんは僕のことをどう思っているのだろうか。

この人が好きだった。いつからそうだったのかははっきりしないが、夏休みあたりでははっきり自覚していたから最低でもそれより前からだ。この人に対する気持ちは、最初の頃は「驚き」とか「憧憬」であったと思う。演劇部の公演を観た。多重人格の女性を演じていた彼女は本当に秒単位で別人のように変わり、これが同じ高校生か、と衝撃を受けた。だがその後、普通に話をするようになると、彼女は確かに「市立(ウチ)の先輩」だった。明るくてよく通る声を聞いているとそれだけで楽しくなる。普通にしていれば綺麗なのにだいたいいつも何かを演じたりおどけてみせたりしていて、特に「かわいい私」に執着がないように見える。もったいないと思う一方で、彼女の方もそれを自覚した上でわざとそうしているような底知れなさがあり、こんな人がいるのか、と思ったのだ。それなのに、というのも変だがそれなのに姉御肌で後輩の面倒見がよく、いろいろ気付いてくれる優しさも持っている。それに加えて歌とダンスがうまく、ついでに強い（※スタンガン使いである）。虹色の声と硬軟自在の演技力で演劇部の県大会では役者部門の個人賞をとり、校内でも知らない人のいない有名人。現在は有名劇団の研修生になることが決まっている。……どうもこうやってデータを並べていくと、ずいぶん遠い世界の人のように思えてくる。

それに、そう感じる原因はもう一つあるのだった。今話しているのは、彼女の進路のことだ。来年度から入る劇団のこと。そこで何を鍛えて、将来的に役者としてどんな仕事をしたいか。柳瀬さんの目はもう外の社会に向いていて、彼女の意識はもう「大人」なのだ。話の端々(はしばし)でそれを感じるたび、並んで歩いているのに実際は別世界にいるような気がしてしまう。駅のロータリーに入り、駅舎の明かりが彼女の顔を照らす。

「着いちゃった。じゃ、私はバスだから」

「あ、僕、スーパーで買い物してくんで」

「じゃ、ここまでだね」柳瀬さんは微笑んで手を振る。「また明日ね」

あっさりと別れてしまう。引き離される感覚があり、このまま夕飯食べていきませんか、と誘えばよかったかもしれないと思う。確かに今日は母が遅番だから、買い物をして帰って妹に夕飯を食べさせなくてはならないのだが、正直そんなものは「ごめん。遅くなるから夕飯は自分でなんとかして」と一本連絡を入れれば、妹は一人でなんとでもする。だが柳瀬さんの方だって特に惜しむ様子もなくあっさりと行ってしまって、こちらを振り返るわけでもない。だから迷う。普段の態度からすれば、もう少し一緒にいたがってくれるものなのではないだろうか。僕はひょっとしてひどく鈍感で、どう見ても脈がないのにそれに気付いていないだけではないのか。

バスが来て、乗り込む柳瀬さんの後ろ姿が人の列に隠れた。

そうなってから急に惜しいと感じた。卒業式は今週末なのだ。明日、在校生が予行練習。明後日は卒業生の予行練習がある。そしてその翌日、明明後日（しあさって）の午前中には卒業式があり、三年生は学校から消えてしまう。もう、あと三日しかない。卒業してしまえば、現三年生が多く関わっているこの事件の調査はますます困難になり、事実上、迷宮入りのような状態になってしまうだろう。だが、それだけではないのだ。柳瀬さんにこうして簡単に会えるのも、あと三日しかない。タイムリミットなのだ。どちらの意味でも、あと三日で。

バスがロータリーを出ていく。車内にいるはずの柳瀬さんはもう、ここからでは見えない。

今になって気付く。僕はどこかで、これまでの日々が永遠に続くものだと思っていた。学校に行けば柳瀬さんがいて、時々伊神さんが訪ねてきて、他愛もない話をし、時々一緒にどこかに行って。もしかしたら学校では事件が起こり、一緒に「出動」してそれを解決したり。そういう、予想を超えない波乱のある日常。

だが時は必ず流れる。そんなことはありえないのだ。それどころか、一年後には僕たち自身の卒業式が待っている。

卒業式の日の自分を想像しようとした。だがうまくいかなかった。大学はどこを受け、どこに受かっているのだろうか。これからバラ色だぞと胸を張って体育館に並ぶのだろうか。浪人が決まって暗澹（あんたん）たる気持ちなのだろうか。ミノはどうなのだろう。秋野は。クラスの内田（うちだ）は。小菅（こすげ）は。パソ研の磯貝君は。みんな余裕で笑っているのだろうか。

夜、ここまでの捜査の結果を伊神さんに送った。伊神さんはちょっとした疑問点や一見どうでもいい会話まで正確に報告することを要求するため、思い出すのも大変だしそれをメールで打つのも大変なのだが、これまで何度もやっているうちに慣れてきてはいた。閉まらずの書道室。そして山岳部の事件。いずれも不可解な点が――というより密室状況にあること。そこを特に強調しはしなかったが、伊神さんならたぶん食いつくだろうと思った。

そして僕はすぐに再返信できるよう、携帯を横に置いて見ていた。何しろ、事件関係者がほとんど全員、明明後日には卒業してしまう。かなりタイトな時間制限がある以上、返信の遅れでタイムロスをすることは避けたかったのだが、理由はそれだけではない。

予想通り、送信した二分後に携帯が震えた。

これは推理力ではなく一種の超能力だと思うのだが、伊神さんは自分が興味あるメールの着信がいつ頃あるのか知っていて、そういう時はものの一分か二分で返信してくるのである。ちなみに興味がない時は返信自体をしない。

(from) 伊神さん
(sub) 明日　現場に行く

動き出した、と思う。自分で解決したかった気もするが、伊神さんが来ればすぐに謎は解けるだろう。

異世界——王立ソルガリア魔導学院（2）

見慣れた廊下の石壁が急にぼやけた。上下にぶれている。見えにくい。それだけではない。床も波打っている。硬いはずなのに。手を見ると、自分の手も変形し、極彩色に染まりながらうねうねと色を変えていた。

始まった。急がなくちゃ。

私は走り出す。床がうねって速く走れない。一歩踏むたびに空中に浮いてしまい、蹴る力が床に伝わらない。手にはいつの間にか杖が握られている。魔法。急ぐ魔法を唱えなくちゃ。そう思うが、なぜか詠唱（えいしょう）がちゃんと口から出ない。以下。二文字。根（フエリル）。はっきり発音できない。「ふえる」「へいる」根（フエリル）。発（オルク）。「へいる」口の中に泡を詰め込まれたようだ。「へいう」魔力も集まらない。どんなに集中しても少し杖を動かすだけでわらわらと散っていってしまい、私はついに魔力を手でかき集めようとすらし始める。「ふえう」

ふわふわと浮いたままじたばたする無様な私をちらりと振り返り軽蔑の表情を見せ、ユーリが先に行ってしまう。サーリア先輩が。コルジィが。イソップ君が。皆、私のことなどこれっぽっちも気にかけずに前を向き、どんどん先に行ってしまう。取り残される。後ろからは恐ろしいものが追ってきているのに。死の恐怖が具体的になり、背中の肉がざわざわと波打ち、引きつり、背後の何かに吸収されている感触がある。

待って。

彼らが跳躍した先にも同様の恐ろしいものが群れていることを、私は知っていた。なのに声が出ない。待って。そっちは駄目。戻って。

「ぉって」

叫びながら目が覚めた。いや、叫んでいたのだろうか。よく分からない。だが鏡台の前に座って身支度をしていたらしきメイが目を丸くしてこちらを見ているということは、それなりの音量で叫んでいたのかもしれない。

「……大丈夫？」メイは立ち上がってこちらに来た。

「叫んでた？」

「わりと。……今日のはひどかったと思う」

「うわ、恥ずかしい。ちょっと重めの夢魔が」

「ごめんね。私の催眠、弱かった？」

「よく効いたよ。夢見たの、起きる直前だから。それまではぐっすりだった」

正式な魔導師から魔法学校の一級生まで、魔法使いには不眠を抱える者が多く、学院では就寝時に催眠魔法をかけることが一般的になっていた。催眠魔法を使っているとかえって不眠が悪化する、と言われているが、研究にしろ実習にしろ間違いがあったら大事故だから、夜しっかり眠っておくためには仕方がないのである。男子は自分で自分にかけて寝るらしいが、なぜか女子は同室同士でかけあうことが普通になっていて、断ると雰囲気が悪くなるという謎な文化がある。

「あのね。実は、私もちょっと……目が覚めちゃって」

メイは口ごもる様子でもじもじし、それから私の隣に腰かけた。こちらの顔は見ない。

「……あの、変なこと訊いていい？」

「いいよ。どれだけ変なのか楽しみ」

私が言うと、メイはようやく安心したように顔を上げた。だが私ではなく部屋のドアを見ている。

「あの……昨夜、夜中に誰か、入ってこなかった？　ティナはずっと寝てたみたいだけど」

「まさか。……ありえなくない？」ということは、メイは夜中に目を覚ましていたらしい。

「なるほど『変なこと』だわ。……夢うつつだったんじゃない？」

男子寮も女子寮も教官の寮も、個室には封印魔法がかけられていてその部屋の人間しか開けられない。この部屋を開けられるのは私とメイだけで、昨夜もドアはしっかり閉じていた。まさか部屋に潜んでいる人などいないし、第三者が部屋に入ってくるはずがないのだ。

だがメイは「ヴィーカ……」と呟き、「ごめん」と首を振った。確かに、校内のどこにでも現れるという悪霊ヴィーカなら可能ではある。

「ほほおう。面白い悪夢だな。俺は出てきた？」向かいの席に座ったコルジィがパンをゴリッと齧(かじ)りながら身を乗り出す。「夢判断してやるよ。詠唱がうまくできないのは今度の試験が不安。後ろから追ってくる恐ろしいものっていうのは落第だろ」

「さすがに、それはちょっと」隣のユーリがコルジィを止める。「初めての規模の戦闘があったんだし、気持ちが昂ぶってて当たり前だと思う。……疲れとか、残ってない？」

不眠持ちが多く悪夢を見ることも通常であるためか、学院内では夢占いが流行(はや)っている。占い師志望の子などは本気で判定してきたりするのでかえって怖かったりするが、ユーリの隣でスープを飲んでいるイソップ君などは夢占い否定派で、僕はね、という顔をしている。「そういう非学術的なのはあくまで遊びにしといた方がいいと思うね。夢っていうのは魂の遊びだよ。本人が体験した記憶をごちゃまぜにして遊んでるんだ」

そっちの方が詩的だけどな、とコルジィに混ぜっ返され、イソップ君はいやいや、と手を振る。ユーリは回復魔法をかけたそうな顔でこちらを窺っている（この幼馴染(おさななじ)みは疲れた顔の人を見るとすぐ疲労回復の魔法をかけようとするので「歩く水薬瓶(ポーション)」と陰で呼ばれている）。ヴィーカと関連付けて質問してくる人はいないようだ。私はパンを齧ろうとし、噛み切れないので前歯にぐっと力を込める。非常に硬いので学生たちに「石パン」と呼ばれているクアサ(キュー)麦の丸パン(ブール)だが、噛んでみるととりあえず、いつも通りの味がした。そのことにほっとする。メイはメイで昨夜の「訪問者」について皆に訊いており、そちらの方が「ヴィーカだ」「ヴィーカじゃない？」と言われ、皆、興味を持ったようだった。

だが、いつも通りの朝食はそこまでだった。そろそろ食事終了の鐘が鳴る頃、自作だという黒麻のマントを翻してツィーダ先輩が食堂に飛び込んできたのだ。

「校長が襲われたって！」

それだけの言葉で事態を正確に把握できる人はいないわけだが、食堂がざわつきはした。ツィーダ先輩はいち早く周囲に集まってきた友人数名と、少し遠慮がちにその周囲で聞き耳をたてる十数名に早口で説明した。よく通る先輩の声は少し離れた席に座っている私たちにも聞こえた。校長が何者かに襲われ、さっきまで意識不明だった。外傷はなく命に別状もないとのことだったが、襲われた時のことは覚えていないらしい。

「あの校長を、誰が……？」

コルジィが信じられないという顔で呟く。当然だった。学院の自由な校風は校長の人柄に拠るところが大きいし、気さくで剽軽、だが魔法の腕前も研究者としての実績も王国指折り、というシノーマ校長は生徒からも慕われている。「……ありえねえだろ」

私も頷く。「それに、不可能じゃない？　あの校長先生だよ？　魔力、桁違いだし。保護魔法が常にかかってるから不意打ちもできない」

「確かにね」イソップ君が頷く。「僕じゃ十人束になっても勝てる気がしない。ていうか、学院に勝てる人なんて一人もいないでしょ。王宮魔導師とか魔導隊一個小隊とか連れてこないと」

確かにそうなのだ。だが盗賊避けの結界が反応していない以上、昨夜、外部の人間は学院に侵入していないということになる。つまり、犯行可能な人間は一人もいない。

だがそうなると、浮かんでくる名前がある。それをメイが口にした。

「ヴィーカ……」

テーブルの空気が変わった。さっきのやりとりとは重さが違う。ユーリもイソップ君も、まさか、という顔で自問しているようだ。サーリア先輩を囲む上級生たち。それを遠巻きにし、顔を寄せあって囁（ささや）きあう下級生たち。「犯人」「協会本部」という単語に交じって「今日は自習」という不謹慎（ふきんしん）なやりとりが聞こえてくるのもまあ仕方がないとはいえるが、私たちのテーブルだけがそこから切り離されたように張りつめた空気で固まっている。

皆、まさか、とは思っているだろう。だがヴィーカの噂。昨日の大規模戦闘。私の悪夢はまだいいとして、部屋に誰か来たような、というメイの話。たぶん皆が思っている。自分たちはヴィーカに近い。もしかして、校長襲撃事件とも。

となれば、私がこう言ったところで誰も否定はしないのだった。「校長室、行こう」

私は短上衣（ボレロ）を羽織り直し、杖を抜いて歩き出す。皆もめいめいに杖を抜いてついてきた。杖を抜くのはいくらかなりとも「警戒」している証であるが、校内でそうすることを誰も笑わなかった。

校長室は庭での演習を見渡せる最上階の真ん中にある。一階の学生食堂から教室の二階、特別教室の三階、研究室の四階と徐々に「生徒が来ない場所」になっていくのだが、この日は教官たちの管理も間に合っていないのか、あるいは連絡に駆け回っているのか、四階にまで生徒の姿がちらほらあった。おかげで教官に止められることなく校長室前の人だかりに交じることができた。同じようにして交じり、聞き耳をたてている四級生のジウラ先輩を見つける。「先輩」

「ああ、オルスティーナさん」ジウラ先輩は密偵のように被っていたフードを外す。

私も声を低くして訊く。「校長、どこでどうやって襲われたんですか?」

「夜のうちに襲われて、朝まで倒れてたらしいよ」先輩は勿体ぶることもなく答えてくれた。「昨夜はたまたま校長室で研究をしてたみたいだけど、気がついたら机の上に突っ伏してたんだって」

「机の上に……?」

後ろでユーリの声がする。振り返りつつ「なぜそこが疑問なのか」と問おうとしたが、すぐに自分で気付いた。確かにその点は不可解だ。なぜなら、校長室だって封印魔法がかけられているのだから。中に入るためには校長自身に解除してもらわなければならないが、そうしてから即、襲ったとなると、校長は部屋の入口付近に倒れていないとおかしいのである。それなのに机の上に突っ伏していたとなると、校長先生は机に座っているところをいきなり攻撃され意識を失った、ということになる。あの校長先生を椅子から立つ間も与えずに倒すなど、通常は考えられないわけだ。

校長室の中を窺おうとしているユーリに感心する。一瞬でそこまで考えたとすれば鋭い。

私もユーリの肩に手をかけて背伸びをし、開かれたドア越しに校長室の中を窺う。赤と紫を基調に、さすがに立派な革装飾の施された両開きのドアにはまだ封印魔法がかかっていた。封印魔法はドアが閉じていようが開いていようが関係なく侵入を遮断するので、野次馬防止のためにあえて解除していないのだろう。封印魔法に隙間は生じない。外からの魔法も全て弾く。前後左右だけでなく上下にも等しく結界を張るから天井や床下からも侵入できない。

「……そんな馬鹿な。じゃあ犯人は、どうやって校長先生を襲ったんだ?」ユーリが呟く。

「……不可能だ」

ユーリは心底、疑問に思っているようだった。確かにその通りなのだ。校長室には入ることすらできない。仮に入ることができたとして、たとえば不意打ちでいきなり襲いかかったとしても、桁外れに強い校長先生を倒せる人間など学院にはいない。二重に不可能だった。

「おいおい。てことは、まさか本当に……」

コルジィが言いかけてやめた。ヴィーカ、という単語をここで出すべきではないと思ったのだろう。メイも恐れるような表情で周囲を見回している。落ち着いているのはユーリの頭上で透けつつ顎を撫でているガミクゥだけで、集まった人たちは全員、困惑の表情を浮かべている。ならば、この中に「犯人」はいないのだろうか。

ユーリに話しかけようとした時、イソップ君に背中をつつかれた。「そろそろ戻ろうよ。ヤバいよ」

確かに生徒がいるべき場ではない。私が背をこごめて隠れようとした瞬間、校長室前の廊下に教官の怒鳴り声が響いた。

「こら！　なんで生徒がここにいるの！　教室に戻って一時間目の準備をしなさい！」

厳しくて有名な教官だ。「やばい」「電撃魔法」と囁き声が交わされ、生徒たちが一斉にばらける。赤絨毯が敷かれた四階の廊下を生徒たちが埃をたてながら逃げ、人が殺到した下り階段では押すな押すなの騒擾が起こっている。私たちはそれぞれその人混みに紛れ、逃げた。どたどたという足音。誰かの杖が壁に当たるコツコツという音。隣では長上衣の裾を挟まれたイソップ君がよろけ、後ろから来た人にぶつかられている。

人波は一階に向かっていたが、私は杖で人を押しのけつつそこから脱出し、三階の廊下に出た。おい、という声がしてコルジィが追いついてくる。「なんでそっち？」

私は廊下の先を指さした。「あそこ」

私の指さした先にはもう一つ人だかりができている。それに気付いたコルジィも「何だ？」と目を凝らす。四階のものより人数は少なくほぼ全員が教官のようだが、普段閉められている扉が開かれ、やはりただごとでない空気が漂っている。

「あそこも何か……？」

「あの部屋は……」隣に来たユーリはすぐ小声で詠唱をし、ひゅっ、と跳躍して行ってしまう。

私たちも後を追った。跳躍魔法に気付いた教官たちが振り返り、おいこら、と叱られる。だがユーリが「そこでも何かあったんですか？」と訊き返した。訊き返さずにはいられない状況だった。なぜならそこは重要な研究設備である魔法増幅器が設置してある部屋であり、開いたドアから覗く室内には明らかに破壊の跡があったからだ。

「げっ」

「嘘だろ？」

コルジィとイソップ君も口々に驚きの声をあげる。当然だった。開かれたドアのむこうに垣間見えるのは、研究施設としての王立ソルガリア魔導学院の「目玉」。実質、建設費の三分の一はこれの設置費用だったという大型魔法増幅器だ。入学時に生徒は校内案内でこれを見せられ感嘆するというのが毎年のことで、私たちもそうだったし、その前年はサーリア先輩たちもそうだったという。

それが傾いていた。そして増幅器の中枢部分で増幅器全体の予算六割がこれにかかっている、という（先生方はそういう話が多い）球状機構に大きくひびが入っていた。増幅器が破壊されているのだ。修理にどれだけのお金と時間がかかるのかは分からないが、学院としては大損害だろう。

またぞろ教官たちにどやされ退散しながらも、私たちはお互い顔を見合わせていた。ガミクゥは一片のデリカシーもなく「ははは。面白いね」とにやにやしているが、その理由も明らかだ。大型魔法増幅器のある部屋も校長室同様、封印がかかっている。掃除の時、当番の生徒は入れるが、それ以外の場合、校長先生と、管理者である二名の教官しか解けないのだ。そして一昨日の朝礼で連絡がされていたが、その二人は現在、研究報告のため隣国に出張中だった。

つまり現在、増幅器を破壊できるのは校長先生だけなのだ。だがその校長先生は襲われて倒れていて、その状況自体もまた、作れる人間は学院内にいない。二重に不可解だ。

まわりの友人たちを窺う。学年で一番優秀なユーリも、天才型で通るコルジィも、発明家のイソップ君も、西から昇る太陽を見たかのように呆然とした顔をしていた。

……真相が分かっている人はいない。

だが、ユーリの頭上が揺らめいた。

――面白いね。

「ガミクゥ様」ユーリが上を見る。「あの、何度も言ってますが、他の生徒が驚くので、断りなしに出現するのは……」

――いいや。これからは勝手に出現することにしよう。その「ヴィーカ」、僕も興味があるんでね。あの校長を本当に倒したというなら、楽しく遊べそうだ。

「しかし、犯人が誰なのかは……」

――そう。だから、僕が犯人を見つけてやろう。

不可解な状況に、不穏な予感。そのはずなのに、ガミクゥは楽しげに笑っていた。

第三章

今は移動教室の授業がないのだろう。午前中の別館廊下は静かで、明かりもつけていないためうす暗い。足音と声と、前を行く伊神さんのスリッパの音が反響し、その無遠慮な響きに僕はますます首をすぼめる。どうか誰も出てきませんようにと思う。腕時計を見ると午前十一時五十五分。完全に四時間目の授業中なのである。前を行くスーツ姿の伊神さんは来客でございという顔で平然としているが、時間割お構いなしで呼び出された僕の方はただのサボりである。教室の方で今やっているはずなのは世界史B。テスト前の大事な授業だったのだが。

「ほう。……なるほど、こっちの戸は動かないままだね」伊神さんは書道室の後方入口、動かない方の戸板をがたがたと引っぱっている。これもこれで音が出るのだが。「で、こっちは施錠不可。……僕がいた頃のままだね」

「あ、伊神さん。どうも」

「久しぶりだね」

中にいた見知らぬ三年生が欧米風に伊神さんと握手を交わした、と思ったら勅使河原さんだった。一夜にして髪が真っ黒になっている上、ピアスも消失していた。この人だって最初は黒髪だったと思うのだが、いざこうして黒くなってみると違和感があり、頭に黒い異物を載っけているように見える。

「勅使河原さん、すいませんいきなりで。……黒くなりましたね」

「いいよどうせ暇だし。彼女にはカラスって言われた」結局鳥に見えるらしい。「でも、あらためて説明するほどのもの、特にないよ？」

勅使河原さんも僕同様、突然書道室に呼び出されたのだった。確かに昨日の段階で「明日行く」という連絡を受けてはいたが、三時間目が終わる頃にいきなり「別館の玄関にいるからすぐ来い」はひどいと思う。あとで小菅あたりにノートを借りられるだろうか。

「確かに、シンプルな部屋だからね。室内には隠れられそうな場所もない」伊神さんは腰に手を当てて物色するように歩き回り、後方の壁にかかっている臨書を見た。「あんまりたいしたものは……ん。この『凜』の字はなかなかだね。君の？」

「いや、それ田中先生のです」勅使河原さんは目をそらす。

「こっちの臨書もいい。『雁塔聖教序』。これは一年生かな」

「それも田中先生です」

「なんであの男は高校生に擬態するんだろうね」

「『生徒と同じ字を書いてみると、ことによると生徒の方がうまいのではないかと思える時があり、そうやって自分を戒めている』んだそうで」

「立派だね。うちの大学にも、爪の垢を飲ませたい教官が何人かいるよ」伊神さんは肩をすくめて臨書を読む。「曲學易遵（曲学は遵い易く）、邪正於焉紛糺（邪正はここにおいて紛糺す）。現代でも変わらないね」

まるで教官の教官のごとき物言いだが、この人は高校時代から教員の間違いを訂正してやっていたりしたらしい。僕はとにかく書道室を見回す。「メールに書いた通り、あっち側の入口も準備室のドアも鍵がかかってたそうですけど……」

「勅使河原君が断言するならそうなんだろうね。とすると、この部屋は出入口なしということになる。密室だね」

あっさりそう言われるとは思っていなかったのだろう。勅使河原さんは意外そうに肩を落とす。「やっぱり、そうなりますか」

「うんまあ、そうなんだけど。……密室なんてものは、実のところわりと簡単に作れるんだよね」

伊神さんはすたすたと教室前方に歩いていく。そのむこうの窓を見て、僕も気付いた。確かに何か方法はありそうだ。「窓の鍵に糸をくくりつけて、そこの換気扇から外に垂らせますね」

「やってごらん」

その解答にはあまり興味がない様子である。僕は換気扇の真下になる窓に触れ、クレセント錠を回してみた。本館を跨（また）いで差し込む昼時の日差しを浴びた窓の錠は温かく、きらきらと輝き、そしてなかなか回らなかった。

「……固いです」動くことは動くが、指が痛くなるほど力を込めないと回らない。

「でしょ。昔からこうなんだよ、ここの窓は。糸なんかでは回せない。……まあ、伝統的なこのトリック、実際にはなかなかうまくいかないんだけどね」

やってみたことがあるのだろうか。伊神さんはこちらを振り返らず、教壇に上って教卓の中を勝手に漁り始めた。

「あの」僕たち生徒には「そこは先生の領分」という意識があるが、伊神さんにはないらしい。「思ったより色々とあるね。これはもしかして、使える物もあるかもしれない」

伊神さんはお構いなしに教卓の引き出しから文鎮を出し、画鋲ケースを出し、カッターナイフを出して上に並べていく。勅使河原さんは苦笑して黒い頭を掻いている。あとで元に戻しておきますので、と言おうとしたら、伊神さんが銀色のものを放ってきた。「あったよ」

「うわ」

慌ててキャッチしようとしてできずに落とす。拾い上げてみると、銀色の強力そうなテープだった。芯の内側に「強力接着　両面テープ」と印刷されている。

「両面テープですか……いや、そうか」

さすがに説明されるまでもなく分かった。戸は鍵がかからない。心張り棒をかませれば閉めることはできるが、今度は犯人が脱出する方法がない。窓の鍵を糸などで外からかけることもできない。だが。

「勅使河原君の行動パターンは偶然だし、そもそも犯人がここを閉じるためだけに、わざわざ大がかりな準備をしていたとは思えない。『兼坂さん』は、そこらにあったものでとっさに戸を閉じたはずなんだ」伊神さんは戸を指さす。「やってみて」

「はい」テープを出しながら勅使河原さんを避け、戸に向かう。

考えてみれば、まだ簡単な方法があったのだった。戸板にこの両面テープを貼って閉めれば、それっきり戸板はくっついて動かなくなる。それなら部屋の外からでもできるし、力一杯引けばなんとか剝がせるだろうから、後始末もできるわけだ。

戸板ではなく框側に貼った方が作業が早そうである。貼り方のせいで粘着力が落ちないよう、慎重にテープを貼っていき、上から下に、膝を曲げながら慎重に剝離紙を剝がしていく。中に残っている二人に閉めますよ、と声をかけ、思いきり、かたあん、と戸を閉めてみた。確かにこれで戸は閉まる。しかも僕は外に出られる。

が。

試しに引手に手をかけてみた。触ったところ動かなそうだったが、力を入れるとぺりりりりり、というひそやかな音がし、ぱっと戸が開いてしまった。中から見ていた伊神さんと目が合う。

「ふうん。君の力で剝がせる程度か」伊神さんは戸板の方に残ったテープを指でつつく。「貼る対象が重ければ重いほど粘着力が必要になる。このテープは市販のものの中でも一番強い方だけど、それでも戸板一枚をまるごとテープで貼って封じる、というのは無理みたいだね」

勅使河原さんが戸板を見る。「これ、剝がした跡が残りませんか」

「さあ。葉山君がやっておいてくれるでしょ」

「えっ、そんな」戸板に残ったテープを剝がそうとしたら、表面の化粧板まで剝がれてきた。

「げっ」

「壊さないでね」

「そんな。……ていうかこれ、もしくっついて開かなくなってたらどうするつもりだったんですか」

「蹴破ればいい。どうせ貼ったのは君だし」チャイムが鳴る。「昼か。とりあえず山岳部の方に先に行こうか」

「はあ。あの、これは」あらためて慎重に剝がそうとしたが、また化粧板もろとも剝がれてしまう。「うっ」

「その方法でも駄目となると、さしあたって簡単に密室を作る方法はない。これより強力な瞬間接着剤などを使えば跡が残るしね。もう少し考えるよ」伊神さんは携帯を出し、さっさと廊下に出てしまう。「柳瀬君から連絡。秋野君が山岳部の部員たちを部室棟に連れてきてくれたらしい。行くよ」

「はい。あの、これは」

「立つ鳥跡を濁さず。綺麗に原状回復するように」

伊神さんはすたすたと廊下を行ってしまう。あなたが濁したのでは、とつっこもうとしたらまた化粧板が剝がれた。「うわ」

個人的には「人間は誰もが変わり者」だと思っている。一見して普通の人間でも、詳しく知っていくうちに必ずおかしな部分が発見されるからだ。真面目なクラス委員長が某マイナーバンドを追いかけて青春18きっぷで全国行脚（あんぎゃ）をしていたり、地味な卓球部員が料理の達人で自宅にマイ包丁を持っていたり、よく知らない帰宅部の人が実は有名ゲーム実況者で配信動画が数十万ビューを獲得していたり、そういうことはままあるというか、これらはすべて僕の実体験である。世の中には「普通の人」などおらず、分かりやすい変わり者と分かりにくい変わり者がいるだけなのだ。

　で、伝統的に「分かりやすい」方の割合が高い部活、というものがある。学校によって違うだろうが市立（いちりつ）の場合は文芸部と演劇部、そして山岳部が「三大変なのの多い部活」と言われてきた。漫研や吹奏楽部も多いのだがこちらは部員総数も多い。文芸部演劇部山岳部は部員総数が少ないのに変人が多い。

　一年の時に先輩から教えられたその話を久しぶりに思い出した。なんとなれば、部室棟の前で待ち合わせしていた山岳部の土田元部長は制服姿のまま地面にしゃがみこんでストーブで火を焚いていたからである。彼女が睨（にら）んでいるのは茶色い水の入った大鍋が熱せられ、その上に同じ鍋がもう一つ重ねられているという謎の装置だ。

「あ、ほんとに伊神先輩だ。どうもー」土田さんは顔を上げ、湯気で曇った眼鏡を外してまたかけ直した。

「事件当時、西浦カップル以外で焼肉に参加してたのがこの土田さんと、あと芝君と粟飯原だそうです。芝君は今日、来てないらしいんですけど」柳瀬さんは何かに呆れている様子で部室棟の壁にもたれて腕を組み、なぜか真上を見上げた。「粟飯原はこっちに」

柳瀬さんの人差し指が天を向く。隣の秋野も初めて気付いたらしく怪訝な顔で上を見るが、当然のことながらその先には綿雲がぽつぽつ浮いた青空があるだけである。

どういうことだ、と思ったら、部室棟の「上」からジャージ姿の男子がぬっと首を出した。

「どうもー」

秋野が驚いた声をあげてふらつき、柳瀬さんにしがみつく。まさか屋上から登場するとは僕も思わなかった。「あの……危なくないですか？」

「いやあいつ屋上マニアだから」

柳瀬さんが答えになっていない答えを返す。土田さんも何かを煮込みながら「屋上っていいですよねー」と笑っている。

「おっ。本当に伊神先輩じゃないすか。ふんっ」

驚くべきことに粟飯原さんは屋上から何もなしに直接飛んだ。僕の脳が目の前で起こっていることを認識・理解する前に、ばたっ、と意外に中途半端な音で着地する。しかもなぜか手に木刀を持っており、上段に構えて伊神さんに襲いかかった。「覚悟」

振りかぶり方が本気なので「まさか」と思ったが、粟飯原さんは本当に伊神さんの頭めがけて真向斬りを見舞った。思わず目を閉じそうになったが木刀は地面を叩き、伊神さんは粟飯原さんの横をすり抜けてその背後に移動している。

「君も相変わらずだね」

伊神さんは呆れ顔で体を反転させると、袈裟斬りに振ろうとする相手の側面に入り、手を取って転がした。粟飯原さんは転がって尻餅をつき木刀はいつの間にか伊神さんが奪っている。たまにしか披露しないのでほとんどの人は知らないし、僕自身も忘れていたのだが、伊神さんは何やら怪しげな武術をやっていて強いのだった。あの技何ですかと聞いても「バリツ」などと適当なことを言うだけで正確なところは教えてくれないのだが。

「すごーい。伊神先輩、[10]小原流とか草月流とかいうのですか？」土田さんが目を丸くして拍手する。どちらも違う。「すいませんねー。うちの部員、変なの多くて。お詫びにどうぞ」

土田さんはぐつぐつ鳴っている装置からコップを外して差し出す。僕はさっきから気になっていた。「あの土田さん、それ何ですか？」

「草野水路の水だよ。下グラウンドんとこ流れてる」

「ちょ」ドブ川だ。

「蒸留してるからただのＨ２Ｏだよ。葉山君も一杯やる？」

「死にませんか」

「なかなか引っかかってくれる人がいないんだよね」引っかけるという認識でいたらしき土田さんはコップを引っ込め、かわりに装置の陰から胡麻のような粒の入った皿を出してきた。

「じゃ、これ食べる？」

「何ですか？」

「ネコジャラシ[11]の塩煎り」

雑草である。「どこに生えてたやつですか」

「そこ」土田さんは塀のあたりを指さす。「ほら遠慮せずに。最近の若い子は地域の味覚を知らないからね」

「『地域の味覚』ってそういうのじゃないと思いますけど」この人の方が「変なの」だった。

「ごめんね。山岳部、変なのばっかで」三大変なのの多い部活（演劇部）の部長だった柳瀬さんが言った。

「まあ山岳部は昔からそうだね」同じく三大変なのの多い部活（文芸部）の部長だった伊神さんも言い、木刀を粟飯原さんに放って返す。「事件時の状況を詳しく聞きたい」

「九月の……上旬だったっけ？」

土田さんが見上げると、尻を叩きながら立ち上がった粟飯原さんが「そうです」と頷く。同学年でも敬語らしい。「まあ毎年やってんですよ。三年引退記念焼肉ってことで。部室に鉄板とか七輪持ち込んで」

危ない人たちだ。「火災報知器鳴りませんか」

(10) いずれも華道。
(11) ネコジャラシ（エノコログサ）は穂を揉んで種を集めると食べられる。普通に炒り豆の味で美味だが、どうしても取りきれなかった穂の毛が交ざり、これが口中にくっつくため大変煩わしい。

「あんな軟弱なもん、とっくに外したよ」粟飯原さんは消防士が聞いたら泣きそうなことを言い、伊神さんの方を向く。「七時過ぎに部室集合で、買い出しの分担決めて散ったっす。俺と芝が肉と野菜。部長がコップとか皿とかを家から持ってくりゃいいやってことになったんで一度帰宅。で西浦と西浦の彼女さん……何て言いましたっけ。が酒とかつまみを買ってきてくれるってんでコンビニに」

八並さんだよ、と土田さんが補足するが、それより聞き捨てならないことがある。「お酒なんてどうやって買ったんですか」

「西浦がお兄さんの免許証持ってたから。一応、顔が似てることは似てるし、実際にうまくいったみたいだったし」

土田さんも頷く。しっかり未成年飲酒である。しかしとにかく、西浦さんが失敗して別のコンビニに行き、八並さんが先に部室に戻った、ということを他の部員は知らないらしい。

「私が家から戻ったら、なんか部室が騒ぎになってたんだよね」土田さんは草野水路の水をぐい、と飲んだ。「窓からうっすら煙は出てるわ、八並さんは倒れて呻いてるわ、西浦はパニックになってるわ。とにかく部室に入って、小火の証拠を隠滅したわけなんだけど」

その行動はおかしいだろ、と思ったら伊神さんが手を挙げた。「待った。話がおかしいよ。……窓から煙が出ているということは、窓は開いていたことになる」

そこじゃないだろ、と思ったら柳瀬さんも手を挙げた。「そこより、どうやって部室に入ったの？　最後に出た八並さんは鍵をかけて出たはずだけど」

どうして二人とも、全治三ヶ月の重傷で呻いている八並さんがいるのにまず小火の証拠隠滅に走ったことをつっこまないのだろうかと思ったが、しかし二人の疑問ももっともである。

「なんかうろたえてる間に、鍵持ってる芝が戻ってきたから。二、三分くらいだったと思う」

伊神さんが腕を組んで質問を繰り返す。「窓は」

「ちょっと開いてました」粟飯原さんが答えた。「八並さんから話、聞いてないすか。八並さん、ドアの前まで来て焦げ臭いの気付いて、まさかと思って窓から覗こうとしてよじ登ったら落ちた、つってましたけど。窓にちょっと届いたから、その時に開いたんだと思います」

「なるほどね」伊神さんは部室棟を見る。確かにそういう詳細はあまり話したがらないだろう。

部室棟を見た。生徒からは「長屋」と呼ばれている古くてひびの入った木造モルタル二階建ての建物。翠ちゃんが言っていた通り北側で薄暗い窓側にはとっかかりが何もなく、よじ登るのは困難である。しかも学校の敷地ぎりぎりに建てられているので、落ちたらブロック塀に激突する。上る自分をイメージしてみたら窓に手をかけたところで足が滑り、ブロック塀の角に背中から激突して落下、側頭部を建物に強打してから地面に落ちた。イメージの自分、死んだのではないか。

だがその前に訊かなければならないことがある。伊神さんも当然そう考えたようで、草野水路の水を秋野にすすめて逃げられている土田さんを措き、粟飯原さんを先頭に外階段を上がる。正直なところこの外階段ですら錆びて朽ちて穴が開き、踏む位置によってはみし、と足元が下がったりして怖い。八並さんはよくこの建物の外壁を上ろうとしたものだ。

ドアの錠は確かに古いタイプのものだったが、ぐらついたり隙間ができたりはしていない。祖父母の家の裏口がこれだったたと思い出す。伊神さんは粟飯原さんを中に入れ、ドア脇の小窓越しに合図して鍵をかけさせると、ポケットから数本の金属棒を出した。「円筒錠ってやつだね。普通なら解錠は簡単なんだけど」

ピッキングツールである。まさか何もない普段から持ち歩いているわけではないと信じたいが、伊神さんはどこでいつ覚えたのか、簡単な鍵ならこれで開けてしまう。

ただ、解錠技術を身につけた立場から見ると、「手強い」錠は「防犯対策のしっかりした新型」だけではないらしい。

「駄目だねこりゃ」伊神さんは鍵穴に突っ込んでいたピッキングツールを抜いた。「古いやつだからね。デッドボルト周辺が歪んでいて固い」

そのことがさして残念でもない様子でドアをノックし、部室に上がる。山岳部の部室は何由来なのか不明な謎の甘い匂いがしたが、窓際に積まれたテントのポール、壁際の棚に詰められたペグ類とザイル、隅のシュラフに床の漫画本、と物が多いわりに整理されており、伊神さんに続いて上がっても狭さは感じなかった。だが壁にあるコンセントの周囲はやはり、動画で見た通りに黒く焼けている。意外と綺麗に掃除されている白い壁紙が真っ黒くなっており、こうした光景は理由不問でショックを与えてくる。

前の伊神さんからとんとん、とつつかれドアの方に目配せをされる。僕はドアに鍵をかけた。伊神さんがぎし、と畳を踏んで粟飯原さんに歩み寄る。

「さて。事件時誰がどこで何をしていたか、聞かせてもらおうか。特に、一時的に一人になった人間の有無とかね」

それを訊くために栗飯原さんだけを連れてきたのだろう。さっきの殺陣といいどうも二人の間には立場の強弱があるようだから、嘘をつかれない相手を狙ったのだろう。もともと伊神さんの視線は内臓まで透視してくるようなプレッシャーがある。栗飯原さんは直立不動になり、自分と芝さんはずっと二人でいたことは間違いないから芝さんや部長にも確認してほしいということと、部長は急遽、自宅から食器類を持ってきたとなるとせいぜい自分たちの二、三分前に戻ったに過ぎないことを証言した。しかも当時のレシートまで出してきた。よれよれで感熱紙がまだらに黒くなってはいるが、確かに当日十九時三十分頃に野菜野菜肉肉野菜調味料と、長大な買い物をしているのが分かる。失火事件である関係上、自分が責任を追及されることがないよう、アリバイになるレシートはずっと取っておいたのだという。

「なるほどね。話は分かった」伊神さんは栗飯原さんを見下ろす。身長差があるので脅迫した後のように見えなくもない。「駅前のスーパーまでは急いでも往復十五分以上。八並・西浦のコンビニと土田君の自宅よりかなり遠いことを考えれば、君たちに犯行の時間はないね」

うんうんと頷く栗飯原さんを見ながら考える。鍵を持っていた芝さんと、一緒にいた栗飯原さんは犯行の時間的余裕がない一方で、残りの三人はいずれも一人になっているわけである。西浦さんが酒を買えずに一人で別のコンビニへ向かったことや、土田さんが自宅からコップなどを持ってくることになったのは偶然とも言えるが、さりげなく言いだせば狙って起こせる偶然でもある。ただし。

「一人になった隙に急いで部室に戻ったとしても、侵入にゆっくり時間をかけてはいられないね。他の人間がいつ戻ってくるか分からない」

そうなのである。八並さん、西浦さん、土田さん、粟飯原さんと芝さん——と順番に、数分ずつの間をあけて戻っているが、これはただの結果だ。同時になっていてもおかしくはない。それに、部室に入る時に振り返ったのだが、すぐ真向かいに同じ高さの女子部棟があるのである。誰かが残っている時間ではないが、どこから見られているか分からないというプレッシャーもある。

だがその前に、大前提として訊いておかなければならないことがあった。

「そこの窓は鍵、かけてなかったんですか？　まずそこを確認したいんですけど」

伊神さんは無言で窓に歩み寄り、何度かぱたんぱたんと開閉した後、クレセント錠をかけた。こちらは書道室とは反対に軽すぎ、指で弾くだけで開閉できる程度の代物らしい。

「いや、見ての通りで」粟飯原さんは頭を掻いた。「出る時、かけてはいたはずすけど、外から押したり揺らしたりすれば開くんで」

「とすると……」

窓を開けて下を見る。思ったより高さがあり、とっかかりは何もない。普通なら出入りはできないが、部屋にはザイルもあるのだ。窓枠から垂らせば出入りはできるだろう。

「そうだね」後ろから声がしたので振り返ると、伊神さんがザイルの束を差し出していた。

「やってみて」

「えっ。僕がですか？」落ちたらどうなるか、八並さんが証明しているというのに。

「栗飯原君みたいな忍者もどきにやらせても意味ないでしょ。君ができるなら八並君でも可能だと分かる」

「できなかったら落ちますけど」

「松下幸之助も言ってるよ。『落ちたら立ちなはれ[12]』」

　落ちた後に立てなくなっていることが問題なのだが斟酌してはくれないらしい。伊神さんは「ほら早く。つべこべ言わなくていいから」と小屋に戻らないニワトリを追い立てる程度の言い方で無慈悲に命じてくる。栗飯原さんからも「一応、落ちそうになったら引っぱってやるよ」と全く当てにならない保証をもらい、僕は仕方なく道具を探す。ちょうど窓際に積んであったテントの部品から一番丈夫そうなポールを出してつっかい棒にし、ザイルを固く結んで窓から垂らす。ザイルにしがみついて窓枠から身を乗り出し、外側に体重を預ける瞬間はぞっと鳥肌が立って「南無三」と抹香臭い単語を念じたが、全力でザイルにしがみつきつつ壁に踏んばり、ラペリングの要領で下りていくことはできた。地面に爪先をつけ、そこに体重をかけ、「やった生還した」と快哉を叫んだら、伊神さんは窓からこちらを見下ろし「じゃ、今度は上ってきて」と無慈悲に言った。いいのである。僕は伊神さんのことをよく知っているから、こういう時に褒めたり労ったりしてくれる人ではないこともとっくに知っている。

(12) 言っていない。『こけたら、立ちなはれ』である。

腕をぱんぱんに張らせ、脚を踏んばり、ザイルを強く握りすぎて両手をがちがちに固めながらも僕は再び壁を上り、さすがに粟飯原さんに手を差し伸べられつつなんとか窓枠に脚をかけてまたぎ、室内に転がり込む。靴を履いたままであることはもう容赦して欲しいぐらい疲れてぐったりと横になると、伊神さんは僕を見下ろし、一つ頷いた。「うん。よく分かった」

靴を脱ぎ、ザイルの繊維に擦れてぎしぎしになった両掌(りょうて)をさすりながら立ち上がる。「ですね。窓からの出入りは可能。つまりアリバイのない八並さんと西浦さん、それに土田さんなら、皆が出た後にこっそり戻ってきて、火をつけることも可能です」

「いや、不可能」

伊神さんはあっさりと言い、窓枠を指でつついた。「見てごらん。窓枠周囲には君の足跡がくっきり。窓枠自体もポールを引っかけた重みで細かく傷がついている。痕跡だらけだから」

「うわ」窓から下を見ると、確かに外壁に足跡がついていた。

「まあ今回の傷は君が弁償すればいいとして」伊神さんは長い指で窓枠を撫でる。「犯人が君よりかなり身軽だったとしても、痕跡を残さず出入りするのは不可能だね」

「う。……粟飯原さんすいません。あの」

「いや、いいよ……どうせ元々ぼろいし」粟飯原さんはさすがに哀れに感じてくれたらしく、手を振って否定した。「でも、窓から出入りできないってなると。そこもいつも鍵はかかってましたし」

「うん」

伊神さんは入口のドアを振り返る。今もしっかり鍵がかかっているし、ドア横の小窓も五センチ程度の幅しかない格子がはめ込まれており、もちろんしっかり鍵もかかっている。

そして、他に出入口はないのだった。床の畳が剝がされた跡もないし、もちろんこんな建物に隠し通路など作る余裕はない。サムターンのない円筒錠は原始的な分、外から糸などで鍵をかけるのも困難で、換気扇の隙間も役に立ちそうになかった。つまり。

「密室だよ。書道室に続いてね」伊神さんはわずかに口角を上げた。「にもかかわらず八並君は部屋の中の明かりを見ているし、部屋は不自然な場所から発火していた。……まあ『兼坂さん』なら、密室にも自由に出入りできるわけだけどね」

伊神さんはそこにいる兼坂さんの残像を探すように部室を見回す。二つの密室。当初考えられた可能性も否定されたというのに、市立の名探偵は楽しげだった。相手にとって不足なし、とでも思っているのだろう。

と思ったら、伊神さんはさっさとドアを開けて部室を出ていってしまった。無言だが階段を下りる足音はカンカンカンッ、と少し弾み気味である。粟飯原さんに礼を言いつつ急いで部室を出るが、階段を下りると伊神さんはもう北門から出ていってしまうところだった。気が乗っている時のこの人は素早いので、まわりは各々自主的に慌ててついていかなくてはならない。

「伊神さん」

声をかけても、伊神さんは一瞬立ち止まるだけだった。

「楽しくなってきたから帰る。じゃ」

それだけ言ってブロック塀のむこうに消えてしまう。楽しくなってきたから帰る、というのは一見よく分からないが、おそらく「情報が増えて何か分かりそうな感じ」になったということだろう。

隣に柳瀬さんが来る。「伊神さんなんか今、矛盾したこと言ってなかった?」

「いえ。伊神さんにとっての『楽しい』は、『どこか静かなところで一人になってひたすら考える』なんだと思います」

柳瀬さんは頭を抱えた。「微塵も楽しそうな感じがしない……」

人それぞれですから、と言ったら土田さんが「伊神さんって変わってるよねー」と笑った。エノコログサの実をざりざり食べながら言われてもな、とは思った。

もう昼休みは半分も残っていなかったので、秋野と二人、急いで教室に戻り、昼を食べながらミノに顚末を話す。「『楽しくなってきたから』か……。ちょい分かるけど」と頷くミノの隣で秋野も頷いていたがそこは本題ではなく、調べていくうちに解決の道筋が見えるどころかどんどん不可解になってきてしまった状況をどうするか、だった。とりあえず放課後また集まるとして、僕は内田に四時間目のノートを借り五、六時間目にもちゃんと出た。事件は起こるし三年生は卒業してしまうが、僕たち在校生には日常があり定期テストがある。手がかりがこれ以上ないなら放課後はとっとと帰ってテスト勉強をしなければならないのだが、この状況ではどうせ集中できずに悶々とするに決まっていた。

だからたぶん幸いだったのだろう。帰りのＨＲのあと、礼をしたらすぐミノがこちらに来た。パソ研の磯貝君と携帯でやりとりしていたという。

「ＣＡＩ室の件なんだけど、磯貝から新情報入った」振り返るといつの間にか後ろに秋野も来ている。ミノはそちらも見ながら抑えた声で言う。「質問の角度を変えていろいろ訊いてたんだけど」

パソ研の磯貝君は放課後たいていＣＡＩ室にいる。予備校のオンライン授業や学習用アプリを使っての自習なども全部そこでやっているようで、最近は「端末付き自習室」扱いしているらしい。彼いわく「ＣＡＩ室が出入り自由なことは浸透していないから、いつもパソ研の会員しかいなくて穴場」なんだという。となれば当然、放課後にいつもはいない「一見さん」が出入りしていれば記憶に残るし、ある程度は観察している。

「先週末なんだけど、三年のカップルが一つの端末使ってキャッキャしてたらしい。うわあ邪魔だ、と思いながらも観察はしてたんだけど、どうも特徴訊いたら八並さんと西浦さんっぽくて」

周囲で聞き耳をたてている人などいるわけがないが、ミノはそこで声をひそめた。

「その時使ってた端末が、麻衣ちゃんが『兼坂さん』見たっていうあの端末っぽい」

毎日話す相手ならなんてことはないし、初めて話す相手ならそれなりの作法があるが、「顔見知りだがそれほど親しいわけでもない相手」というのは難しい。ＣＡＩ室で後方隅の端末に向かっていた磯貝君が立ち上がり、秋野に対して「やっ。秋野さん。おひさー。元気？」となんとなく妙なトーンで声をかけたのはたぶんそういうことで、「朗らかに親しげにしつつ不躾でない」という加減の難しさに気持ちが滑ったのだろう。

秋野の方も反応に困って頷くだけなので、二人のためにもさっさと話を始めた方がよさそうである。僕は教室中央付近、前から三列目左から二台目にある問題の端末を指さす。「そこの端末使ってたの、八並さんと西浦さんぽかったって聞いたけど」

「ログインパス覗き見たわけじゃないから、確証はないんだけどね」磯貝君は座り直してマウスを動かし、端末をシャットダウンする。「三年のカップルで『いちお』と『けん』って呼びあってたから、まず間違いないでしょ」

八並一穂、西浦憲、という二人だった。さすがに同名のカップルが三年にもうひと組あるはずがない。

「間違いなくそこの端末だったんだよな」ミノが問題の端末を指さす。「三年がこの時期に、わざわざここの端末で何やってたんだ？」

「合格発表を見てたんだね。あれは」磯貝君はその時の光景を透視するようについ、と眼鏡を押し上げ、問題の端末を見る。「いや僕も他人の画面覗く趣味はないけどさ。こんなLSI臭い場所でキャッキャしてりゃ目立つでしょ？」

LSI臭というのはよく分からないが、何をやっているのか、と気になるのはまあ当然である。問題の端末は磯貝君の定位置の二列前だから、目の前と言えなくもない。静かなので会話も丸聞こえだっただろう。病院で見た八並さん西浦さんの二人が「覗き見られている姿」について聞くのはやや後ろめたい気もしたが、事件と無関係とは思えない。

「でも、合格発表かよ」ミノが腕を組む。「携帯で見りゃよくないか」

「大きい画面で一緒に見たかったたっぽいね。これだからカップルってのは」磯貝君は理由不明の拒否感を出す。「しかも演出過剰でさあ。普通に大学のサイト行って見りゃいいじゃん？　なのに女子の方がわざわざコートをバサッと画面にかけてから一桁ずつ受験番号を入力して『発表します！』とか言ってカウントダウンして、二人で一緒にマウス握ってクリックしてんの。まあ受かってたからはいおめでとうって話だけど、僕の推測ではあれ女子の方は先にサイト見て合格、知ってたと思う。でなきゃあんな引っぱれないって。つまり茶番だね」

「観察しすぎだろ」ミノがつっこむ。

「うん、まあ……目につくよね」とりあえずフォローしておく。その場にいたのが僕でも、やはり観察してしまうと思う。

「その場でいちゃつき始めやがったらシャッター音でも鳴らしてやろうかと思ったけど、まあひと通り喜んですぐ出てったから勘弁してやった」

磯貝君は鼻を鳴らす。それだけなら特にコメントは不要なのだが。

他に人のいないＣＡＩ室を見る。フェルトの絨毯にプラスチックの机。蛍光灯の光を映して黒く沈黙するたくさんのモニター。つくづく怪談には似合わない場所だが。

「……なんであの端末なんだ？」

ミノが眉をひそめる。そうなのである。偶然のはずがなかった。

「磯貝、それからここのシステムに何か、いじった跡とかは出てねえの？」

「軽く調べた限りでは皆無。もうちょっとよく調べてみるけど」磯貝君は卓上のマウスを指で叩く。「ただ、基本的にここのシステムはシャットダウン時にリセットされるでしょ。それを回避して残るような細工ってのは、高校生には難しいと思うよ」

自分ならできないことはないが、という含みを感じるのが凄いが、実際に磯貝君の言う通りだろうとは思う。要するに大人の設定した機械をハッキングするということであり、僕などには想像すらつかないことだった。

「ちなみに、八並さんたちの前にその端末、使ってた人っている？」

「皆無」磯貝君は首を振った。「人間の本能なんだろうね。人がいない時ってど真ん中の席、座らないよね」

壁近くって落ち着くよな、防衛本能的に後ろが空いてるってのは、と関係ない話を始めたミノと磯貝君を措き、これがどういうことなのかを考えてみる。不可解なのは「なぜそこの端末だったのか」という点だ。ＣＡＩ室の端末は当然ながらすべて一緒で、磯貝君が言う通り、使用中にファイルを足したり消したり、アプリをインストールしたりしても、シャットダウン時にすべて原状に戻るようにできている。つまりこの部屋に入って端末を選ぶ時点で、どこにしても同じはずなのだ。そこがどうにも不気味だった。事件関係者である二人が、「兼坂（かねさか）さん」が座っていた端末に、まるで引き寄せられるように座っている。

僕は磯貝君から離れて机を回り込み、問題の端末の席に座ってみた。それだけでは足りないので、ついてきた秋野と一緒に端末の周囲を探してみた。何を探すかは不明だったが、イメージしていたのは盗聴器やＣＣＤカメラである。椅子を引き出して机の下に潜り、机の前に回って本体とモニターの裏側を見る。束になったケーブルが絡みあっているだけで、もちろん何もなかった。何か仕掛けてあったとしても、犯人はもう取り去ってしまっているだろう。

椅子を戻してその席を離れる。その端末は外見上、他のものと一緒で、ややもすると隣と見間違えてどれだったっけ、となるくらいだったが、一度こういう話を聞くと、なんだかその端末の周囲だけ陰があるように見えたり、逆に妙に主張してくるように感じられたりした。

その日は結局、何も見つからなかった。しかし山岳部の事件は間違いなく「兼坂さん」と関係があるようだ。それが分かっただけでも前進ではあるが、この調子で、三年生が卒業してしまう明後日までに事件が解決できるとはとても思えなかった。

その日の夜、伊神さんに今日のことを電話で伝えた。メールではすぐ訊き返せないので面倒、という伊神さんの要望である。

だが我らが市立高校の名探偵は、電話の最後にあっさりと言った。

「とりあえず、ひと通り解けたよ。明日、書道室に集合」

異世界――王立ソルガリア魔導学院（3）

教室は休み時間よりずっと賑やかだった。突然校長先生が襲われ、しかも大型魔法増幅器が破壊された、というニュースは、すでに全校生徒に広まっている。一時間目はもとより、教官が来ないまま二時間目の時間帯になったため、ますます教室は無秩序になった。一時間目の時は教官の指示通りにそれぞれの教室にいた生徒たちも、そのまま二時間目になってどうも今日は駄目らしいぞと分かり始めると隣の教室の友人を訪ねたり、勝手に抜け出して図書室に自習にいったり、少しでも事件の情報を集めようと四級生の教室に上がったりし始めていた。無理もないことだった。予定外の自習時間、というだけでざわざわするのに、事件に対するショックと不安、犯人や犯行動機に対する数々の臆測、おしゃべりのネタも動機も無限にあった。そしておそらく、大半の生徒の中には疑心暗鬼があった。

学院の中に犯人がいるのではないか。

どんなに鈍い生徒でも、事件についての情報が出揃ってきた今ではそう考え始めているだろう。学院の敷地には全体に罠魔法が張られていて、発動中に外部から侵入者があると全校舎の魔脈が乱れまくる仕組みになっている。魔物の侵入だけでなく学院の設備や魔法関係の備品を狙った盗賊・スパイも出るから当然で、生徒の素行にはいいかげんな我が学院もこの点については厳格だった。その罠魔法が「外部からの侵入者はなかった」と言っているのである。同時に一時間目の間に行方不明の生徒がいないか点呼がされ、学院には前の休暇明けに登録された全員が、一人も欠けることなく在校していることが確認された。教官も同様で、研究や派遣で学院を出ている人たちは全員、所在がはっきりしている。

となれば、犯人は今、学院の中にいる人間しかありえなかった。

トイレに行って戻ってくるなり人の輪に入り、何かに急かされるようにおしゃべりに交ざる友人。その頭上に不安の雲のようなものがうっすら見える気がした。当然だ。生徒は学期中外泊禁止で、無断外出も禁止。普段はわりとお目こぼしがあるのだが、今後は厳しくなるだろう。つまり、ずっと犯人と同じ敷地内にいなければならない。おしゃべりに興じているわりにほとんどの人が杖を持つか傍(かたわ)らに置いたまま、というのが、彼らの不安をよく表していた。

本を読みながら周囲の友人たちを観察していた私は席を立った。このままこの教室でじっとしてはいられない。私の立場は普通の生徒とは違うのだ。教室を出るのもアリな空気になってきているのだから、学校中を回って犯人捜しをするぐらいは必要だった。私が立ち上がるのを見てコルジィとメイも無言でやってきた。

廊下に出るなりコルジィが囁(ささや)く。「……どう思う？」

　メイは答えずに私を見る。私ははっきりと言った。「悪霊ヴィーカなんていない。やったのは人間。それも学院の」

「だよな。でも」コルジィは長上衣（ローブ）の裾（すそ）を翻（ひるがえ）して壁際にすっと寄り、どっしりと飾られている慈愛の女神像にもたれた。「まずそもそも、どっちの現場も封印されてたんだぜ。校長室は校長を騙して解封してもらう手があるけど、増幅器室は不可能だ」

　どうやらなんとなく物陰になるそこで話すと決めたらしい。私も女神像の陰に移動する。

「……校長が犯人ってことは？」

「ありえねえだろ。今回のことで一番損するのが校長なんだし」コルジィは杖を持ったまま腕組みする。「それに、だったらわざわざ、増幅器室に入れる先生がいねえ今、やらねえだろ。自分が犯人です、っつってるようなもんだぜ」

　確かに、この事件の調査結果次第では、校長先生は責任を問われる。解任か、下手をすると魔導師資格そのものを剝奪される可能性すらある。

「なら、犯人が校長を脅してやらせた」

「それだったら校長本人を襲撃する必要はねえだろ」後ろから足音がしてコルジィが振り向く。ただ生徒が通り過ぎただけだった。「襲撃されたように見せかけるならそこらの廊下で倒れてりゃいい。でなきゃ黙って『寝てました』って言わせればいい。脅してやらせたとするなら、あの結果は中途半端だろ」

「それもそうか」通り過ぎる同級生を目で見送る。あまり人に聞かれたい会話ではない。「でも、校長が本当に襲われたとするなら、そっちの方がヤバくない？　校長室が封印されてただけじゃない。誰があの人を襲えるの？」

うちの教官には腕利きが多いと聞くが、シノーマ校長はその中でもとびきりなのだ。

「なあイソップ。校長倒す方法って何か思いつくか？」

コルジィが女神像越しに声をかける。振り返って見ると、イソップ君が来ていた。彼は発明家だが、さすがに「ええー」と困惑している。「無理でしょ。こっそり新種の魔法を練習してました、とか？」

「ありえねえな」コルジィが頷く。

あの校長が倒された、と聞けば、確かに誰でもその可能性を考えてしまうかもしれない。だがこれは魔法使いなら誰でも知っている常識の範囲で「無理」だと分かることだ。新魔法の開発なんて個人でできることではないし、練習のために何度も使わなくてはならないから、閉じられたこの学院でこっそり習得するというのは無理がありすぎる。では、あらかじめ習得していた特殊な魔法を隠し、習得していないふりをしていた人物はいるか？　これも否、だ。習得した魔法は定期的に使って練習を続けていないとすぐに使えなくなる。一発勝負の校長襲撃で確実に使えるように維持しつつ誰にもばれなかった、というのは都合がよすぎる。

「なんか知らねえの？　一定時間が経つと校長が勝手に気絶する魔法とか」

「そんな都合のいい魔法ないよ」イソップ君は呆れ顔で首を振る。魔法マニアの彼は、かえって魔法がなんでもありではないということをよく知っている。「今の時代、僕たちの魔法はほとんどが工術・化学で代替可能なものなんだ。電気を流したり動物を眠らせたり。犯人だって、僕たちが知っている魔法以外の何かを使ってはいないと思うよ」

イソップ君が何度か言っていたことでもあるし、メイも頷いている。「魔法は万能ではない」というのは、入学直後の講話で一級生の最初に全員が聞いていることである。コルジィは後頭部を女神像にごつんとぶつけ「そうだよなあ……」と唸る。

「俺たちが知っている魔法。見たことのある魔法だけで……うー……」

しかしここですぐに何か閃くというのが、天才型の彼なのだった。

「じゃ、電撃魔法どうよ？」

「……電撃？」メイが首をかしげる。

「魔法も本人も封印で弾かれる。矢とか投げても弾かれるけど、外から吹き込む空気は弾かれないんだから、流れる電気も弾かれないだろ？　電撃魔法を直接撃てば弾かれるけど、外の壁とか床に撃って電気を伝えて、校長を感電させることはできるんじゃねえの？」

「無理だよ。そんな都合よく狙った方向にだけ電気、流れないよ」

私が言うと、コルジィはすぐに続けた。「それが、流せるんだよ。銅って電気、よく流すんだ。だから銅のロープみたいなのを床に這わせて、校長の足元まで伸ばせばどうだ？　もちろん後からロープ入れようとしても封印で弾かれるけど、前の日とかに隠し持って校長室に入れてもらって、こっそり仕掛けておけば」

私は「銅のロープ」という突飛な物体を思い描くだけで苦労したが、コルジィは自分の閃きに乗っているようで、床を爪先でコツコツ叩く。「校長室もその前の廊下も、足元には絨毯が敷いてあるだろ？　あれの下に銅のロープを隠しておけば」

「いや無理でしょ」イソップ君が言った。「現場、すぐにあちこち調べられてたよ。その『銅のロープ』自体は回収できたとしても、絨毯を持ち上げて仕掛けたら、その痕跡は絶対に見つかる。僕も考えたけど、校長を不意打ちで倒すなら何かのトラップだ、ってことは誰でも考えるもん。部屋の周囲は絶対に調べられるよ」

　なるほどイソップ君だとそういう発想になるわけである。これは彼の普段の言動からみても自然だ。

「じゃ、空力魔法はどうよ？　『疾（ストラム）』をうまく使う」コルジィはすぐに次のアイディアを思いついたらしい。すごいな、と思う。喋りながら考えているのだろうか。「空力魔法で校長室前の廊下の空気を一気にどっかに飛ばすんだ。するとそこに空気が流れ込む。つまり、校長室内の空気が急に減る。校長、気絶しねえかな？」

「突飛なことよく考えるよね」イソップ君が半ば呆れたような声で言う。「でも無理だよ。その間、校長室のドアが都合良く開きっぱなしだったと考えても、そんなにうまく人間を気絶させられはしないでしょ。そもそもそんなことしたら部屋に暴風が起こるはずなのに、その痕跡はなかったし」

「光系の魔法で自分の姿を隠すとかできないっけ？」

「できることはできるけど、それ禁止魔法だから」

容易に犯罪に使えるような魔法はたいていが「禁止魔法」とされており、入学時に全員が「禁止」の拘束魔法をかけられる。これは王法で定められていることで、生徒だけでなく教官も例外なく拘束される。学院から魔法を使った犯罪者などが出たら、地元に恨まれて打ちこわしに遭いかねないから、そのあたりの運用は徹底されていた。法定の手続きを経た範囲で「許可」を得なければ使えず、許可されている人間は魔警隊にすべて把握されているから、こっそり使うことも不可能だ。

「うー……なら空間転移魔法で校長室の中にパッと」

「時空系は全部禁止魔法でしょ」

「何かこう、校長の目をひいて油断させるような何かを生成して油断させる。たとえば裸のおねーちゃんとかを生成魔法で」

「生成系も特別に許可された実習時以外じゃ全禁止でしょ。そもそも仮に生成系の魔法で人間サイズで質感も似てて外見まで本物と見間違うほど精巧な生成ができたとして、そんな夢みたいな魔法使える人なんて聞いたこともないよ。魔神レベルでしょ」

「だよな。夢だよな」

「だね」

男子はこれだから、と思うが、話を続けようと私も口を出す。「変身魔法で小動物に変身して忍び込むのは?」

「それも禁止。というか、小動物の姿をしてても封印内には入れないよ」イソップ君は私にも容赦なかった。「だいたいそれ、生成以上に魔神レベルじゃない？」

「じゃあ校長を精神支配で」

「それも禁止魔法でしょ。学院じゃ、サーリア先輩が研究のために許可もらってるだけだし。あの人でも校長は倒せないよ」イソップ君は溜め息をつく。「確かに精神支配なら校長の記憶は消せるかもしれないけど、封印内に入った瞬間に魔力の手綱が切断されるよ。そもそもあの校長にどうやって精神支配なんてかける？　それができるくらいなら、普通に招き入れてもらって、椅子に座ったところを失神魔法、でいける。それができないから謎なんだし」

そうなのである。常に保護魔法がかかっている校長を失神させようと思ったら、不意打ちでまず「解呪」をかけてから失神魔法を当てなくてはならない。どちらも二文字魔法であり、できる人は一級生の頃からできるが、まず校長に当てられないし、当てられたとしても校長より早く次の魔法を出せるような実力者はうちの学院にはいない。三年級で一番優秀なユーリの倍は速いのだ。

さてこれで方法がなくなったぞ、と思う。コルジィとイソップ君は二人して唸っており、本当に何も思いつかないようだ。メイは最初から考える様子もなく沈黙している。

跳ね窓のすぐ外に鐘撞き鳥がいるようだ。チンチンチンチンチン、という囀りが聞こえてくる。

「しかし」コルジィが杖で自分の顎をこつん、と叩いた。「よく考えてみたら、絶対に複数犯だよな。校長を倒すなら。……一人が解呪、もう一人が失神で。もう一人が……」

さすがにコルジィだな、と思う。確かにそうなのだ。複数人でかかれば、とりあえず不意打ちで校長を倒すところまでは可能だ。封印された校長室にどうやって入るのか、という問題は依然としてあるのだが。

「そうか。校長に半分だけ外に出てもらうってのはどうだ？　何かでおびき寄せて、校長が封印の外に頭を出したところでみんなで襲って失神させる。で、精神支配で」

「となると、犯人は私だね」

いきなりよく通る声がした。女神像の陰から顔を出すと、腰に手を当てて呆れ顔のサーリア先輩とユーリがいた。

「ユーリ」何やら疲れた顔をしている。

「ガミクゥにせがまれて、先生方に探りを入れてたんだ」何度か実体化もさせたのだろう。顔を見れば分かる。「どうやら、犯人は一人だ」

場がざわめくが、ユーリの方はその反応を予想していたらしく、あらかじめ整理してきた様子で捜査の結果を説明してくれた。話をする教官たちの間にガミクゥを潜ませ、サーリア先輩と二人、時には誘導尋問をしたりそれは脅迫ではないか？　という訊き方をしたりして、教官たちが知っている限りの捜査情報を集めていたようだ。

それによると、校長が襲われたのは昨夜の深更(しんこう)。たまたま研究の都合で校長室で本を読んでいた校長は、突然何者かに襲われたのだという。背後に気配を感じたと思ったら燭台の蠟燭が消され、真っ暗になった後に何かの魔法をかけられて気を失った。燭台が消されたのは氷結魔法だったということだが。

「……何の魔法をかけられたのか覚えてないの？」思わず訊き返してしまう。

「魔法であることは間違いないらしいけど、詠唱は全く聞こえなかったそうだよ」ユーリが答える。「突然暗くされたから、犯人の姿も見ていない。ただ教官たちには『王旗を顔に巻いて覆面にした魔法使い』って言ってた」

私は廊下を見回す。王旗なら廊下のそこらにいくらでも挿してあるわけで、まあ手頃である。コルジィが杖で自分の頭をこつりと叩く。「……じゃあ、これも駄目か」

「何が？」

「もしかして魔法じゃなく、物理でやったんじゃないかって思ったんだよ。毒で校長を眠らせる。時間が経ってから爆発するよう仕掛けをした爆薬で増幅器を壊す」

「私もそれ、考えたけどね」サーリア先輩が言う。「そんなもん使ったら絶対に痕跡が残るしね」

駄目か、と呟き、コルジィは眉間に皺を寄せて頭を掻く。

「ただ、その後にこっそり調べたことがもっと重要なの」サーリア先輩が、そんなコルジィに追い打ちをかけるように言う。「いい？　よく聞いて。校長室と増幅器室。二つの現場は簡易検証がされたけど、一種類の残留魔紋しか出なかったの」

「……は？」

「……え？」

声をあげたのはコルジィとメイである。イソップ君も同様に驚いているようだ。

当然だった。魔法を使った痕跡としてその場所に残る魔力の流れ——残留魔紋。魔紋は個々人で違い、双子ですら同一の魔紋にはならないが、残留魔紋も同様である。それが一種類しか出ないということは。

「犯人はたった一人なんだ」ユーリが言った。「似た魔紋とか、片一方が濃すぎて他が消えたとか、そういうことじゃない、本当に一人の魔紋しか出なかったんだ。校長室も増幅器室も同じ残留魔紋。……もちろん、誰の魔紋かは分からないけど」

残留魔紋はすぐに形を変えてしまうため、誰のものなのか判別するにはよほどすぐに見なければならない。同じ人物でも時間をおいて魔紋を残すと全く別の形になるのだ。だが、同一人物が短時間に連続して魔法を使えば、二ヶ所に同一の魔紋が残る。というより、それ以外にそんな状況は考えられない。

魔法総論の初期に習う内容である。皆、その意味は知っていた。

「……馬鹿な」コルジィが呟く。「じゃあ犯人は、短時間の間に封印を突破して、あの校長を倒し、また封印を突破して大型増幅器をぶっ壊した、っていうのか？　たった一人で？」

メイが「ばけもの……」と呟いたのが聞こえた。皆、信じられないという顔をしている。ユーリとサーリア先輩ですら同様だった。

——面白いだろう？

一人だけ動揺していない人がいた。いや、人ではない。ユーリの頭に腰掛ける恰好で透けているガミクゥである。

——あの校長を倒した、というだけでも面白いが、封印魔法で閉ざされた空間にどうやって出入りしたのかも大いに興味がそそられるね。僕から見ても、そんなことは不可能だ。

全員が沈黙する。

そのせいか、窓の外のざわめきに気付いた。この左前方というと前庭、つまり正門の方で何か、言い争うような声がしている。

「おっ。何だ?」

コルジィも気付いて跳ね窓を全開にした。南向きの窓から強い日差しが入る。お昼が近付いているようだ。

——ですから、生徒たちは関係ありません。まず教官・職員の検査で充分でしょう!

怒鳴っている声に聞き覚えがあった。カルザーク先生だ。ここは二階だが、玄関前にずらずら並ぶ白い長上衣の集団の前に、うちの教官が数名立ちはだかっている、という状況が俯瞰できた。

——いいから道をあけなさい。例外はありません。

白長上衣の一人が命令口調で言っている。魔警隊。しかもうちの教官に対して命令口調で言えるとなると隊長クラスだ。

——事件の内容を聞いていないのか? 生徒にできることではありません。礼節を弁えろと言っているんだ!

「……魔警隊か」隣の跳ね窓から前庭を見下ろしているサーリア先輩が言った。「でもカルザーク先生、やるじゃない。見直した」

「ですね」その隣でユーリも頷く。

玄関前で何を言い争っているのかはおおよそ推測できる。魔警隊が本格的に捜査に乗り出してきて、私たち生徒全員の魔紋検査をさせろと主張しているのだろう。だがそんなことは犯罪者を取り調べる時以外にやらない措置であり、貴族の子弟が多いうちの生徒たちにとっては屈辱的と言ってよかった。だから教官たちが拒んでいる。だが魔警隊の意思も固そうだった。公になれば力のある家は抗議してくるだろうが、それも辞さない、という態度で出てきているのだろう。

――例外はない。大臣の判断です。

――うちの生徒を疑うのか！

別の窓から身を乗り出した生徒たちが、教官に拍手と声援を送っている。

――いいぞ！　カルザーク先生！

――先生、頑張って！

もちろん彼らはすぐ「中に入ってなさい」と叱られる。生徒たちはみんな――私自身も確かにちょっと、ぐっときている。自分たちが検査を受けることは拒まないが、生徒たちを疑うのは許さない。普段のらりくらりでいいかげんな先生方だが、魔警隊を相手に面と向かって抗議してくれるとは。

もちろん私が予想する通り、教官たちの主張は通らない。結局は間に入った校長の判断で、生徒全員の魔紋検査がされることになった。

──やれやれ。妨害されるかと思ったよ。検査はできそうだね。

ガミクゥは私たちと反対の意見を言う。

──検査すらできないいんじゃ犯人の絞りようがない。もっとも、それ一つで犯人が分かってしまう、というのも、いささかつまらないいんだけど。

鐘が鳴り、共鳴魔法で教官の音声が伝えられる。各組の生徒は全員、すぐに自分の教室に戻るように。

この人数に対して全員に魔紋検査をするというのはすごいことだが、魔警隊がやると言うのなら本当にするのだろう。そしてそこまでするというなら、絶対に犯人が分かるはずだった。校長を倒し、大型増幅器を壊すほどとなれば、かなり大量の魔力を使わなければならない。ひと晩程度では回復しないいし、体には大魔力を一度に使った痕跡が残るだろう。それを検査するごまかすのは不可能だ。

「反応あり。濃度十六。魔紋一致」

「昨夜、使った魔法は」

「……部屋の解呪。それと夜、自主練で爆発魔法と破砕魔法。三文字までです」

「反応あり。濃度十五。魔紋一致」

他人の魔力を体に当てられる、というのは要するに剣の切っ先を押し当てられているのと一緒であり、誰だって不快だ。しかも魔警隊の技師たちは手つきに全く優しさがなく、ぐいぐい引っぱってはごりごり杖を当ててくる。やりとりも最低限のことを一方的に訊くだけの尋問で、自分が犯罪者どころか家畜にされたような屈辱感があった。仕方ないこととはいえ腹が立つ。末娘に興味のないうちの父様母様だって、この扱いを見れば学院に抗議するのではないだろうか。女子には女性の技士が割り当てられたのがせめてもの救いだった。

「魔紋一致」

「問題なし。次」

何だその態度は、と思うが抗議して目をつけられでもしたらたまらない。私はわざとぶっきらぼうにやっているのが伝わるように退出の礼をしてドアを開ける。かわりに入る次の子が不安そうに目配せをしてくるので、ドアを閉め切る前に聞こえよがしに「腹立つ。電気でも流してやんなよ?」と囁く。

とはいえ、無事に検査をパスできてほっとした気持ちの方が大きかった。私は大魔力など使っていないが、何かの間違いで引っかかってしまえば即、検問所に連行。最悪の場合は拷問の上で断罪、ル=フラン家は王国から全員追放、という可能性すらあった。数百人の教官と生徒を一斉検査する関係上、服を着たままの簡易式で「大魔力の使用」の有無だけに絞っていた。流れ作業で雑に扱われる方が結果的にはよかったと言えなくもないのだ。

廊下を進むと階段の前にユーリが座っていた。杖を抱いてゆっくり呼吸をしている。体力的に辛いのだろう。

「ユーリ、大丈夫？」

ユーリは顔を上げ、明らかに無理をしている顔で微笑（ほほえ）んでみせる。「大丈夫。ティナが来たってことは、もうすぐ三級は終わりだね」

ユーリはガミクゥを飛ばし、男女両方の検査室を往復させて検査を監視しているのだった。特に女子の検査室に入ることはユーリが反対したのだが、ガミクゥは聞き入れず、実体化していないのをいいことに好き勝手やっている。実体化していなくてもこう長時間出ていられると魔力を吸われるようで、ぐったりしているユーリが可哀想なのだが、こればかりはどうしようもない。魔力の譲渡とかできたらいいのにと思い、その方法は何だろう、口移しとか、と、こんな時に馬鹿なことを考える自分に自分で呆れる。とりあえず体調が悪くなったら助けられるように、ついでに周囲の目をごまかせるように隣に座り、しんどかったら肩貸す、と囁いた。

検査が四級二組に入るあたりで、ごめん、という囁きが聞こえ、続いて肩にゆっくりと重みが乗ってきた。背中を踏んばり、ユーリの肩に手を回して体を支える。もともと人はあまり通らない場所だし、この混乱時だし、幼馴染（おさななじ）みということは知られているから、体が触れあっているところを見咎められてもまあ言い訳はできるだろう、と念じて支える。

しばらく後に、その重みがふっと消えた。「終わった。……ティナ、ありがとう」

「どうだった？」

ユーリは答えずに視線を上げる。その先にガミクゥがいた。なぜかえらく嬉しそうに口角を上げている。——ふふ。ふふふ。ふふふふふふ。

「ガミクゥ様、結果は……」

——該当者なし、だ。

ガミクゥはくるりと宙返りをする。

——ふふ。「該当者なし」だったんだ。全員を確認した。だが校長以下教官全員。それに生徒全員を検査しても、昨日、大魔力を使った者は一人もいなかった。いいかい？　ただの一人もだ！

それがそんなに嬉しいのか、と思うが、ガミクゥは驚くユーリを見て実に満足げである。

——素晴らしい！　実に楽しい謎だった。校長室も増幅器室も封印魔法がかけられていて侵入不可能。しかも犯人は一人。犯人は内部の誰かに違いないのに、この学院の内部には、たった一人であの校長を倒せる魔法使いなど存在しない！　それだけではない。大型増幅器の破壊に絶対に必要な大魔力を使用した者もまた、いないんだ！　二重三重の不可能だ。

「そんな、不謹慎（ふきんしん）な」

魔神に言っても仕方がないことだな、と思ったが、ユーリは別のところに注目していた。

「『実に楽しい謎』……『だった』？」

一瞬、私の思考がすとんと冷えて止まった。まさか。

ふらふらだったにもかかわらず、ユーリが背中を壁に押しつけながら立ち上がる。「ガミクゥ様、まさか謎が……」

——解けたよ。無論だ。僕を誰だと思っている？

上機嫌の魔神は、ついに剣まで抜いて振りかざした。

——さあ我が僕よ。皆を集めたまえ。君の周りで事件のことを知りたがっていた友人たち、全員だ。暴虐のガミクゥが事件の真相を教えてやろう。

まさか、と思う。そんなにすぐ解けるわけがない。だがガミクゥは本気で言っているようだった。

未来――12年後（3）

いきなり窓ガラスが揺れて音をたてた。まるで外に何かいて叩いているような揺れ方なので一瞬身を固めて様子を窺ってしまったが、再びガタガタと鳴るそれは明らかに風のせいだった。緊張を解き、いつの間にか身を乗り出していたことに気付いて背もたれに体重をあずける。部屋の白い壁と天井のライトはあくまで静かで、のめりこんでいた気持ちがすっと落ち着く。

それを見ていたらしいミノが「どこまで読んだ？」と声をかけてきたので「魔紋検査」と答え、ビデオ通話のウインドウを全画面にする。

「ここまでが問題編かな？　たぶん次の章から解決編が始まると思う」

――ちょっと待て。俺まだそこまで行ってねえ。速いなお前。

ミノを待つついでに台所に行き、迷った挙句ホットミルクを作って戻る。戻りがけに風呂の追い焚きスイッチを押しておく。早ければうちの人がそろそろ帰ってくる頃で、おそらくぐったり疲れているだろうから、すぐ温かい風呂に入れた方がいいだろう。いつ帰るかは分からないが、仮に遅くなってもこの季節ならさして冷めない。短時間の追い焚きで済む。

部屋に戻ると、画面の中でミノが口をへの字にして腕を組んでいた。

「本格ミステリのお約束に乗ってるってことは、きちんと解決するんだろうね。後出しや非論理的な要素はない」

「……どう？」

——確かにここからは「解決編」だな。伊神さん、じゃねぇ魔神ガミクゥが解決しそうだし。

「アマチュア時代の原稿であっても、プロがペンネームで発表してる以上、あんまりひどいものじゃないと思う。この企画でこの作者の作品を初めて読む、っていう人もいるわけだし」

——でもアマチュア時代の原稿だろ？　これ。

下手なんだけど、落書きなんだけど、と言いつつなかなかの出来のイラストを見せてくる人など、よく見る。一般公開している、という時点で一応は「我が名にかけて」発表しているのだ。「それに『まえがき』でも、『恥ずかしい』とは言ってるけど『ミステリになっていない』とか『話として崩壊している』みたいな言及はしてない。この作者、本格ミステリを書いてる、って自己紹介してるし、著作リストもそうっぽかったから、本格ミステリ作家としてのプライドに照らして許せないものは出さないと思う」

——なるほど。ていうかお前、口ぶりからしてひょっとして解けてる？

「たぶん」断言する勇気はない。伏線らしきものも見つけた。「解けたよ。作中でもイソップ君にわざわざ『僕たちが知っている魔法以外の何かを使ってはいないと思うよ』って言わせてるし、これで間違いないと思う。つまり」

──待て待て待った待った待った。自分で考える。まだ言わないで。

ミノが自分の方の端末のカメラを手で覆う。マイクも覆っているらしく声が遠くなった。分かった、言わない、と伝えたが、これではその声も通じないではないか。声を張って分かった分かった言わない言わない、と繰り返す。

「とりあえずここでストップしようか？　解けるまで」

──頼む。あ、ヒントくれ。

「なんだよ」

ミノは伊神さんほどこういうところにこだわらない。まあ、自分のプライドを後回しにできるところが彼の美点の一つだとも言えるのだが。「いや、まだ正解か分からないから本当にヒントなのかも分からないけど」

──それでいいや。とりあえずお前の解答に辿り着きたい。

「じゃ。ええと……女神像のところでいろいろ検討してる場面で、イソップ君があっさり『時空系は全部禁止魔法』って言ってたでしょ。そこ」

──はあ。ん？　それだけ？

「もっと言う？」

──いや、いい。ちょっと考えさせろ。

ミノはパソコンチェアの上で胡座をかいたらしく膝が見える。どうやら本当に腰を据えて

「ちょっと待て」になったらしい。

それならそれで僕にも考えるべきことがあった。結局、この小説の作者は誰なのか。

高校時代の「兼坂さん」事件と同じように、二つの密室が出てきてはいる。しかも魔神ガミクゥがそれを解く。つまり、ここまでは「兼坂さん」と一致しているのだった。もちろん世界観が違うから、トリックまで一緒ということはない。だが解決するつもりなのは確かだ。そしてこちらは現実の事件ではなく小説だから、ガミクゥは完全に事件を解決し、犯人も犯行動機も明らかにしなければならない。

そこが問題なのだった。「兼坂さん」事件の方は小説ではなく現実だ。だから小説のように名探偵がみごとに解決して大団円、とはならなかった。伊神さんは解ききらず、あの事件の真相は校舎のどこかに捨て置かれたまま今も埃をかぶっている——そういうことになっていたはずなのだ。

作者はこの差をどう埋めるつもりなのだろうか。作者は誰なのだろうか。

僕は記憶を探る。はっきり覚えている。卒業式の前日、伊神さんが僕たちに語った「真相」を。

第四章

風の強い日だった。

二月に吹くような、きちきちと冷たい断片を含む冷風ではない。突然びゅっと殴りつけてきて、あれ、そのわりに痛くないぞ、と思い、気がつけば体を開いてなぶられるままになってみたりする、つまり春の風だった。家を出る時に巻いていたマフラーも途中の陸橋の上で取って鞄に押し込み、そのまま学校に着いた。

春なのだ。暦（こよみ）の上でもすでに、どうしようもなく三月である。三年生は今日の午後、卒業式の予行演習がある。そしてそのまま明日、卒業式になってしまう。もう実質、今日しかない。朝の喧噪の中、強風のせいでいつもよりざらつく廊下を歩きながら考える。密室――閉まらずの書道室――出入口はない。山岳部の部室。出入口はない。いずれの部屋も何の変哲もないありふれた教室であり、それゆえにかえって困難さが増している気がする。真に困難な密室は怪しげな趣向で変形した館ではなく、ありふれたクレセント錠の部屋にある。

当然、この日でも普通に授業がある。卒業式が終われば外の世界へ羽ばたいていく三年生を見上げつつ、僕たち一、二年生は三月を終えてまた四月に戻る。しかも来年度は受験生である。きつい一年になるのだろう。卒業生の脚につかまって一緒に飛んでいきたいと思うが、実際のところはそうなったらむしろ困るのだ。気がつくと自分の卒業式、という夢を見たことはあるがあれは「受験はどうなった」という意味でむしろ悪夢だった。

一時間目も二時間目も教室だった。自分の机で静かにノートをとっていても、教室のある本館にいる限り、体育館の気配はまったく伝わってこない。窓の外を見ても体育館とは逆方向だ。だが今頃、と思う。今頃、椅子を並べた体育館で、柳瀬さんは卒業式の練習をしているのだ。そのことが何度も頭に浮かんだ。今日はそれが終わると三年生は帰ってしまうし、明日は朝からすぐ卒業式で、昼にはそれが終わり、三年生たちは学校を飛び出して打ち上げにいってしまう。そこまで考えて、うっ、と気付く。ひょっとして、すでにもう会う機会がなくなっているのではないか。シャーペンの先が「スノーウィーマウンテンズ計」まで書いたところで止まった。

だがそこで、まるで窓の外から観察していたかのようなタイミングで胸ポケットの携帯が震えた。普段なら授業中に携帯は見ないが、今はそうもいかない事情があるのだ。うまいぐあいに前の席は巨漢の冨田(とみた)君であり、僕は彼の広い背中を利用してこっそり胸ポケットから携帯を出し、ロック画面に表示される通知を確認した。

1件のメールを受信しました
(from) 伊神さん
(sub) 12：45書道室　書道室関係者集合

相変わらずSNSを使わない人だ、と苦笑する。関係者集合というなら、柳瀬さんにもメッセージを送っておくとしよう。


「……えっ。四時間目の時から来てたんですか。じゃあなんで今まで呼ばなかったんですか?」

「三年生は卒業式の予行演習でしょ。抜け出させるわけにはいかない」伊神さんは目を細めた。

「君さあ。常識というものがあると思うんだけど」


この人のどこを押せば常識などという言葉が出てくるのだろうか。そもそも昨日授業を抜けさせられた僕の立場は、と色々言いたいことがあるが飲み込む。それどころではないし、来てくれた勅使河原さんを措いてどうでもいいやりとりをしているのも気が引ける。いや、「気が引ける」必要などないのだろうか。なにしろ当の伊神さんは書道室の備品を勝手に引っぱり出して机に広げ、半紙に書をしたためている。


「……それ何て書いて、いえ何描いてるんですか?」

「『水清無魚』。やっぱり表意文字としての性質も持つ文字の方が書道向きだね」

喋りながらもすっと斜め上に筆を抜く。背筋を伸ばして集中する姿がなまじさまになるので、

つっこんでいいか分からなかった。ずっと書いていたらしく、傍らにはトンパ文字だの楔形文字だのでしたためられた書が重ねられている。柳瀬さんはやれやれというジェスチャーをしたが、また市立の生徒に変装して来ている翠ちゃんは興味深げに兄の手元を覗き、当の勅使河原さんも「なかなかいいな……」と唸っている。ならば、いいのだろう。

伊神さんは相変わらずのマイペースでルーン文字とマヤ文字の書をしたためた後、きちんと筆を洗い、それからようやく「さて」と言って机の上の書を取った。「いる？」

「いりません」

「それより事件の解決か」伊神さんは書を畳んで机に戻す。「君、実はわりとせっかちだよね」

のんびり書をしたためる人間を黙って待っていたのに、と思う一方で、いや、でも無償で助けてくれているわけだし、とも思う。この人と一緒にいると色々と惑わされる。

伊神さんは立ち上がり、僕たちのいる入口の方を向いた。風はまだ強いままで、伊神さんの長身のむこうで日差しに輝く窓ががたがたと動揺している。

「勅使河原君がこの書道室に入ろうとしたら戸が閉まっていた。戸板は動かそうとしても動かず、さりとて中から押さえている人間がいるでもない。ベランダ側の窓、廊下側上部の窓、準備室のドアいずれも施錠されており、人が隠れられそうな場所はなかった」

伊神さんはくるりと上体を捻って僕たちの視線を室内に誘導する。単純な形の机。脚の隙間からむこうが見える教卓。カーテンに棚。勅使河原さんがそれなりに注意して探したとなれば、見つからないで隠れられる場所はなさそうである。

「かといって、テープで戸板を固定したわけでもない」こちらに来たので道をあけると、伊神さんは戸板に掌を添えた。「となれば答えは簡単だね。この溝――正確に言うと敷居溝に心張り棒をかませた」

皆が沈黙する。なんとなく「誰が言うのか」という空気になったが、腕組みをしているミノが一番に口を開いた。

「それ、無理なんじゃねえすか。心張り棒をかませるには犯人も室内にいないといけない。じゃ、その後犯人はどこから出ていったんすか」

伊神さんは戸板をとん、と叩いた。「もちろん、この戸を開けて出ていったんだよ」

当然、みな意味が分からなくてきょとんとしている。いま心張り棒をかませたのだから戸は開かないはずなのだ。

「つまりだね」伊神さんは言葉を続けることに決めたらしい。そういえばこの人はだいたい、途中まで話して聞き手が理解したらそこで説明をやめる、という喋り方をする。「開け方次第で開けられるような形で棒をかませたんだよ」

ミノが戸板にくっついて「開け方……?」と呟きつつがたがたと揺すり始めた。こういう時に一番早く興味を示して動くのはたいていミノだ。柳瀬さんは聞く態勢で待っているし、翠ちゃんは戸を観察しながら兄の言葉を解釈しようとしているようだった。

「普通の戸ならそんなことはできない。だがここは『閉まらずの書道室』なんだよね」伊神さんは壁づたいに歩いていき、教卓の陰から何やら細長い棒を出してきた。ガムテープがぐるぐる巻いてある、薄い板状の棒である。「たとえばこれだよ」

歩いてきた伊神さんから棒を渡される。軽いその棒は半紙を何重にも重ねて丸め、板状に固めたもののようだった。説明は全くなかったが、とにかく意図を汲んで敷居溝にはめる。長さはぴったりで、つまりあらかじめ伊神さんが作っていたのだろう。

僕が敷居溝に棒をはめ込むと、伊神さんはつかつかと歩いてきて、それをさらに溝の奥に入るように押し込んだ。

「こうなっていた。半紙を固めて作った心張り棒には充分な強度があるけど、厚さは六ミリ程度しかない。つまり、この戸はただ横に開こうとしても動かないけど、一度戸板を上に持ち上げて、心張り棒の上に乗せてしまってから横に押せば開く状態になっていたんだよ」

僕は頭の中で戸板を動かしてみる。→……×。↱……○。簡単な話だった。

「いえ、でも」つい言ってしまう。「それだけでごまかせますか？　『閉まらずの書道室』が閉まっていたんですから、勅使河原さん……とは限らないけど、開けようとする人は当然、がたがた色々動かしますよね。戸を持ち上げるような動作もするはずです。そうしてるうちに開けられちゃうんじゃ……」

「普通だったらね」伊神さんは拳で戸板をこと、と叩く。「でも、この戸が普通じゃないとすれば？」

そう言われ、戸板をあらためて見る。クリームホワイトの一枚板。四隅は化粧板が剥がれかけて毛羽立っている。いささか古くて粗末と言ってもいいが、何の変哲もない平凡な戸板に見える。

「測ってみたけど、この戸はどこにでもある、いわゆる『四七』の引き違い戸だ。敷居溝の深さは約一分つまり三ミリ。上部の鴨居溝は深さ十五ミリ」伊神さんは戸上部の鴨居を指で叩く。背が高いので本人もそれと同じくらいのところに頭がある。「こうした引き違い戸の場合、戸板は出入口の高さより少しだけ低めに作ってある。でないと戸板が嵌められないからね。戸板を斜めにして敷居溝に噛ませ、立てて持ち上げて、下ろす。いわゆる行って来いの形で戸板を入れるためには、鴨居溝の上部に三ミリほどの隙間がなくてはならない」

この古い校舎で生活していれば、休み時間に誰かが戸板を倒して騒ぎになる、という経験ぐらいはしているし、大抵の人は戸板をはめ直したことぐらいはある。皆、分かっています、という顔で聞いていた。

「三ミリ程度しか持ち上がらないとなると、さっき言った方法は難しい。厚さわずか三ミリの心張り棒では強度以前に、がたがた揺すっていると戸板が乗り上げて動いてしまう。だが」伊神さんは戸板にぺたりと掌を当てる。「この戸板はそうではなかったんだ。どういう理由か知らないけど、この戸板は下部がわずかに切られていて、普通の戸板より三ミリほど背が低い。つまりその分、上に大きく持ち上げることができるんだ。となると下部の隙間もその分大きくなるし、心張り棒の厚さは倍の六ミリにできる。強度的に問題はないし、揺すった程度で乗り上げてしまうこともない。『この戸板は通常より高く持ち上げられる』と知っている人間でなければまず開けられないだろうね」

ミノが戸板の前にしゃがみ、立ち上がり、がたがたと揺すった。「外見上は普通っすね」

「戸板全体が三ミリ下がっていても、気付く人間はいないだろうね。戸板自体には下部にしか痕跡が残らない。枠にも下部の縁にも、何の痕跡もない」

確かに、勅使河原さんの話を聞きながら痕跡を調べた時は、戸板を外して「底」まで見はしなかった。通常、そんなところはチェックしない。敷居溝と左右の縁を見るだけだ。

「でも大がかりっすね。わざわざ戸板の下を三ミリ切った……」

「いや、何年も前からそうなっていたんだろうね。理由は分からないけど」伊神さんはミノを見下ろし、それから僕たちに視線を回した。「つまりこれこそが、そもそもこの部屋が『閉まらずの書道室』であった理由なんだ。戸板自体が三ミリ下がっていたんじゃ、隣の板と高さがずれて鍵がうまくかからない」

伊神さんは戸板に手を伸ばし、がた、と持ち上げたままこちらを振り返った。「鍵をかけてごらん」

ミノが内側から戸をロックするつまみを下ろす。おそらくここ数年、一度も下ろされることのなかったであろう閉まらずの戸のつまみは、ことん、と当たり前の音をさせ、あっさり下がった。

「うおっ、マジか」

勅使河原さんがミノを押しのけてつまみを上下させる。戸の方はまるで、これまで記憶喪失になっていた人が急に元に戻ったかのような何気なさで施錠され、解錠されている。続いてミノが、柳瀬さんが、ついには秋野まで出てきて一人ずつつまみを上下させる。なんの儀式だ、という絵面ではある。

「もういいかい。重いんだけど」伊神さんはさっさと戸を下ろす。「まあ、つまりこういうことだよ。犯人は何らかの理由で、ここの戸のこの性質を知っていた。だから心張り棒をかませた後、一度戸を開けて外に出て、外から閉め直すことができた」

柳瀬さんが「おおー」と唸りつつ戸板を揺する。「長年の謎が一つ解けた。卒業前に」

「ただねえ。本当ならもっと色々分かってから説明したかったんだよ」賞賛の声に反し、伊神さんは不満げである。「まだ情報が少なすぎるんだよ。犯人はおそらく書道室に相当入り浸っていた人間、ということしか分からない。なぜこんなことをしたのかも分からない」

確かに、伊神さんの解決としては中途半端だった。だが僕は分かっている。「勅使河原さん、明日で卒業ですもんね」

伊神さんはそれに対して肯定も否定もせず、さっさと戸を開けて廊下に出た。

「じゃ、僕はいったん帰る。葉山君たちは今夜七時に北門に集合」

「北門……」

つまり、と思う。山岳部の方もトリックが分かった、ということらしい。

伊神さんはさっさと廊下を歩いていく。翠ちゃんが一つお辞儀をして、ぱたぱたとそれを追いかける。その背中に何か声をかけようとしたが、何も出なかった。「ありがとうございます」

──は、あとで言おう。「すごい」？　いや、この人にとっては朝飯前で、むしろ犯人も犯行動機も分からないままというのは、むしろ不本意ですらあるに違いなかった。

やっぱり別世界の人だ。

何度目かのその感想を、声に出さずに喉の奥にしまう。

前を並んで歩く柳瀬さんと翠ちゃんは、さっきからずっと二人で盛り上がっている。女性層メインのアパレルブランドの話題だったりするので後ろから割り込んでまで入ろうとは思わず、同様に黙っている秋野と並んでただその後を歩く。彼女は前の話に時折頷いたりしているから入ろうと思えば入れるのだろうが、僕同様に割り込みまではしないのは人見知りだからだろう。時折こちらと視線が合うのでぽつぽつとやりとりをしつつ夜の道を歩く。そこに「忘れてました」とでも言いたげに春の風がごう、とぶつかってくる。まもなく午後七時。空にはまだかすかに夕の残照が焼き付いている気がして、ああ春なんだなと思う。気付かないうちに日が長くなっていたのだ。風も温い。

柳瀬さんは翠ちゃんが現れると「来た」と反応して身構えるから天敵なのだろうかと思っていたのだが、こうして見ていると会話時のテンポというか強度というか、そういったもののレベルが同じくらいで、けっこう馬が合うようでもある。今は翠ちゃんが普段行く某ファストファッションブランド店舗の話。同じブランドの紙袋が彼女の手に提げられ揺れている。昼に書道室の密室を解いた後、伊神さんをつきあわせてランチを奢らせ買い物に行き映画まで観てきたらしい。片や市立侵入用のスーツでもう一方は市立侵入用の制服。二人とも美形でこんな兄妹が仲良く買い物だの映画だのに行っている絵面を想像するとひどく目立っただろうなと思う一方で微笑ましいというか眩しい。嫌そうな顔をしながら渋々あれこれ買ってあげている伊神さんを想像すると面白い。あの人を一方的に連れ回せる人間は地球上でこの翠ちゃんただ一人だろう。

もちろん翠ちゃんはただ連れ回していたわけではなく、その間に伊神さんから指示を受けていたらしい。時刻は午後七時。場所は北門。ここから侵入して山岳部の部室に向かう。つまり、小火の時に八並さんが走ったルートを辿れ、というわけであり、翠ちゃんはその先導もしている。後ろをちらりと見ると、呼ばれた八並さんと西浦さんは二人とも黙り、どういう顔をしていればいいのか分からない、といった様子である。むしろさらにその後ろの土田さんと粟飯原さんの方が気楽に喋っているようだ。総勢九人という人数だがミノは入っておらず、別途伊神さんに呼び出されているらしい。おそらく何か仕掛けをやるつもりで、助手として使っているのだろう。「フルートを吹く幽霊」の事件の時に似たようなことがあった。あれからもう一年以上も経っているのだなあ、と思う。

前の翠ちゃんがぱっとこちらを振り返った。「八並先輩。買い出しから戻ってきたの、このルートですよね?」

二列前から声をかけられた八並さんが背伸び気味に頷く。「うん」

「北門に到着しました」翠ちゃんは皆の方を向き、ガイドのように言う。「事件時、八並先輩が見たものを再現しています。……これです」

翠ちゃんが手を差し上げる。ブロック塀越しに部室棟の建物が見える。

そしてそのうちひと部屋の中に、ぼんやりと黄色っぽい光が見えた。確かに明かりが灯っている。だが部屋の照明とは少し違うようだ。粟飯原さんの「おー。ついてる」という声にかぶって、やや慌て気味の西浦さんの声が続く。「いや、ちょっと待った。まさか小火まで再現したの?」

「いや」まさか、と言おうとしたが、伊神さんのやることだ、と思うと言葉が萎んだ。一緒にいるはずのミノも、常識とかそういったものを出して伊神さんを止めるタイプではない。

八並さんが走り出し、西浦さんがそれに続く。土田さん、粟飯原さんの順に続き、奇しくも事件時と同じ順番になった。とにかく山岳部組の後に続き、人間一人分だけ開いた北門のゲートに体を滑り込ませる。市立の建物管理はいいかげんであり、正門はともかく人の少ない裏門やこの北門は基本的にゲートが閉まっているだけで、その気になれば出入り自由なことは生徒なら皆、知っている。

先頭の八並さんたちが部室棟の階段を上っていく。人数が多すぎるので僕は立ち止まり、山岳部組に任せることにした。窓のある裏側に回る。明かりがふっと消えた。煙のにおいがしないことを確かめてとりあえず安心する。頭上からがちゃがちゃとドアを揺する音に続き、「開かない」という八並さんの声が聞こえてきた。鍵はかかっている。なのに今、明かりが消えた。となると。

考えながら階段の下に行くと、頭上から声が聞こえた。

「こんな感じだね。安心していい。着火まではしていない」

声のした方向を見上げる。雲が出てきているのか黒と深藍のまだらになった夜空。横から吹きつける風。部室棟の屋上に、ネクタイをはためかせる長身の男がいた。

「おー。伊神さん」階段を下りてきた栗飯原さんが屋上を見上げる。

「実際に見たら分かったんじゃないかな？　犯人はあの日、こうやって部室に火をつけたんだ。一歩も室内に入ることなく、ね」

「マジですかー」階段を下りてきた土田さんが興味深げに言う。「見たいです。つけてください」

「いや、つけちゃ駄目でしょ」

西浦さんにつっこまれ、土田さんはそれもそうか、と眼鏡を直す。たいしたこととは思っていないらしい。「すごーい。で、どうやったんですかー？」

「難しいことじゃない。二千二百年前から可能なやり方だよ」

驚くべきことに伊神さんは屋上から素のまま飛び、ばたり、と着地した。大丈夫ですか、と声をかけようとしたが本人は平気で皆を見回す。

「『アルキメデスの熱光線』って知ってる？」

周囲がさっと沈黙したので、知っている人はいなかったのだろう。だが僕はなぜか知っていて、言われた途端にぴんと来た。

「……つまり、光を集めて」

「その通り」伊神さんはこちらを見て頷く。「紀元前二一〇年頃、シチリアの城塞都市シュラクサに滞在していたアルキメデスは、侵攻してきたローマ軍の艦船をただの『鏡』で撃退した。鏡を持たせた数百人の兵士を岸辺に並ばせ、それぞれの鏡で反射した太陽光を敵の軍艦の一点に集中させる。虫眼鏡で火をつけるやつの拡大版だね。軍艦は次々と炎上し、ローマ軍は海側からの攻撃を諦めなくてはならなくなった」

実際にそれを再現しようとした動画を見たことがある。使われていたのは直径一メートル程度の凹型の土台に五千八百枚の小さな鏡を貼りつけた装置で、簡単に運べる代物だったが、その威力は凄まじく、コンクリートにまですぐに火がついていた。

伊神さんがさっと手を上げると、頭上に光が灯った。向かいの女子部室棟の屋上に舞台照明用の灯体(とうたい)が二基置いてあり、二基は左右から、後方に添えられた銀色の板を照らしている。おそらく凹型の木枠か何かにアルミホイルを貼りつけただけのような簡単なものだが、その光は凄まじく、板は真っ白に発光している。そしてあの光が反射して一点に集中し、向かいの二階、山岳部部室のドア脇にある小窓から室内を照らしている。

「灯体の数を増やせばいくらでも温度を上げられる。今は二基だけだから、火まではつかないだろうけどね」

わざわざ用意したらしい。「ついちゃったらどうするんですか」

「一度燃えてるし、まあいいでしょ」

適当なことをおっしゃる。伊神さんがもう一度手を上げると屋上にミノが現れ、照明を消した。まさかあいつも飛び降りるのではないだろうなと一瞬疑ったが、ちゃんとロープを這わせてあり、つたって下りてきた。

「もちろんこれらはあらかじめ準備していなければならなかったけど、灯体やスタンドは屋上に寝かせておけば下からは見えない。犯人は君たちが全員、部室から離れたのを見計らってこの装置で火をつける。八並君が北門の外から見たのは部屋の照明ではなく、この光だね」

「見計らって」粟飯原さんが女子部室棟を見る。「っていうことは、犯人は」

「うん。焼肉に参加していた山岳部の人間では不可能だね。八並君に西浦君、それに君と土田君。いずれも一人になった時間はあるけどほんの数分。それも結果的に五分程度になっただけで、もっと早くに人が集まってしまう可能性もあった」伊神さんも女子部室棟を仰ぎ、二階の部屋を指さした。「つまり犯人は外部の人間。焼肉のことを知っていた人間がいるはずなんだ。加えて、おそらくは女子部室棟のどこかに出入りできる立場の人間だね。この装置を使うためには電源をどこかから取ってこなければならない。犯人がたまたま何体もの灯体を同時点灯させられるほど強力な発電機を持っていたとしても、そんなものを使えば音がする。電源は部室のコンセントから取ったはずだよ」

山岳部の三人と八並さんが、心当たりを尋ねたそうな顔でお互いを見る。だが彼らの表情には、一様にほっとしたような緩みがあった。

伊神さんは「あとは君らが調べてね」とだけ言い、後始末も僕たちに任せ、翠ちゃんを連れてさっさと帰ってしまう。僕は北門を出ていく背中にありがとうございました、と大きな声で言った。すると山岳部の三人も、そういえばこの部も一応体育会系か、と思い出させるきちんとした整列をし、さっと頭を下げた。翠ちゃんが笑顔で会釈を返し、僕の方にちょっと微笑んでから踵を返す。

犯人も動機もまだ不明。その状況であえて山岳部関係者を集めて説明をしたのは、彼らが明日、卒業してしまうからだろう。ひとまず外部犯だと分かれば、後輩たちに対する罪悪感もある程度収まる。そうなってから卒業式を迎えられるのだから、やはり伊神さんに頼んでよかった、というところだろうか。

いや、そもそも秋野が話を持ってきてくれなければここまで来られなかったのだ。よかった、ありがとう、と言うと、彼女は最初きょとんとし、それからようやく理解した様子でふるふると首を振った。

とりあえず言われた通り、一連の珍妙な道具を片付けなくてはならなかったが、音をたてないように力仕事をする、というのは困難なのだと思い知った。トリックの実演に使った灯体と灯体スタンド、それに延長コードと特製の凹面鏡。どれもわりと重い。だが静まりかえった夜の校内。あまりがちゃがちゃやっては近隣住民に不審がられるし、見える範囲で明かりはついていないが、本館のどこかに教職員が残っている可能性もあった。静かにこっそり片付けなくてはならない。

「そっち持て。せえの」

「せえの」

ミノと二人でブルーシートを持ち上げ、位置が低すぎて引っかけたスタンドを倒しそうになりつつなんとか隠し、背中を丸めて非常階段の下から出る。別館の外階段下。別に倉庫でも収納でもないが、雨にも降られないため、各部が最悪盗られてもいい程度の様々なガラクタを押し込んでいるスポットに、運んできた道具をすべて収めた。とりあえずこれで誰かに見つかっても「夜間の敷地内侵入」だけで済む。暗い中庭を見渡し、あとは逃げるだけだ、と犯罪者そのものの気分でひと息つく。

「完全に解決した……とは言えねえな」階段下から出てきたミノが、腰に手を当てて部室棟の方の暗闇を見る。「外部犯となるといきなり範囲が広がるし。そもそも犯人、見つかるかな?」

「トリックは分かったけど、未解決だよね。書道室の方も。……伊神さんとしては『やむを得ない措置』って感じだと思う」伊神さんは口には出さなかったが。「あとは僕たちで情報収集だね。……三年生がいなくなっちゃうから、どこまでできるか分からないけど」

それでもここまで解けたことはありがたい。柳瀬さんも「伊神さん、なんだかんだで後輩の面倒見はいいからね」と頷いた。

それから、ん、と唸って体を反らせ、両手を上げて伸びをした。「私も明日で卒業か。やることはやった、かな」

柳瀬さんの方は特に強調したわけでもない。だが、その言葉は僕の脳内にばしゃりと叩きつけられて跡を残した。

明日で卒業。

このままでいいのか、と思う。もう校内で会えない。放課後なんとなく美術室に来てくれることもないし、演劇部に何かの相談をしにいって視聴覚室にいるこの人と会う、ということもない。演劇部の人と何かで盛り上がって「じゃあ元部長も呼んでみましょうか」なんていうこともない。卒業生は学校の外に出ていってしまう。どんどん外に。まだ学校内に縛られている後輩たちから遠ざかって、すぐにかすんで見えなくなってしまうだろう。

行ってしまう。

だが当の柳瀬さんは「じゃ、お先」と気楽であり、ひらひら手を振って北門の方に行ってしまう。名残惜しさのようなものはないようだ。そうだった。この人はもうだいぶ前から「外」を向いていた。

柳瀬さんの背中が別館の陰に隠れる。遅いから送っていきます、と言えばいいのだ。二人きりになれる最後のチャンスかもしれないし、彼女の方も何か「区切り」のようなものを意識しているのなら、切りだしやすくもなる。今しかなかった。今後も気軽に会いたいなら、今、追いかけていって気持ちを伝えるしかない。そういう空気かもしれない。だがそれにしては柳瀬さんはあっさり帰りすぎではないか。もしかしてそういう空気を察して「来られたら面倒だから」退散したのかもしれない。だがミノが脇腹にパンチを入れてくる。そうだ。僕が行けばこっちも二人になる。ミノのために一肌脱ぐ、という理由はどうだろうか。上半身は前のめりに駆け出そうとしているのに足が地面に癒着して上げられない。もちろん実際には足と地面がくっついてなどおらず、駆け出すまいとして足先を地面に押しつけているのだった。足対頭。筋力があるのは当然足の方であり圧勝に終わる。だが頭の権力をもって命ずれば。体の力を抜くと、足が地面から離れた。

そこで正面から風が吹きつけた。機材にかけたブルーシートがまくれ上がり、僕は慌ててミノや秋野と一緒にシートの端を捕獲し、機材の下に挟み込むように固定した。ほんの十数秒だが僕は機材のことを考え、その十数秒の最後の方で「もう行ってしまっだ」という認識が灯った。

「あーあ。お前なあ」ミノが腰に手を当てて溜め息をつき、北門の方を見る。「送ってきゃよかったのに。今から走る？」

「いや」僕も北門の方を見る。暗闇に人影はなく、奇跡的にそこらで待っていてくれる、という可能性も潰えたようだ。

「そんなびびんなくていいのに。いざその時になったら、けっこうスッと言えちゃうもんだって」

うなだれるしかない。「……明日。卒業式の後とか」

「ま、頑張れ」

ミノはそう言い置いてさっさと行ってしまう。無言の秋野と二人残され、とりあえず駅まで送る、と言って正門のある反対方向に歩き出す。本館に明かりはついていなかった。門に向かって急角度で傾斜する通称市立坂を、秋野の歩調に合わせつつ下りながら、そっちだって一人で帰ったじゃないか、と思った。正門のゲートは閉じられているから足をかけてよじ登り、僕に輪をかけて運動が苦手な秋野にも手を貸して脱出しなければならない。外の光が届かず静かな校内では深夜のように感じていたが、通学路に出るとまだ午後八時前であり、みな普通に活動している。

もともと秋野は静かな方であるし、「適当に話題を見つけて雑談」というのは僕も得意ではない。お互いにそうだと自覚しているので二人きりだとだんまりを阻止するものが何もない。ほぼ黙ったまま草野水路にかかる橋を渡り、「土田さん、この水飲むのすごいよね」と頷きあった後、坂を上って駅方向に向かう。走り抜けるタクシーとトラックをやり過ごし、これは駅まで静かだろうな、と思ったら、秋野がぽつりと言った。

「……明日、言ってきなよ?」

立ち止まる。「きなよ?」という語尾が秋野らしくなかったというのもあるし、まさか彼女に言われるとは思っていなかった、というのもある。だが大人しい彼女がらしくない語尾までつけて言ったのは、本気で背中を押してくれているからだろう。「何を?」などとごまかすのは駄目人間すぎる、と思う。

「……うん。でも正直、怖い」

秋野も立ち止まってこちらを見ている。街路灯で逆光気味になっていて、表情はよく分からない。

「あの人、演技うまいし。本気かどうか分からないし」言いながらどうしても下を向いてしまう。向かいあった秋野が逆光になっているということは、たぶん今、僕の顔は煌々(こうこう)と照らされてまる見えなのだ。「……なんか。こっちが真面目になったら、急に……『ごめん。そういうのじゃないんだよね』とか言われそうで」

「……そんなひどい人じゃないと思う」

「うん。いや、そうだよね」急いで言う。僕だって分かっている。「でも、いざとなるとなかなか……。なんか、今のままでも平和だし、とか思ったりしちゃう感じで」

横をワゴン車が走り抜ける。口を開こうとした秋野はそちらを確認し、通り過ぎるのを待ってから言った。

「今のままでなんて、いられないよ」秋野ははっきりと言った。「私だって、思う時ある。このまま、楽しいまま、ずっとみんなで一緒にいられたらいいのに、って。高校二年生が永遠に続けば、って。……誰も卒業しないで、受験も来年のままで、誰かと誰かがつきあったり別れたり、険悪になったり、新しい趣味とか友達を見つけて疎遠になったり、そういうの、なければいいのに、って」

僕も同じことを考えたことが何度かある。高校は確かに居心地がよくて、何もしないでも日日が過ぎてくれて、気の合う人たちがいる。放課後は好きなことをやっていいし、電車に乗って遠くにも行ける。家に帰ればごはんはあるし（日によっては自分で作るのだが……）、働かなくても小遣いはもらえるし、その気になったらこっそりバイトしてもっとお金を稼ぐこともできる。高校生は無敵だ。なのにもう三年生になってしまう。あと一年か二年、このメンバーで高校生をやっていたい、と思う時がある。

だがそうはいかないのだった。僕たちはどんどん成長してしまうし、社会から見れば、働かないのに生活ができて自由まである、という学生の立場は、いずれ働いて社会に還元するという無言の圧力と引き換えのもので、言うなれば自由の前借りに過ぎなかった。特別な事情がない限り、僕たちは数年後には働かなくてはならないし、働いて今度は未来の高校生たちを食わせてあげなくてはならない。小学校……いや、その前からずっとそうだった。僕たち子供には「成長する義務」が課せられているのだ。そんなものは考えなくていい、と言ってくれる大人もいる。だが社会全体で見ればそうはいかないことも、この歳になれば分かる。それに抗ってずっと子供のままを死守する、という生き方もあるのかもしれないが、それを続けるのはたぶん、素直に成長するよりずっときつい。

時は流れているのだ。一番居心地のいい位置にシートを敷いて居座り続けるなんてことはできない。居座っているつもりの人は、シートごと流されていることに気付いていないだけだ。

秋野はこちらを見ている。まさか彼女に言われるとは思わなかったし、彼女相手に自分がこんな顔を見せるとも思っていなかった。特に毎日話をするわけではないし、クラスの内田とか小菅とかの方がよほどつきあいが濃いのだ。だが考えてみれば、特に親しくなかったというだけで、彼女だってミノと同様、中学からずっと一緒だったのである。

意外なところからの応援。だがそれゆえに嬉しかった。

「ありがとう。……明日、なんとか頑張る」

秋野は小さく頷いた。

ガミクゥが「皆を集めよ」と私に命じ、私は言われるままに一階から三階までを駆け回った。コルジィにメイ。イソップ君とサーリア先輩。なるべく多く、と言われたが全く関係のない人まで連れてきても困惑させるだけだろう。ツィーダ先輩とジウラ先輩の二人にとどめた。人数が多くなりそこらの廊下というわけにはいかなくなったが、ガミクゥにはひと気のない場所にしろと言われている。校舎から離れるのはまずいので、疲れているユーリには悪かったが、渡り廊下の先の礼拝堂にした。

シスターが働いているかもと思ったが、職員もこの騒ぎで本館一階に集められているようで、礼拝堂は冷たく静まりかえっていた。頭上のステンドグラス越しに日差しが入り、壁に五色の紋様を映し出す。あの位置に出るということはそろそろお昼だが、昼食はいつも通り出るのだろうか。

――ふん。まあ悪くない。この広さならね。

ガミクゥはユーリから離れて飛び回り、満足そうに皆を見下ろす。ガミクゥとまともに話すことは初めてらしいツィーダ先輩やジウラ先輩は怖々という感じで、異世界からたまたま召喚された暴虐の魔神を見上げていた。ツィーダ先輩の方は「すごい美形……」と感嘆していたが。

——さて、それじゃ説明させてもらおうかな。今回の不可解な事件の真相をね。

ユーリが手を挙げて「座っていいですか」と訴えたので急いで手を貸し、手近な長椅子に座らせる。礼拝堂の長椅子は生徒から「覚醒魔法」と揶揄(やゆ)される通り硬いし背もたれは低いしで楽ではないが、ユーリは私に礼を言い、長時間になると魔力にあてられるから離れてて、と言った。

——いいかい？

腰を折られてわずかに不満そうなガミクゥの声が礼拝堂の高い天井に反響する。

——事件が発覚したのは今朝の四ッ刻頃。住み込みの掃除夫が校長室のドアが開いていることを不審に思い中を覗くと、室内の机に突っ伏して意識を失っているシノーマ校長を発見した。その直後、別の職員が三階の増幅器室のドアが開いていることを発見。大型増幅器が破壊されていることも発見した。

ガミクゥが集めてきた情報によれば、複数の職員がこの様子を同時に目撃しているという。間違いや嘘はなさそうだ。

——校長によれば、昨夜、校長室で研究をしていたら突然明かりが消え、出現した「王旗を顔に巻いて覆面にした魔法使い」に魔法をかけられて倒れた、という。不可解なのはまずここだ。校長室には封印魔法がかかっていて、校長以外は解除ができない。もちろん封印魔法は隙間なく天地前後左右すべてを塞いでいるから、中から出ることはできても、外から侵入することはではきない。物理力は伝わるが、魔法はすべて弾かれる。これを単純な魔力で突破するのは僕でも不可能だね。

ガミクゥがそう断言することなど珍しい。だとすれば本当に不可能なのだろう。

――そして何より、そもそもあの校長と戦って倒す、ということが不可能だ。正直あの校長には一度手合わせを願いたいね。保護魔法が常時かかっているから不意打ちも通じない。三、四人で一斉に襲いかかれば可能ではあるけど、困ったことに、現場からは一種類の魔紋しか出ていない。

その話は知らなかったのだろう。ツィーダ先輩が「もえぇぇ」と変な驚き方をしている。

――増幅器室の方にも封印魔法がかかっていたし、あの大型増幅器を破壊するためには大量の魔力が必要になる。だがこれも不可解なことに、名簿とつき合わせ、学内にいた全員を魔紋検査したはずなのに、昨夜大魔力を使用した痕跡のある者は一人もいなかった。

そうだったんですか、と、今度はジウラ先輩が驚く。じゃあ誰が。当然の疑問である。コルジィやメイも答えを待つ様子でガミクゥを見上げている。

――学園には罠魔法が張られているから外部からの侵入は不可能。時空系、生成系、幻覚魔法。すぐに思いつくようなものはすべて禁止魔法。

誰も動かない。この言い方をすれば、思い浮かぶのは出入口をすべて塞がれた迷宮といったところだろう。私はガミクゥを見上げる。ガミクゥがこんな風に話し始めるのは初めてのことで、私は緊張した。魔神の目には何が見えているのだろうか。頭上に浮かぶガミクゥの体は透けており、その背後に壁の神像が重なって見える。

——だが、犯人である「王旗の魔法使い」は特別な魔法など何も使っていない。君たち生徒が普通に使えるものだけだよ。

皆の間からわずかに反応が漏れた。イソップ君が「嘘だろ」と言い、サーリア先輩は腕組みをした。そしてガミクゥは私たちを見下ろし、断言した。

——オルスティーナ君がうまい具合に人を集めてくれたね。……「王旗の魔法使い」はこの中にいるよ。

皆が再びざわつき、お互いを見てなんとなく足の位置を変え、体の重心を動かす。メイは杖の先に手をかけていた。とっさに制御布を外そうとしたのだろう。握った杖の柄がぬらついていて、気がつくと私も手に汗をかきながら同じように制御布を外そうとしていたことに気付く。

「待って……ください」抗議したのは座っているユーリだった。「生徒には無理です。僕たちにそんな力はない」

——そうでもないのさ。君たち程度の魔力で、君たち程度が習得している魔法だけで、この事件を起こす方法が一つだけある。

皆がガミクゥを見上げ、それからお互いに視線を走らせる。緊張が礼拝堂の空気を凍りつかせ、全員の視線がせわしなく動いた。

――まず、校長を倒したのは燭台の明かりを消す氷結魔法と、「端」で発動する普通の失神魔法だ。氷結魔法で明かりを消し、解呪魔法で保護魔法を外し、失神魔法を当てる。増幅器の破壊もそうだ。長時間かけて魔力を凝縮し、「端」で発動すれば、ありふれた破砕魔法か爆発魔法で可能だ。

「そんなこと分かってますけど」一番納得がいかなかった様子のイソップ君がガミクゥに抗議する。「どうやってそれをやったのかが謎なんじゃないですか？　そもそも封印のかかった部屋にどうやって入るのか」

――簡単さ。

ガミクゥは言った。

――召喚魔法だよ。

サーリア先輩は「ああん？」と口に出し、メイは考える様子で目を細める。おそらく皆、何を召喚すればいいのか、と考えているのだろう。

だがガミクゥは、あっさりと言った。

――何かを召喚するんじゃない。自分を召喚するのさ。つまり、召喚陣に飛び込む。これ自体は魔力すら必要ない。

皆が沈黙した。イソップ君は何か言おうとしたようだったが、口を開けるところまでで言葉は出さなかった。

自分を召喚する。

確かに、ガミクゥにしては分かりやすく言ってくれたと思う。召喚陣に飛び込む。もちろん昨日私たちが使ったような小型召喚陣では入れないから、部屋の中央にある研究用の大型召喚陣に、だ。召喚術の授業でもあった通り、召喚術はつなぐ世界を近くに設定しすぎると同じこの世界のどこかにつながってしまう。つまり意図的に近くに設定すればこの世界の別の場所に瞬間移動できるというわけだ。しかもゲートが開く位置は自由に移動させられる。

「つまり、この世界の別の場所……たとえば校長室の中にゲートを移動させて、その陣に飛び込む。……面倒だけど、できるな。大型召喚陣の鉄格子は魔法で壊せるし」コルジィが言った。言いながら頭の中で実行を試みているようで、今、ひとつ頷いたのは実行可能だと分かったからだろう。「でもすげえ勇気いるぜ？　よく似た別の世界に間違えて飛んだら、二度と帰ってこれねえし」

「ガミクゥ様。その先の話を」ユーリがガミクゥを見上げる。「校長室、あるいは増幅器室の封印を突破する方法はそれでいい。ですが、それだけでどうやって校長を倒すんですか？　魔紋検査で大魔力を使った人間が出てこなかったのは何故ですか？　瞬間移動だけじゃ説明がつかない」

空中のガミクゥに視線が集まる。ガミクゥは言い方を考えているようで、しばらく指先で剣の柄をとんとんと弾いていた。

——君たちの用いる魔法体系には、一点だけ褒めてもいいところがある。それが「時空魔法」だ。

文字通り上からの物言いだなと思うが、いつものことである。

「時空魔法……？　別に、そんなの珍しくなくない？」サーリア先輩はガミクゥに対しても友人の口調で話しかける。「どうせ禁止魔法だし、使える教官もほぼ、いないよ」

――魔法じゃない。「時空魔法」という単語そのものさ。君たちは時間魔法と空間魔法を同系統のものとして扱っている。それはつまり、時間と空間が地続きのものだとちゃんと理解しているということだ。

もはや私たちどころか人類そのものを上から見下ろす物言いだが、私は緊張した。つまり。

――分からないかい？　時間と空間は地続きなんだ。君たちだって普段から「空間的に離れた場所」や「接近した異世界」にゲートを開けているじゃないか。学院の召喚陣は「ごく近い異世界」にしかつながらないように設定されているけど、それで充分だ。ごく近くに存在する「近過去のこの世界に」召喚陣をつなげば、たとえば数日前の校長室や増幅器室に移動することができる。おそらく、異世界につなぐより簡単だ。

皆が沈黙する。おそらくは「過去の世界」という概念がなかったからだろう。

――さてユーリ君。一週間後の君が昨夜の校長室に出現したとすると、現在のこの君はどうなると思う？

「どう、って」あまりしたくない想像なのか、ユーリは眉をひそめるが、すぐに答えた。「どうもならないのでは？　そのまま存在します。つまり、僕が二人になる」

「二人のユーリかあ……」サーリア先輩が身をくねらせる。「えー。私、困っちゃうなあ。二人のユーリから迫られたら、どっちかなんて選べない」

他の皆はぽかんとしているが、私はむしろ感心した。この状況でよくそんな、のんびりしたことを言っていられる。

ガミクゥも呆れたように半眼になるが、話を続けるつもりはあるようだ。

――まあ、二人目が現れた瞬間に一人目がぱっと消えてしまうようなことはない。二人目の出現によって世界が変化してしまうようだと矛盾が起こるからね。

ユーリが腕を組む。「難しいですね」

――そうでもない。たとえば「同一人物が同じ世界に二人存在するなんておかしいから、二人目が出現したら一人目は消滅する」なんて決まりがあると仮定すると、おかしなことになるだろう。そもそも召喚魔法を使った一人目が、召喚魔法を使う前に消滅してしまったら、召喚自体がなかったことになってしまう。つまり二人目の出現もなかったことになってしまう。だが一人目の消滅は二人目の出現のせいだ。これでは説明がつかなくなってしまう。因果関係に矛盾が生じるのさ。

そう。だからたとえ召喚魔法である人が過去に飛んだとしても、その瞬間に何かが起こるなんてことはない。ただその人が増えるだけだ。いや、そもそも。

――過去の自分と現在の自分を「同一人物」だと考えるからおかしなことになるんだ。我々は瞬間瞬間ごとに別個体に変化している。爪が伸び、髪が抜け、飲んだ水が胃の中に吸い込まれている。

「いや、そうか。それを使えば」イソップ君も合点がいったようで、興奮した顔で手を叩く。「超高精度の自己複製魔法だ。いや、二人だけとは限らないぞ！　過去に戻り、二人のまま未来に進めば、一人目の自分がまた過去にゲートを開ける。そこでもう一回『この世界の過去』に飛べば、次は三人になれる」

——ご名答。召喚術は不安定だから、特定の異世界を狙ってつなぐことはできない。だが同一人物が行った同一の召喚術なら、全く同じ世界につながる可能性は大きい。犯人は過去につながった召喚陣に飛び込み、飛び込んだ世界で「過去の自分」が再び召喚術を使うのを待ち、また飛び込む。このやりかたでいくらでも自己複製ができることになる。手間はかかるけどね。

「……なるほど。それなら簡単か」ユーリが頷く。「校長室に何度も何度も出現すれば、三人、四人で同時に校長先生を襲うことも可能になる。一人目が氷結魔法で明かりを消す。二人目が解呪魔法で保護魔法を外す。三人目が失神魔法をかければいい」

つまりこの世界の他に、「校長室の明かりが悪戯で消された世界（一人目のみ出現）」と「校長室の明かりが悪戯で消され、校長先生自身も解呪魔法をかけられるという事件があった世界（二人目まで出現）」もどこかに存在することになる。

「同じやり方で、残りの謎も解けるね」ユーリにはすべて分かったらしい。ガミクゥを出し続けていて頬には汗が伝っているが、表情は緩んでいる。「最初の三回で校長先生を倒したら、四回目は魔法増幅器室の中に出現して壊す。五回目にやってきた自分と力を合わせれば大魔力も必要ないけど、一人で破壊してどこかに隠れてしまってもいい。現場に残っていた魔紋が

『同一人物のもの』だった理由も明らかだ。複数人の同一人物による犯行だったんだから」

――その通り。これなら全校対象の魔紋検査も通過できるわけだね。大魔力は必要ないし、そもそも魔紋検査は名簿にある全員に対して行っている。「王旗の魔法使い」のうち一人だけが出頭すれば、残りは放免だ。

「ちょっと待った。てことは」ジウラ先輩が身を引き、杖を持ち上げると同時に制御布に手をかけている。そこまでの動作が一連なのはさすがだ。「学院には今、何人もの同一人物が潜んでるってことか。校長先生を襲った犯人が」

さすがに皆、戦闘慣れしている。もうすでに全員が身構え、他の全員が視界に入るように体の向きを変えている。幾人かは制御布に手をかけてもいる。

……そう。もしかしたらこの中にいるかもしれないのだ。すべての元凶となった「犯人」が。

私も同じように身を引き、全員を観察した。おかしな態度の者はいない。戦闘をガミクゥに任せるつもりなのか、椅子に座ったまま動かないユーリ。困惑を浮かべてそれぞれの杖を構えるコルジィやイソップ君。メイは杖を構えながらもおろおろしていて、一斉に戦闘が始まったら出遅れるだろう。四級生たちはさすがに落ち着いていて、ジウラ先輩もツィーダ先輩も、ある種の諦念が混じった冷静さで全員を窺っている。サーリア先輩などは長椅子の背もたれの上にひらりと陣取り、少しでも高所を取るという戦闘の基本を実践している。だがまだ誰も制御布を外す者はいなかった。空気が張りつめて拮抗している。外せば、その瞬間に乱戦が始まりかねない。

――君たちが疑心暗鬼で殺しあうところを上から眺める、というのも面白くはあるけど、いささか品性に欠ける娯楽だね。僕の趣味じゃない。

ガミクゥがマントを翻(ひるがえ)してそう言うと、お互いに向いていた皆の注意が上方向に移動した。それと同時に張りつめた空気が少しだけほぐれる。

――犯人を見つける手がかりはすでに存在するよ。この事件と同時期――つまり他でもない今朝、もう一つの「事件」があっただろう?

これまで関わっていた事件が大きすぎて、コルジィたちもすぐにはぴんと来なかったようだ。だが、ユーリが「あ」と声をあげた。

「……『悪霊ヴィーカ』。ティナとメイの部屋に昨夜、『訪問者』があったんじゃないか、って」

こちらに視線が集まる。いきなり攻撃される可能性を考えて杖を握ったが、動く人はいなかった。メイは私と対照的に、皆に見られてただ身を縮めている。

――その通りさ。これまで話した推理を元にすれば、その「訪問者」が誰で、何のためにどうやって訪問してきたかも分かるだろう?

「封印魔法は同一人物でないと解けない」ユーリが皆に言う。「つまり部屋の中にいたティナかメイだ。だがこの話をしてくれたのはメイだ。彼女が犯人なら、わざわざそんな話を広めるはずがない」

一番早いのはサーリア先輩だった。杖がこちらに向く。続いてジウラ先輩とツィーダ先輩。メイと「訪問者」の話を聞いていたにもかかわらずコルジィとイソップ君の反応が遅いことに、私は少しだけ感謝した。そしてユーリは私に杖を向けてすらいない。

信じたくない、と思ってくれている。それが嬉しかった。

――それに、犯人は「王旗を顔に巻いて覆面にしていた」。ここの生徒は皆、マントなり長上衣（ローブ）なりを身につけている。それを巻けば済んだはずなのにそうしなかったのは、犯人が身につけている上衣が、そうできない形のものだったからだ。

私は自分の短上衣（ボレロ）を見る。正解だ。

杖をゆっくり下ろし、戦意がないことを示した。ガミクゥが剣を抜き、切っ先でこちらを指す。

――犯人は君だ。オルスティーナ・ロント・ル＝フラン。

*

あの日、「それ」が起こるまでは、私は普通の生徒だったのだ。創立以来何十年も続けられてきた学院の日常。時々戦闘があり、死ぬ人も出る。だがそれ以外は平穏で、自由で、生活を気にせず好きなだけ魔法を学べる。大好きな友人たちや、密かに恋する人と一緒に。

だが、「それ」は突如起こった。

五日ほど前、通常よりはるかに大規模な魔物の襲撃があった。その時に確かに、ガミクゥは言っていたのだ。何かの前触れかもしれない、と。研究記録はなく、伝説の域を出なかったが、天変地異の前触れで地域の魔脈が乱れ、それが魔物の異常行動を引き起こす、ということは前から囁かれていた。

そしてあの日、天変地異が起こった。

正確に言うなら「古竜の抵抗」である。それもとびきり大規模の。突然、大地が下から突き上げられるように揺れ、それから全てが滅茶苦茶に振り回された。朝、寝室にいた私たちは悲鳴をあげながら床に叩きつけられ、立ち上がろうとしてもそれすらできない、ということはこれほどまでに怖いことなのだと思い知った。だが、それだけで済んだ私などは幸運だったのだ。校舎は一部崩壊しており、この時すでに何十人かが、崩れてきた壁や柱の下敷きになって死んでいた。炊事室から火が出て燃え広がり、西側の塔が崩れて監視係を空中に放り出し、崩落してくる石の壁が敷地の外を歩いていた農夫を血まみれの肉塊にした。揺れは長く続き、それが収まった時、私たちが見たのは地獄だった。瓦礫の下で苦痛に呻く友人の奥に、動くことをやめた別の友人がいた。頭から血を流して助けを求める友人と、死んだ友人を助けられずに泣く別の友人。必死で皆を落ち着かせようとする教官の、悲鳴のような怒号。

呆然とする私を正気に戻してくれたのは、走って助けにきてくれたユーリだった。私がただ座っている間、ユーリは校内を駆け回り、得意の治療魔法で一人でも多くの人を助けようとしていた。

それを見て私も立ち上がった。まずは一番被害のひどい一階を回ろうとしたのだが。

そいつらが、突如現れた。

見たこともない魔物たちだった。その時には正確な姿すら記憶できていないが、この世界の魔物よりさらに禍々しい姿をしていた。竜と牛と人の三つ首を持つ、毒を吐く獅子。壁を這い伝いながら触れるものを搦め捕り同化してゆく蔦のような魔物。正面から見ると四角錐なのに背後からは球体に見える、不可解な半透明の物体。姿はなく、ただ不快な音波と臭気だけを発しながら壁の中を移動する悪霊。それらが生徒たちを蹂躙していた。網状の魔物に覆い被され溶けていく男子。床から生えた無数の槍に串刺しにされた教官。腰から下がなくなり、傷口から魔物に侵入されている女子。地獄のはずの校舎内に広がる、さらなる地獄。

戦うことなど思いもよらなかった。ああなるのは嫌だ。こっちに来ないで。私は杖を振り回し、滅茶苦茶に魔法を飛ばして近付くものをちぎり捨てながら走った。走りながら聞こえた「助けて」という声を何度、無視しただろうか。短上衣の裾を摑んできた手を払い、誰かの死体を踏んで転び、たくさんの友人を見殺しにして私は逃げた。魔物は私も追ってきた。玄関には出られず、私はただひたすら階段を上り、上階を目指した。教官たちのいる上階の方が安全なはずだと、どこかで考えていたのだろう。そしてもう一つ。三階の召喚室。

異世界の魔物が突然溢れた原因はそこしかなかった。召喚陣の暴走。そしてガミクゥの言葉。古竜の抵抗に伴う魔脈の乱れを利用して、誰かが何かをしたのだ。混乱の中、異世界の魔物の出口であるはずの召喚室に向かって急ぐ私は、あるいはさっさと死にたかったのかもしれない。こんな地獄を見て、地獄の後の世界を生きなければならないくらいなら、魔物に突撃してさっさと死んだ方がましだ、と考えていたのかもしれなかった。

だが予想に反し、召喚室にはほとんど誰も何もいなかった。壁をいくつか、気味の悪い色をした液状生物（スライム）が這っていただけだ。揺れのせいで鉄格子が撓（たわ）み、おそらくはその後に出現した魔物たちによって、鉄格子は大きく開かれ、その中ではゲートがうねりながら存在していた。

ここから逃げよう、と思った。たとえ異世界でもここよりはいい。だがすぐに気付いた。召喚魔法でゲートを設定し直せばいい。なるべくこの学園の近くに。

おそらく私は慌てていたのだろう。ゲートのむこうに見える風景だけを根拠に、同じ世界へつながったものと信じて飛び込んでしまったのだ。実際には、ゲートはまだ完全に同じ世界にまでは来ていなかった。私が飛んだのは、五日前の同じ召喚室だった。

これまでの悪夢が嘘のように静まりかえった、深夜の召喚室。その冷たい床にへたりこみ、私は泣いた。安堵と恐怖と罪悪感と、それ以外のもうよく見分けがつかない感情で。そしてしばらく後に気付いた。こちらの学院には、まだ何も起こっていないことに。

*

「……過去を変えることはできないんです。私が見捨てて逃げ出してきたあの世界の地獄は、もうどうやっても元通りにはならない。でも」私の声が礼拝堂に響く。「……私は、地獄でない世界で生きたかった」

できれば話したくないことだった。私は時を遡り、地獄の世界を繰り返した。

過去の世界に数日、潜伏すると、やはり古竜の抵抗が起こり、同じように災厄が始まった。二週目の私はあらかじめなるべく被害の大きなところに移動し、保護魔法をかけて古竜の抵抗を待ったし、すぐに怪我人の救助にあたり、行き交う人にはすぐ逃げるように言って回ったため、被害はそれなりに減ったはずだった。それでも限界はあった。二階の階段前で傷口から魔物に侵入されている女子は急いで駆けつけてもやはり同じように上半身だけになっていたし、崩れてきた壁に潰されて動かなくなっていた一組の友人はやはり動かなくなっていた。

本当に悲劇を止めたいなら、これから起こることを皆に宣伝し、校長先生に直訴し、避難するように働きかけるのが一番まともなやり方だったかもしれない。だが、そんなことをしても私の話を信じてくれる人などいるわけがない。魔神でもないのに「未来を見た」などと訴える生徒は拘束されるか医療院送りになるか、どちらかだ。そして拘束されてしまえば、二度と過去へは戻れない。何より、校長が犯人であった場合、私は消される可能性があった。

私はその手ですぐに助けられる人だけを助け、召喚室に急いだ。私の動きが変わったせいで召喚室でのことも変わってしまっているのではないかと不安だったが、召喚室にはちゃんと「一週目の私」がいて、五日前のこの世界にゲートをつないでいた。私は一週目の私に続いてゲートに飛び込もうとし、そこで考えた。このままただ過去に飛ぶだけでは、また同じ地獄を見なくてはならない。

古竜の抵抗はともかく、その後の魔物騒ぎは明らかに人為的に起こされたものだった。誰が何のためにあんなことをしたのか不明だが、この世界に不満を持ち、思い通りにならないなら壊してやりたいと考えるような、幼稚な魔法使いはいつの時代にも存在する。なんとかしてそいつを止めれば、「三週目の私」は地獄を見なくて済む。

「私は考えました。あの事件の発生を未然に防ぐために、何をすればいいか。二週目の私はほとんど何もできませんでした。それどころか、召喚室にいるのを見られてしまった。今度はうまくやろう、と思いました」

イソップ君が「ヴィーカ……」と言った。そう。夜中、召喚室に佇む悪霊。召喚陣を前にしながらなぜか何もせず、ただ暗闇に立っている「ヴィーカ」は二週目の私だ。召喚室に入ったのではなく、召喚室から出現しただけの。だから。

「……『悪霊ヴィーカ』なんて、いなかったんだよ」私はコルジィに言い、皆の方に向き直った。「二週目の私はほとんど何もしていませんでしたが、あの災厄の原因として、強力な魔力を持つ誰かが、おそらくは三階の大型増幅器を利用したのだろう、と推測してはいました」

それで私は方針を決めた。容疑者、まずは最も疑わしい校長の制圧と調査。そして大型増幅器の破壊。もちろん増幅器を破壊しただけではまた修理されてしまい、根本的な解決にはならない。また別の原因で魔脈が乱れれば、同じ事件が起こるかもしれないのだ。だから犯人を見つけて拘束する。無理ならそのまま殺害する。人殺しになってしまうが、同じ時刻に別の私が別の場所にいてくれるなら、容疑を免れることは容易(たやす)いはずだった。

校長を制圧するのは困難だったので、三週目の私は大型増幅器を破壊することを選んだ。大型増幅器を破壊し、計画が狂った犯人が妙な動きを見せたら、そいつを拘束すればいい、という考えだった。だが甘かった。破壊した増幅器は急ピッチで修復されてしまい、地獄は同じようにやってきた。それを見て「やはり校長が嚙んでいるのではないか」と疑った私は、当初の計画通り、校長を襲うことにした。もう、何週かけてもいい。多少、私が動いても、やはり古竜の抵抗は起こるし、災厄は発生するのだ。それはつまり、大きく過去を変えない限りは何度でも再挑戦ができるということだった。私は未来の、他の私たちと協力することを思いついた。

私は繰り返した。学院の校舎内外に潜伏し、自室やそれ以外から金品や食料を盗んで食いつなぎながら、災厄の原因を探った。それがうまくいかずにその日が来てしまった場合、せめてその世界の被害を最小限にするよう、前の週の私たちと手分けするような形で戦った。

――一つ、訊きたいことがある。

ただ呆然として聞いている皆と違い、ガミクゥだけは興味深げに私の話を分析しているようだった。

――世界を繰り返しているうちに、恐ろしい思いつきをしてしまって体がすくんだことはないかい？

皆、ガミクゥが何を言っているのかは分からなかったようだが、一番早く反応したのはユーリだった。「ガミクゥ様、おやめください」

だがガミクゥは微笑を浮かべて私を見ている。私はユーリに、心配ない、と目顔で伝え、答えた。「確かに考えました。一つは、私が過去に戻るせいで新たな世界が創造されてしまっているという可能性。もう一つは、世界ははじめから無数に存在していて、私はいくつもの世界を、ちょうど夢魔が獲物から次の獲物に移動するように、ただ渡っているだけではないか、ということです」

私とガミクゥの突拍子もないやりとりに対し、周囲からそこまでの反応はなかった。第一に話が異常すぎてついていけていないのだろうし、第二に魔法使いは信仰心が薄い者が多く、自分が世界を創造したのかもしれない、などという話をしても、不快感を覚えるより先にその可否を検討し始めてしまうせいだろう。

「ですがすぐに、考えても仕方のないことだと分かりましたよ。もしこの世界が、私一人が過去に戻る程度で簡単に創造されてしまうようなものなら、世界の創造など他の人たちも日常的にしているだろうし、たいしたことではないのです。……あるいは、もし世界が無数に存在しているなら、私はむしろ災厄を回避せず、何度でも過去の世界に飛んで、一つでも多い世界で救助活動をするべきだったかもしれません。でも」自分が突拍子もないことを口にしている自覚はあったが、少なくともガミクゥとユーリはちゃんと聞いてくれていた。「無数に世界が存在するのなら、私一人が他の世界たちのことを考えても大海の一滴です。……それなら、私は自分のために世界を繰り返そう、と決めました」

そう。何よりも。

「……私は、災厄のない世界で生きたかったんです」

そのためなら、何度地獄を繰り返しても、いくつの世界を見捨ててもいい。

私は再び動き始めた。古竜の抵抗とその後の災厄を乗り越え、四週目で校長室を暗くし、五週目で解呪魔法をかけ、六週目――つまり今の私が失神魔法で倒した。

だが予想に反して、校長からは何も出なかった。夜中まで進めているという研究も、蔵書も保管箱の中も。すべて洗ったが、校長は明らかに無関係だった。

「……それでも、このまま諦めて地獄の日まで待つわけにはいきませんでした。だから私は自室を訪ね、まだ寝ている一週目の私に事情を説明して、入れ代わってもらったんです」

そのまま災厄の日を待つ方が安全だったが、何もしないではいられなかった。何より、怖くなっていたのだ。あの災厄に慣れ始めてきている自分が。何度も見るうちに、何も感じなくなり始めていた。瓦礫に押し潰された友人が「助けて」と言って伸ばしてくる手を無視しても。真っ二つにされた生徒が傷口から魔物に侵入され、それを自覚して絶望で泣いていても、「これはもう助けられないからなあ」とあっさり見捨ててしまうようになっていた。

それが怖かった。私はもう、世界を繰り返したくはなかったのだ。

「……それからは、主に生徒を観察していました。何か、普段と違う言動をしている者がいないか」

その言葉にコルジィが眉をひそめる。そう。私は一週目の私と入れ代わり、まずは自分の周囲から犯人捜しを始めることにしたのだ。学院中で最も優秀なサーリア先輩に、三級生の中ではトップのユーリ。私の周囲には容疑者がちょうどよくまとまっていた。魔紋検査で引っかかるのは増幅器を壊した三週目の私だけだったから、何も心配はなかった。

「でも結局、犯人捜しはうまくいかなかったんです」私は杖をくるりと回す。皆の視線が痛い。

きっと私は、この世界からもまた逃げ出すのだろうな、と思う。「もう、手がありません。大型増幅器の修理を妨害して引き続き犯人捜しをする……つもりです。みんなが、私の話を信じてくれるなら、ですけど」

そう。もうこれしか手がなかった。だから逃げずにこの場に臨んだのだ。

だが、ガミクゥは言った。

——そうでもない。その災厄を起こした犯人には、心当たりがあるからね。

私は驚いてガミクゥを見上げた。それからすぐに冷静になり、皆の反応を観察しなければ、と思った。ガミクゥはかまをかけて犯人をあぶり出そうとしてくれているのかもしれなかったからだ。

だが、そんな簡単なものではなかった。ガミクゥは剣を抜いたまま皆を見下ろす。

——君たちはもう忘れたのかな。「ヴィーカ」より以前に、召喚室に侵入した生徒がいることを。

それは覚えている。その生徒のせいで召喚室に封印がされたのだ。だが。

ユーリが、自問する調子で呟く。「召喚室……？」

ガミクゥは自らの宿主を見下ろし、満足げに微笑んだ。

——その通りさ。そもそも「古竜の抵抗により生じた魔脈の乱れと魔法増幅器を利用して、異世界から大量の魔物を召喚する」などという芸当は、人間たちには不可能だ。魔力の不足を増幅器で補ったとしても、それを可能にする知識も理論も持っていない。君たちはね。

「まさか……」

——その通りだ。僕の「仲間」がここにいる。このこそこそした惨めたらしいやり口からして、どいつなのかもおおよそ想像がつくね。

一瞬、停止した空気が、徐々にざわついて震え始める。ガミクゥの「仲間」。つまり魔神。それがこの場にいる。

ユーリがガミクゥを見上げる。「ガミクゥ様、まさか、最初からその可能性を……」

——まあね。

ガミクゥは余裕の微笑を見せて言った。

——同類が絡んでいるという見当はついていた。だがそれじゃ面白くないしね。君たちがどれだけ真相に迫れるか、「試験」してみた。……君たち学生には、「試験」はよくあることなんだろう?

「こんな深刻な試験は初めてですよ」ユーリが杖を構え直す。「僕たちの中に、魔神に取り憑かれている生徒がもう一人、いるんですね」

「全員、解呪魔法を用意して」サーリア先輩が杖を振りかざした。「全員一斉に、自分の右隣の人にかける。制御布を外して」

場がざわつく。どういうことですか、と訊き返すコルジィに対し、先輩はうるさい黙ってやれ、と命令する。

私は驚愕していた。……そういうことだったのだ。制御布を外し、杖に魔力を流す。右隣は、ジウラ先輩だ。先輩はツィーダ先輩を、ツィーダ先輩はユーリを見ている。

――おっと、ユーリにはかけなくていい。「同居人」がいれば僕が気付くからね。

犯人はガミクゥと同じ魔神。おそらくはガミクゥとは別の分神なのだろう。おそらくこの中の誰かが、こっそりそいつを召喚してしまった。そして召喚した誰かはその魔神の力に抗えなかったか、騙されたかして、魔力を提供してしまった。そしてその途端に魔神が豹変する。人間ではありえないほどの速さと強さで、宿主に対して精神支配魔法をかける。支配された宿主は、今起こったことすら忘れさせられただろう。自分が取り憑かれていることにすら気付かないまま、精神支配で好きな時に魔力を提供させられ、魔神の棲み家にされる。精神支配魔法使用時に現れる「魔力の手綱」は見えない。同じ体の中でつながっているのだから。

ユーリがガミクゥを見上げていた。ガミクゥがそういう魔神でなかったことは幸運だった。もっとも、通常、召喚術は皆の見ているところでしか使わないから、何かあればすぐに魔神ごと拘束されるだろうが。

……では、取り憑かれている「宿主」は誰だ。

ガミクゥを見上げると、魔神もこちらに目配せをしていた。それで気付いた。

……そうだ。不自然な人がいる。

サーリア先輩の声が礼拝堂に反響する。「……いくよ。以下二文字を詠唱(えいしょう)とする。端(リズル)――」

私は急いで印を描き、杖をそちらに向けた。「――凝(ヴルド)・爆(ゼム)!」

巨大な影がメイの体から飛び去り、私の爆発魔法はそれを捕えきれずに外した。私は影を追って三文字魔法（トリル）を飛ばす。爆発が連続し礼拝堂の石壁にひびが入る。

ガミクゥがひゅっと消え、後ろからユーリの持つ杖を掴んで半ばむしり取るように魔力を奪う。

ユーリがよろめく。「ちょ、いきなり後ろから」

「死にたくなければ立つんだね」実体化したガミクゥが壇上を見る。「……予想はついていたが、やはりお前だったか。『狡猾のディセトゥ』」

そっちなのか、と慌てて壇上に視線をやる。一瞬で十身（ロット）は動いている。

ガミクゥの視線の先に、メイがいた。講義台に突っ伏している。その背中から生えていた青緑色の手綱が長く伸び、徐々に細まり、消えた。その先、講義台の真上、五身ほどの空中に。

……魔神がいた。初めて見る姿だが、ひと目でそれと分かった。見るだけで魔力を感じるのだ。直立した狒々（ひひ）。体高は二身ほどで、他の魔物と比べて特段に大きいというわけではないが、毛むくじゃらの腕が黒光りする槍を持っており智慧を感じさせる。背中からは鉛色の翼が生え、よく見ると尾だけが竜のように鱗（うろこ）を持っている。

魔神「狡猾のディセトゥ」。ガミクゥはそう呼んだ。

「……やり口からしてお前だろうと思っていたよ。狡猾の」ガミクゥは全く怯む様子なく剣を振りかざした。「そこの人間から未来を聞いた。わざわざ大魔力を使い、潜んで機を待ち、そこまでしておいて、やることといえば小動物の虐待か？　相変わらず、つまらん奴だ。そんなに生に倦（う）んでいるなら、ここらで引導を渡してやってもいいぞ」

「随分とここの人間に肩入れしているようだな。暴虐の」ディセトゥは嗄れた声を発し、槍の穂先をガミクゥに向けた。「そんな姿でいるうちに、おのれが何者か忘れたか？　つまらん気まぐれはもう終わりにして、おれと共にもっと楽しくやろうじゃないか」

冗談じゃないぞ、と思う。この魔神に続いてガミクゥまで敵に回るとしたら、私たちはもちろん、全校で束になってかかっても皆殺しだ。いや、この国全体の危機かもしれない。

ユーリが声をあげる。「ガミクゥ様」

「ふん」ガミクゥは不安そうな顔で見上げてくる眼下の宿主を一瞥し、ディセトゥに言った。「だから貴様はつまらんと言っているのだ。一方的な破壊と殺戮。勝ちの決まった戦い。変化も発見もない、獣じみた快感の繰り返しでどこが面白い？　破壊に倦み、しかしそれ以外を知らず、さらに破壊しては倦む。愚かだとは思わんのか？」

「人間ごときと馴れあう出来損ないに言われとうないわ」ディセトゥはガミクゥの背後に視線を飛ばす。「わしの兄弟もそう言うておる」

突然衝撃波が走り、一瞬遅れて金属のぶつかりあう激しい音が響いた。思わず顔を覆い、急いで目を見開く。

いつの間にかガミクゥとディセトゥが移動し、剣と槍で鍔迫り合いをしていた。ディセトゥが唸る。

「そんなつまらん手にかかると思ったのか？　貴様に仲間などいるものか」ガミクゥが剣を押す。片手で押しているはずなのに、両手で槍を支えるディセトゥは徐々にのけぞり、その額に刃が近付いていく。「弱い者ばかり相手にしているからだ。この舎の人間たちの方がよほど工夫しているぞ」

ディセトゥが悔しげに唸り、槍を払って間合いをとる。ガミクゥとの実力差は明らかで、ディセトゥの方もそれを知っているのだろう。牙のついた顎を開いて咆吼し、滅茶苦茶に火球を放つ。流れ弾がこちらに飛んできて炸裂し、顔が熱せられる。衝撃波で礼拝堂が揺れ、長椅子が吹き飛び、熱風が渦巻く中、私たちは必死で保護魔法をかけ、逃げた。

これが魔神同士の戦い。桁違いだった。

「無駄なことはやめて、命乞いでもしたらどうだ」ガミクゥは火球を剣先で払いながらなお余裕だった。「その方がまだ助かる見込みがあるぞ」

だが、礼拝堂内の轟音が突然止んだ。

「……そうでもない」

ディセトゥの声が、講義台のあった方向から聞こえた。

見ると、ぐったりと倒れているメイの喉元に、ディセトゥが槍の穂先をつきつけていた。

戦慄する私たちをよそに、ガミクゥはゆっくりと降下し、ディセトゥの正面に立った。

「……愚かだな。まさか人質だとでもいうつもりか？　それ一匹で」

ディセトゥはにやりと口角を上げた。「その通りだ。貴様は動けない」

「おいこら、てめえ！」

「卑怯者が！　武器をどけろ！」

コルジィとジウラ先輩が口々に怒鳴り、杖を向ける。だがもちろん動けなかった。コルジィの電撃魔法では、前にいるメイにまず当たってしまう。

私は杖を構え、まっすぐにディセトゥを指した。私の爆発魔法。二文字に抑えて、「凝（ヴルド）」で奴の背後、ちょうどいい距離を狙えば、なんとかなるかもしれない。

だがディセトゥは私の方をちらりと見ると、爪先で印を描き、自らに保護魔法をかけた。ずっとメイに取り憑いていたこいつは、私たちが戦いの時に何の魔法を使うかも把握していたのだった。凝（ヴルド）・爆（ゼム）の二文字では保護魔法に弾かれてしまう。一方凝（ヴルド）・強（ジス）・爆（ゼム）の三文字を至近距離で当てれば、あの保護魔法は貫けるだろう。だがそれでは無防備なメイの方が吹き飛んでしまう。

左右を見る。ツィーダ先輩とイソップ君もそれぞれに杖を構えて狙おうとしていたが、私同様、ディセトゥだけを攻撃するのは難しいようで、悔しげに舌打ちしている。

「くだらんな。徒（いたずら）に膠着（こうちゃく）状態を作るだけだ」ガミクゥが剣を振る。「それで何か解決になるのか？」

「ああ。なる」ディセトゥはにやりと笑った。「今の貴様の態度が何よりの証拠だ。本当にこの娘が人質にならんのなら、おれはもう斬られているだろうよ。だのに貴様はまだぐずぐずしている。死なせとうないと思うているのだろう。この娘を」

「……で、どうする。そのまま突っ立っているつもりか」ガミクゥは後方の入口を一瞥する。

「人間の増援がじきに来るぞ。彼らは様々な技術を持っている。人質を傷つけず、貴様だけを殺すことも可能だろうな」

「そこまで待つつもりはないさ。あと少しでよい」ディセトゥが視線を右にそらした。「そこの餓鬼の魔力が尽きるまででな」

ディセトゥの視線の先にはユーリがいた。ユーリはかろうじて立っていたが、顔色は悪く、震えながら歯を食いしばっていた。そう。魔紋検査の時点でかなり魔力を消耗していたのだ。その上にガミクゥを実体化させているのだから、もう長くはもたない。

ぞっとした。ガミクゥの実体化が切れたら、残された私たちは魔神に思うさま蹂躙されるだけだ。

ガミクゥを見る。暴虐の魔神は動かない。

だがそこで、私は脇腹をとんとん、とつつかれた。サーリア先輩が私に囁いてきた。

「……こんな感じなんだけど。できる?」

私は頷いた。ディセトゥを観察する。奴は人間の存在など全く問題にしていない様子で、ただガミクゥの動向だけを窺っている。やれる。

私は杖を構えた。

「……仕方ない。三文字魔法で吹っ飛ばす」

ディセトゥと皆の視線が集まる。サーリア先輩が私の後ろに回り、ぽん、と肩を叩いてくる。

私は礼拝堂に響く声で、皆に宣言した。

「悪いけど、メイは自業自得。ユーリもいるし、運がよければ命くらいは助かるかも。……みんな下がって」

　おい正気かよ、と声をあげるコルジィを無視して詠唱に入る。――以下三文字を詠唱とする。

「おい！」

「凝（ヴルド）」

　強（ジス）、という声が響くと、皆が身構えた。一番ディセトゥに近いところにいたツィーダ先輩が慌てて離れる。私は狙いを定める。できる。絶対に。

「――爆（ゼム）！」

　ずるりと魔力が抜ける感触があり、瞬間、私にも見えた。ディセトゥがメイを離して飛びすさる。その近くで爆発が起こり、メイの髪がなびく。

「何だと？」

　本当に爆発が起こったことと、メイが吹き飛ばされないこと。ディセトゥがどちらに驚いたのかは分からない。だが次の瞬間には、飛び出したガミクゥの剣で、ディセトゥは肩口から脇腹まで一刀両断にされていた。

　馬鹿な、という意味のない呟きを残し、狡猾の魔神はぐずぐずと崩れてゆく。その背中のむこうで、暴虐の魔神が剣を納め、すっと半透明になる。

　――人間を甘く見たな。狡猾の。

　崩れ落ちるユーリをコルジィが支える。私の後ろからサーリア先輩が出てきた。歌劇団の団長で、他人の声色を真似ることぐらい朝飯前という先輩は、本当に完璧なタイミングでやってくれた。

「ティナが使ったのは二文字魔法（デュア）」サーリア先輩はマントを翻し、くるりと杖を回して髪をかき上げる。「ティナが実際に唱えたのは『凝（ヴルド）』と『爆（ゼム）』の二文字だけ。『以下三文字を詠唱とする』と『強（ジス）』の文字は、私がティナの声を真似して唱えたの」

ディセトゥにその声が届いたかどうかは分からないが、狡猾の魔神は崩れ落ちる一瞬前、悔しそうに目を細めた。

そうだろう、と思う。狡猾さで人間に敗れたのだから。


礼拝堂はもう、半分ほど崩壊していた。吹き飛んで滅茶苦茶になった長椅子は残っている分だけ並べ直したが、講義台は脚だけ残して炭になり、神像には顔から足元まで派手にひびが入り、ステンドグラスは割れ、天井と壁が一ヶ所ずつ崩壊して外の景色が見えている。サーリア先輩は教官たちが来る前に逃げろ、と主張したが、意識を取り戻したユーリが「正直に話せば大丈夫です」と止めた。まあ、このメンバー全員で話せば信じてもらえるだろう。

「……昨日の襲撃の時、おかしいと思ったの」私は皆に説明した。「メイが倒れて、そのまわりを魔物たちが囲んでいた。なのに、倒れていたメイは傷一つなかった。普通あの状況になったら、とっくに食われていておかしくないのに」

焼け焦げた魔物の死骸もあった。おそらく直前までディセトゥが戦っており、メイが倒れたのは魔力切れだったのだろう。

「……なるほど。確かにね」

メイに治療魔法をかけながらユーリが頷く。ほぼ魔力切れなのに治療を買って出て、まわりにぞろぞろ魔法使いがいるのにそれを頼まざるを得ないというのは、いささか申し訳なかった。私も今日から治療系の魔法を勉強しようと思う。

そしてしばらくの後、メイは目を覚ました。起き上がったメイはサーリア先輩から事情を聞き、ゆっくりと杖を床に置くと、俯いて言った。

「……強く、なりたかったんです。そのためなら、死んでもいいと思っていました」

罰を受けます、とメイは言った。

「私は、弱いのが嫌で。……ユーリみたいに上手じゃない。サーリア先輩みたいに才能もない。コルジィやイソップ君みたいにアイディアも思いつかない。何もできないから」メイは自分の手を見た。杖は床に置いたままで、もう握る気はないようだった。「……でも、魔神に取り憑かれることができれば、私にも……他の人にはないものが、できるかもしれない、って」

それを聞けば、誰も彼女を責められなかった。私を含めほとんどが、半ば厄介払いの意味もあって学院に送られてきた生徒なのだ。他人とは違う何か、それさえあれば自分の価値が揺らがなくなるような何かが欲しい、という渇望は、皆が持っている。

──愚かな話だ。魔神のほとんどは、君ら人間なんか小鳥程度にしか見ていない。利用されるだけだよ。今回のように。

うなだれるメイを見て、それでも何か同情する部分はあったのか、ガミクゥは続けた。

――先人に学び、繰り返し試し、必要に応じて工夫する。それができることが、君たち人間の強さだ。自分を見限らないことだね。

ガミクゥはそう言うと、一つ欠伸をして消えた。昨年の卒業式の時、校長先生がしていた演説と一緒だったことに気付き、皆がなんとなく笑った。

「先生方には、ありのままを報告しなきゃね。四日後に古竜の抵抗があるなら、対策をとっておかないと。ただ……」ユーリが私を見た。「ティナ。君はどうする？　残り五人の君はまだ校内にいるの？」

「いるよ」校舎内外、各所に隠れている。確かに、早く外に出られるようにしてあげないと可哀想だ。「私がぞろぞろ並んで出ていけば、先生方も信じてくれると思う。増幅器ぶっ壊したことを不問にしてもらわないとやばいし」

「でもティナ、六人に増えたのか……」ユーリが脱力した様子で言う。げっそりしているようにも見えるがどこか嬉しそうでもある。どう判断すべきなのだろう。「明日からどうするの？　うまくすれば全員、編入できるかな？」

いやしばらくは実験材料でしょ。六人姉妹ってことにしたら？　皆が口々に勝手なことを言い、雰囲気が少し軽くなった。確かに、突然増えてしまった人間の後始末は大変だ。召喚魔法で過去に飛べるなら私の他にも時間旅行者がいそうなものなのに、これまで特に見つかっていないということは、こうした理由で実行に移す人が少ないからだろう。あるいは私のこれがきっかけで、全世界的に召喚魔法に規制がかかるのかもしれない。

「さて。じゃ」サーリア先輩がベルベットのマントを翻し、入口の方を向く。「先生方に怒られにいこうか」

皆がおおう、うええ、と嫌そうな声を出して応じる。

「ま、謹慎にはなるだろうけど」サーリア先輩がメイの杖を取り、彼女に差し出した。「幸い何も起きずに済んだ。うまくとりなせば、なんとかなるでしょ」

メイは床にへたりこんだまま俯いていたが、先輩は杖を差し出したまま動かなかった。皆が二人の周囲に集まる。

「……はい」

メイは、差し出された杖をゆっくりと受け取った。

その途端、私のお腹がぐうううう、と派手に鳴った。そういえばいいかげん空腹だったのだ。だが今のは。女子どころかユーリにもコルジィにも聞かれた。顔がみるみる熱くなっていく。

「その前にごはん行こう。ごはん」

サーリア先輩に肩を叩かれ、私は頷いて歩き出した。

未来——12年後（4）

他人が小説を読んでいる顔を正面からまじまじと見る、という機会はなかなかないな、と思う。ミノは集中しているようで、口を尖らせたり「ん？……む……」と唸りながらマウスを操作している。一方的に観察するのも失礼なので僕は椅子を回し、本棚から別の本を出して読んでいた。風呂が温まりきったらしく、短い案内音声がリビングの方から聞こえてきた。

——よし読んだ。なるほど、当たりだったなお前。

親指を立てて応える。ここまでの人生、だてに事件を体験していない。そこについての自負はあった。

——犯人は主人公か。なるほど考えてみりゃ、それしかないよな。始めから。

そうなのである。この著者は「自分の高校時代の経験をもとに」「周囲の人たちをモデルにして」ミステリを書いている。常識的に考えれば失礼な話である。本人に断りなく勝手に登場人物にし、ボケだのツッコミだの戦いだのをやらせているのだから。だとすれば当然、勝手に登場させた実在の誰かを「犯人」にするのは、著者からすればより抵抗のあることであり、難しい。

となれば、そういう「汚れ役」は当然、一から創った架空の登場人物に担わせるはずだった。

「コルジィ、メイ、魔神ガミクゥ、サーリア先輩、イソップ君」僕は登場人物の名前を挙げていく。「ツィーダ先輩にジウラ先輩。それにシノーマ校長とカルザーク先生」

――みんなモデルがいるな。いないのは「狡猾のディセトゥ」と、主人公のティナだけ……で、間違いないっけ？

「間違いないと思う。その二人の名前は寓意（ぐうい）が入ってるから」

――ぐ……？　ああ「寓意」か。どんな？

ミノ相手だとつい分かりにくい単語を使ってしまうな、と反省する。長年一緒なので何を言っても通じる、という一種の油断がある。「音楽用語なんだ。この著者の名前のつけ方には特徴がある。モデルがいる人物はその名前から、架空の人物は音楽用語から。ただし、名前の発音には適宜『L』とかを入れて異国の名前っぽくしている」

――ああ、そういうことだったのか。お前はHA「L」YAMAね。で、MAI・A「L」KINO。

「ミノもKO『L』JIRO・MINO。それにSAORI先輩。ISOGAI君。TSUCHIDA先輩。NISHIURA先輩」

――SHINOMIYA校長にKU「L」SAKA先生か。校長、元気かな。

「もういい歳のはずだもんね。草加先生もまだ教師やってるのかな。『来年辞めますわ』が口癖だったし」四宮校長もあの年、定年退職している。「で、主人公のオルスティーナ・ロント・ル＝フランだけど、これは音楽用語のOstinato。ロントは『ロンド』。ル＝フランもそのまま『ルフラン』だね。Ostinatoは同じパターンを繰り返すことで『執拗音型』とも言う。ロンド形式は異なる旋律を挟みながら同じ主題を繰り返す形式。ルフランは英語の『リフレイン』」

——詳しいな。

「うちの人が詳しいから。ついでに言うならティナが着てるのは『短上衣』。ラヴェルの〈ボレロ〉はOstinatoの代表例だと思う」あるいは、音楽関係の人ならすぐに分かるヒントだったのかもしれない。「つまり著者はこの主人公の設定でもって、この人物は同じ時間を繰り返しているということを繰り返し繰り返しているんだ。執拗に」

——なんか今の谷川俊太郎[13]みてえだな。

「あったねそんなの。『狡猾のディセトゥ』もたぶんDecending（降下する）とかなんだろうけど」

——なるほどな。つまりディセトゥと、主人公だけはモデルがいない？

「いや」

とっさにそう言ったまま、少し考える。ミノはこういう時、黙って待っていてくれる。

(13)「くりかえしてこんなにもくりかえしくりかえしくりかえして」／谷川俊太郎『くりかえす』より抜粋

「……主人公っていうのは、小説の著者にとって何なんだろうね。ミステリだと『駒』なのかもしれないけど」

画面の中のミノも、ん、と唸って背もたれに体重をあずけた。

――自分の周囲に起こった事件がモデルで、周囲の人間が登場人物のモデル。ってなりゃ、主人公は「自分の分身」なんじゃねえの？　でも、この著者の場合、自分とは違う感じに描いてそうだけど。

予想した答えであり、半ばは自分の考えでもあった。だが、ミノからも言われると「やっぱり」と確信できる。確かに当時の事件関係者を思い出すに、ティナを想起させる人はいない。そして著者の心理を考えるに、仮に主人公が自分の分身であったとしても、自分にそっくりのキャラクターにするとは思えない。そもそも「客観的な自分自身」を正確に把握していて造形できる人間は少ないだろうし、自分の小説の中に自分を出して主人公として活躍させるというのはいささかしゃらくさい。エラリー・クイーンや二階堂黎人（にかいどうれいと）などは「著者が自分を出している」のではなく「作中人物が書いた原稿である」という体裁だからやっているのだ。本当に自分自身を出演させ、しかも主人公として活躍させる小説など、よほど自己愛が強いか周囲が見えていない人間しかやらないだろう。そして「まえがき」を読む限り、この著者がそういう人間とは思えない。

つまりティナのキャラクターは、そのまま著者推定の手がかりになるわけではない。

――誰なんだろうな。

「それが不可解なんだ」僕も背もたれに体重をあずける。「この作者は、『兼坂さん』事件の真相を知ってる」

ミノは画面外に視線をやり、それから天井を見上げ、僕の言葉について検討したようだった。

――やっぱり、そうなのか？　この小説、作中の真相は魔法絡みだし、架空のティナが犯人だってんなら、別に「兼坂さん」事件の真相を知って書いてるとは限らなくないか？

「いや、犯人がこの設定なら、間違いなく知ってる」僕は腹筋を使って体を起こし、画面に顔を近付けた。近すぎて頭部が見切れていることに気付いて椅子の位置を下げる。「それにもう一つある。ミノ、さっき確認したよな？　登場している名前付きの教官は二人だけ。一人は校長だからまあSHINOMIYA校長になるのは分かる。僕たちにとって『校長』と言ったらあの人だからね。だけどなぜもう一人が『KU「L」SAKA先生』なんだ？　市立には草加先生以外にも教員がたくさんいる。召喚術の教官なら家庭科の川俣先生とか、美術の西森先生とかでもよくない？　そもそも草加先生はカンフー同好会の顧問だし、僕たちはさして親しいわけでもない。三組の担任の雑賀先生とかでもいいはずなのに、作中に登場しているのは、他の誰でもない草加先生なんだ。これが偶然だと思う？」

ミノは羽二重餅をくわえていたが、噛んではいなかった。口に入れたままの状態で動きを止め、視線だけを斜め下から真下、と動かし、僕の言葉を吟味している様子だった。

――いや……おっと。

喋りかけて羽二重餅を腹の上に落とし、慌てて拾って皿に置いてシャツの腹は拭い、とひと通りばたばたし、それからミノは言った。

——言われてみればそうだ。いや、でも！　いるわけねえぞ、そんな奴。だよな？

「僕もそう思う。でも、そうとしか思えない」

この作品の「著者」になりうる人間の中に、「兼坂さん」事件の真相を知っている者はいないはずだった。だがこうして、この作品は現実に存在する。

つまり、存在しないはずの人間が小説を書いている。

第五章

一年に一度だけ「体育館の本気」を見る機会、とも言える。

卒業式当日、である。いつもと違い、前方の壁に紅白幕が張られている。壇上には巨大で重そうな日の丸と年度が書かれた「第六十回卒業証書授与式」の横断幕（そんな昔からうちの学校があったのか、と驚愕するやつである）。講壇の巨大な花。そして演台の上に置かれたトレー。あそこに卒業証書があるのだなという目で見ると何かすごく貴重な品が無造作に置かれているように思え、タタッと壇上に駆け上がって強奪したらどうなるだろうか、などと想像してしまう。

床に視線を下ろせばそこにはびっしりと並んだパイプ椅子。欠席する人の分も用意されているから、このすべてが埋まるわけではない。この数は壮観だったが、全く同じ無人の椅子だけが無数に並ぶという空間はどこか墓場めいて見え、なるほど送り出されるという点においては卒業式も葬式も大差ないのかもしれないと思った。親しい人を残して彼岸へ。卒業は小規模な死で、死は大規模な卒業である。

このまま考えているとどんどん思考が途方もなくなっていきそうで、そういう場合大抵は悲観的な結論に向かうことを知っているため視線を移した。卒業生席の無機質さと対照的に、その周囲は賑やかである。ごちゃごちゃと並ぶスタンドマイク。コード類。カメラ。斜めに椅子を並べてきっちり座ったり偉そうにふんぞり返ったり様々な来賓たち。なにしろ前を向いているので、視界に入る面白いものといえばそれくらいで、制服の黒が密集する在校生列の一角で突っ立っているだけの僕はあれが教育長だろうな、あれはひょっとして市長か、などと彼らの役職を推理するゲーム以外にすることがない。在校生の列の後ろにすでに相当数の保護者が入っていることは時折響きわたる赤ちゃんの泣き声から判断できるからあまりきょろきょろできない。市立(いちりつ)の自由な校風は、こういう式典の時はしゃんとすることと引き換えのものだったりもする。

卒業式の開始を待つ間、僕はとりとめのないことを考え続けていた。意図的にそうし続けていることは自覚できていた。でないと「後」のことを考えてしまう。

卒業生、入場。音の割れたマイクの声が響き、例年通りの〈威風堂々〉が流れる。拍手と赤ちゃんの泣き声と子供の「ねーえー!」という声。しかつめらしい顔をして先頭を歩く担任の教師はどんな気持ちなのだろうか。寂しいのか達成感があるのか、それとも夜は飲みにいこうとか考えているのか。ホルンの音色が静かに荘厳に会場を彩り大団円でございと主張する。築数十年で「床の一部が膨らんだり凹んだりするためバスケのドリブルがうまくできない」床でも、上の方にくすんだ色のバレーボールが二つも挟まったままの天井でも、この曲のおかげで王族の式典会場にいるように錯覚でき、胸を張ってゆっくりと歩く卒業生たちは全員が英雄のごとく映る。そういえば「外に出ていく」卒業式は出征のようでもある。

　在校生たちが必死で首を捻り少しでも長くその姿を見ようとしているのは、列の中に知った顔を探してのことだ。僕にもたくさんいる。吹奏楽部の元部長、小柄だがしゃんと背を伸ばしてしっかり者の高島(たかしま)先輩。以前は長髪だったがなんとスポーツ刈り程度になっていて、鋭い目つきの整った顔を覚えていなければ見落としてしまっていたはずの吹奏楽部の東(あずま)さん。こちらも茶色の髪を突然黒くしていて、別人のように礼儀正しい演劇部の江澤先輩。この日に限って別人のようになっている人も多いので、それに気付いた後輩たちはこっそり吹き出したり目を丸くしたりしている。ミス研の愛甲(あいこう)先輩はなんだか楽しげで、その前方ですでに目許を拭っている前のクラスの女子とは対照的だ。昔、ある密室をめぐって対立したことがある映研の谷口(たにぐち)先輩と鉄研の山本(やまもと)先輩。和解したのかどうかは不明だが今日は二人とも同じ表情をしていた。園芸部の門馬(もんま)先輩は背が高いので、背筋を伸ばしているとなかなかに恰好いい。ESSの渡慶次(とけし)先輩に吹奏楽部の瑞穂(みずほ)さん。いつも泰然自若としているこの人の目が赤くなっているのがちらりと見えて意外だった。演劇部の七五三木(しめき)先輩も感慨深げだ。意外な人が泣く。

　そうか、こんなにいるのだな、と思う。無表情なパソ研の三宅(みやけ)さん。そういえば胴着姿しか見たことがなかった弓道部の更科(さらしな)先輩。その他にも数々の見知った顔。昨年の卒業式の時はこんな感情はなかった。書道部の勅使河原さんも見つけた。西浦先輩に土田先輩も。結局、「兼(かね)

坂さん」事件の全容は分からないままだった。だがその口惜しさより強く、さっきからずっと続いているこの感情は何だろうか。寂しさはもちろんある。だがそれよりも次は自分だという不安が強い。次は自分が最高学年で、受験生で、あとたった一年で僕も「外」に行く。心臓が滑るように据わりが悪くなるこの感覚。

だがそれも、国歌斉唱の途中でようやく柳瀬さんを見つけて途切れた。いや、もともと今日の緊張とないまぜになって増幅されてこそのこの感覚だったのかもしれない。僕の頭の中には「50％の50％の50％」という計算がさっきからぐるぐる回っている。

雰囲気からいっても、卒業式がある今日が最後のチャンスのはずだった。昨夜は飛ぶブルーシートに負けたが、今日は風もない。卒業式が終わったら、各教室に移動して代表生徒以外への卒業証書授与があるという。それが終わったら真にすべて終了。卒業生たちは解放される。その時間に柳瀬さんを連れ出すしかなかった。だが在校生は掃除と後片付けがある。それをうまく抜け出して、柳瀬さんが帰ってしまう前に三年四組の教室に辿り着けるかどうかが五分五分。辿り着いたとして柳瀬さんを見つけられるかどうかがまた五分五分。見つけたとして、空気を読まずに友人の輪から連れ出せるかがさらに五分五分。つまり12・5％だが実のところその先に最大の障壁があると気付く。連れ出したとして僕は、自分の気持ちを伝える勇気が出せるのか。そして考えたくないことだが、柳瀬さんの返事は。結局それじゃないか、ここまでの計算は全く意味がない、と嘆く。客観的に見ればハッピーエンドになる確率はたぶん3％とかそのくらいだろう。ほとんど0ではないか。

僕は校歌を歌いながら腹を決める。やらなければ確実な0なわけで、腹を決めるのが最善なのである。これも珍しく三番までフルで歌われる校歌。卒業生たちはほとんどこちらに背を向けているが、位置的に見える人たちの顔を窺う限り、皆、大きく口を開けている。びっしりと林立する黒い制服の集団。歌いながらそこここで、重心をかける足を替える人だけがちらちらとゆらめく。

開式の辞の前に全員着席したのに、卒業証書授与、で卒業生はまたすぐに立っていく。形式ばった儀式にありがちなちぐはぐさの中、卒業生の名前が読み上げられていく。一組。……大沢、晴奈。はい。岡島、友紀。はい！　加藤、康樹……。担任の手により一人ずつ呼名され、右前方からゆっくりと、少しずつ黒い壁が生えていく。生徒一人一人の名前が全員分読み上げられるのは、三年間でこの時だけだ。時折、仲の良い先輩に向けたものらしき小さな拍手が在校生から起こり、何度か起こるとそれが続き、卒業生がそれに応えてちょっと後ろを振り返るようになると教師がなんとなく間を取って落ち着かせ、誰からともなくつつきあって平常に戻る。時折赤ちゃんが泣き、誰かの呼名のところで後ろから「おにいちゃん」と子供の声がして少し笑いが起こる。そういう小さな波と凪を繰り返し、卒業生の壁がゆっくり左後方へ進んでいく。三組。四組。一クラスが終わっても着席せずにそのまま進むので、起立している人が徐徐に増えて威圧感がある。普段はへらへらしている担任の草加先生はこういう儀式は苦手なのか、わりと緊張した様子で噛んだりしている。

——柳瀬、沙織。……はい。

柳瀬さんはよく通る声で、意外にも落ち着いた返事をして普通に立ち上がった。いやそれはそうか、と思う。後ろ姿しか見られない上に、前列及び右隣まで来ている壁に溶け込んで目立たないのが惜しい。次の人が呼ばれて立ち、マイクのハウリング音が響き、その間にもう一人女子が起立する。強く発せられたはい、という声が雑音を押しのけて半分だけ聞こえる。草加先生が慌ててマイクヘッドを撫で回し、まさかそれで直ったわけでもあるまいが、再び静かになった体育館に呼名が続く。式は滞りなく進行していく。答えてしまったな、と思う。当然である。卒業生なのだから。本当に卒業してしまうのだ。

——以上、三百六十名。教師の声が響く。各クラス四十名で九クラス。柳瀬さんも、その中の一人に過ぎない。

両腕に三つ＋三つの計六つは余裕だった。四つ＋四つの計八つも、短距離ならなんとかなる。だが五つ＋五つの計十個はもうきつかった。重さもさることながら腕の長さが足りず、力を入れて持ち上げられないのだ。人間一人が一度に運ぶべきパイプ椅子の上限は、どうやら「八つ」らしい。床に落ちているマシュマロの包みを横から伸びてきた箒(ほうき)が奪っていき、その柄を避けた僕は転びそうになって踏んばる。お菓子の包み、クラッカーのリボン、飛び損ねた風船にくす玉から飛び出した銀紙。体育館の床は完全にパーティーの後のような状態になっている。在校生たちがその上をばらばらに動いている。椅子を片付ける者。お菓子を拾い集める者。延長コードを巻いている放送委員の人たち。祭りの後の達成感と倦怠感が体育館内になまあたたかく充満している。

去年もそうだったから慣れている。我が市立蘇我高校の卒業式では毎年、名物の「卒業クーデター」が展開されるのが伝統なのだった。閉式の辞まで滞りなく済み、来賓が帰り、卒業生退場、の声を号砲にして、さあ式典は終わったここからは盛り上がろうぜ、とばかりに卒業生が好き勝手に暴れ始めるのである。一応各クラス、号令とともに列を作って退場する建前にはなっているが、在校生の列にお菓子を投げる人、担任に群がって胴上げをする人たち、いっせーの、で風船を飛ばす人たち、くす玉を割る理数科。今年の目玉は運動部のごつい人たちが集まっての校長胴上げで、生徒に人気の四宮校長は今年度で定年ということもあり、満場の拍手で祝われ巨大な花束を渡された。混乱の中、僕は校長への拍手こそ参加したが、あとはずっと柳瀬さんの姿を求めてうろついていた。ここがチャンスかもしれないと思ったが、入口近くに見つけた彼女は演劇部の後輩たちに囲まれ、泣く一年生を抱きしめて背中を叩いていた。

そろそろ行かないといけない。バスケットコートのセンターラインをぎゅむぎゅむ踏みながらステージを目指しつつ、僕は考える。ここの片付けはあくまで有志であり、参加するか、いつまで残るかは生徒の自主性に任されている。今頃本館の教室では、卒業証書の配布が済んでいる頃だろう。早くしないと柳瀬さんが捉まらなくなってしまう。そこで気付く。障壁はもう一つあったのだ。そもそも僕がここでぐずぐずしているうちに柳瀬さんが学校を出てしまう可能性。

ステージ前面から引き出されているストッカーの横で、積まれたパイプ椅子を相手にミノが格闘している。その横に頼む、と言いつつパイプ椅子を置くと、ミノはこちらを見て口を尖らせた。「葉山、まだこんなとこにいていいのか?」

「いや、ここ手伝ったら行く」

そうだそうしよう、と決め、ミノと一緒にストッカーにパイプ椅子を詰めていく。別に急がなくてもいいはずなのにミノは妙に急いでくれて、そのせいで手を挟んで飛び跳ねつつ悶えたりしている。「いって。痛え。いや大丈夫だ。まだいける」

二人でコンビネーションを発揮し、片方が収めた椅子を押さえている間に片方が新たな椅子を詰める、という分業態勢が確立された。会場の椅子はすべてこのストッカーに収まるはずで、きっちりと詰めないと面倒なことになるのは、去年もやって知っている。

だが。

「……あれ? おかしくねえ? ここ」

ミノが首をかしげる。僕は横から手を出し、収まっている椅子を力一杯押す。だがどうしても、残りの一脚が収まらなかった。ミノが「んー?」「くそっ」と漏らしながらあれこれ試みるが、どうしても収まらない。

「……おかしいな。入るはずだよな?」

一クラスごとにまとめて持ってきているし、隣も逆隣もその隣も収まったのだからここも収まらないとおかしい。だがどうもここに限っては、入れ方の問題ではなく明らかに一つ分、収まらないようになっている。

ミノも妙だと気付いたらしく、収まっている椅子の数を指さし確認し始めた。反対側から僕も数える。数えながら考えていた。おかしい。なぜここだけ、一つ収まらないのだ。

「……ミノ」

「ん?」

「……ここの椅子って、卒業生の席になってたやつだよね。何組?」

ミノは動きを止め、フロアを振り返る。

「……四組だろ。たぶん」

僕も振り返った。フロアでは生徒たちが動き回り、体育館シューズの足音が無数に、きゅっ、きゅっ、と交差している。

……三年四組。他のどこでもなく。

人の気配がした気がして横を見るが、誰もいなかった。なんとなく伊神さんがいたような気がしたが、もちろんそんなことはない。誰もいない。

……だが。僕は考えていた。

「どうした?」

「ごめんミノ。ちょっと来て。僕じゃ分からないかもしれない」

「何が?」

僕はステージに飛び乗った。上手側の袖に階段があり、そこを上ると体育館放送室だ。下から「おい」というミノの声が聞こえてくる。

僕はフロア上でパイプ椅子を抱えているミノを見下ろした。

「放送室。ミノの知識が要る」

体育館から出ると、白っぽい日差しがかっと顔に当たってきた。渡り廊下のトタン屋根に切り取られてはっとするほど明朗快活な濃い青空がのぞき、子供が描いたようにそのままな形の綿雲がぽつぽつと浮かんでいる。朝は灰色の空だったが、いつの間にか晴れていたようだ。お昼も近い。

だとしたら急がなくてはならなかった。砂埃でじゃりじゃりする渡り廊下をミノとともに早足で抜け、薄暗い本館廊下に入る。卒業生はお昼前には解放され、ばらばらになる。大部分が駅前に行き打ち上げに参加するらしいが、そうなってしまうともう捉まらない。そもそも各教室で最後の挨拶をした後は教室に残って写真を撮る人、廊下や玄関前で後輩と話す人、体育館に片付けの手伝いに行く人など様々で、その時点でもう、誰がどこにいるのか分からなくなってしまう。階段を上る。最初は二人とも早足程度だったが、僕が一段飛ばしを始めるとミノが二段飛ばしになり、最後は二人で三段飛ばし競争になった。ミノの手にはビデオカメラが握られている。二階ギャラリーから卒業式の全景を撮影していたカメラで、放送委員に頼んで借りてきた「証拠品」だ。これを見せなくてはならない相手がいる。目指すは三年四組。立ち話をしている卒業生二人をよけて踊り場を回る。三年生の教室が並ぶ四階廊下は、すでに出てきた卒業生と、会いにきた在校生たちで文化祭の最中のようにざわめき混みあっている。胸に桜のコサージュをつけているのが卒業生、つけていないのが在校生と、いつもより分かりやすい。普段は抵抗のある三年生の教室にも、今の空気ならすぐに入れる。

「部長」

「柳瀬さん」

柳瀬さんは教室後方のロッカーにもたれて友人たちと話していた。吹奏楽部の瑞穂さんもいたので挨拶し、ミノと二人で柳瀬さんを連れ出す。

「おっ？　何？　あっ写真撮る？」

半分引っぱられるようにして教室を出た柳瀬さんからすれば、僕やミノがやってくること自体は予想していたかもしれない。だがなんとなく困惑気味なのは、僕たちの顔を見たからだろう。二人とも、およそ卒業式後の打ち上げムードに相応しくない表情をしていたはずなのである。

「どしたの？　何かあった？」

「お願いがあります」

僕が言うと、柳瀬さんは背筋を伸ばした。「あっ、はい」

僕は廊下の左右を見渡した。さっき教室にはいなかったが、女子トイレからその人が出てきたところだった。

僕は柳瀬さんに囁(ささや)く。「二人で一緒に記念写真を撮ってくれませんか。八並さんと」

「あっ、もうちょい卒業証書、上にしてくれますか。いやそうじゃなくてこう、なんつうか表面を上に向ける感じで」

「ああん？」

「いや卒業証書に光当てる感じで。暗いんすよ。そうそうそういうこと。あともっと寄って。もっとっす。もっと」

「あ、ごめん。痛かった？」

「いや、もっとくっつこうぜ」

「あ、そうそういい感じっす。笑顔でー。この写真アップすると思ってください」

「え？」

「いや本当はしないけどアイドルのSNS投稿だと思ってください。『今日、高校卒業です！仲良しの友達と』みたいな感じで」

「えっ、それどっちがアイドルでどっちが友達」

「どっち設定でもいいっす。二人とも脳内で『自分の方がアイドル』って思ってりゃ矛盾しないじゃないすか」

「なに煽(あお)ってんの？」

「笑顔笑顔。あ、今のいい顔っす三、二、一、キュー」

「えええ何その合図」

「えっ。普通どうやるんすか」

散々もめたが、なんとかミノは、予定通りの構図で写真を撮ることに成功した。横から携帯の画面を覗くと、柳瀬さんと八並さんが肩をくっつけて卒業証書を広げ、それぞれの笑顔で映っている。僕はミノに頷いてみせた。ちゃんと映っている。

「じゃあ私、彼氏の教室行くから」

「うん。大学、杉並区でしょ？　近いかもしんないから引っ越したらそのうち遊ぼうね」

廊下のそここにできたコロニーをかわしつつ手を振って去っていく八並さんを三人で見送り、彼女の姿が見えなくなると、柳瀬さんが真顔に戻って振り返った。

「……これでいいの？」

「……はい。ありがとうございます」

柳瀬さんに頼んだのは、八並さんを誘って、二人で写真を撮ってほしい、ということだった。ただし、卒業証書を広げたポーズで。頼まれた柳瀬さんの方は手慣れたもので、「卒業式でテンションが上がっていて普段あまり親しくなかった人とも盛り上がっている人」を装ってミッションをあっさり完遂した。さっきの彼女の態度に裏があるとは誰も思わないだろう。頼んだ僕ですら一瞬忘れかけていたほどである。

柳瀬さんは卒業証書をくるくると丸めて筒にスコスコとしまう。手の中で携帯が振動し、SNSの着信を告げる。アプリを開くと、瑞穂さんはちゃんと、さっきお願いしておいた通りの画像を送ってきてくれていた。僕は文化祭の時にこの人に拉致され女装させられたことがあるのだが、その時に言われた「お礼に何か頼みがあったら聞くから」をこんな形で使うとは予想もしなかった。不審なお願いだと思うのだが、特に事情を訊いてくる様子もない。

その画像と、ミノから送ってもらった写真を見比べて分かった。素人の僕でもはっきり分かる。

……間違いない。だとすれば、これまでの事件はおそらく。

携帯の画面から顔を上げると、二人がこちらを見ていた。それで、はっとした。二人は別にこちらを責める顔はしていないし、特にもの問いたげにもしていない。ただなんとなくこちらを見ているだけのように見えた。それでも、待っているのは確かだろう。僕はまだ、自分の推理について何も説明していない。

だが、話すべきなのだろうか。

自分が選択を突きつけられていることを知り、周囲のざわめきが急に遠くなる。二人の背後、壁についている消火栓の蓋と赤ランプ。そこに焦点を合わせて考えた。話すべきか、黙るべきか。

普通の事件なら、当然話すべきだった。この二人と一緒に「兼坂さん」事件を調べてきたというのに、最後の解答を僕が独り占めするのはおかしい。二人だって気になっているはずなのだ。そして今もこうして助けてもらっている。常識から言えば、二人にも真相を知る権利はある。

だが僕の推理が当たっているとすると、僕は黙っていなければならないはずだった。真相を話せば、それは「兼坂さん」にとって絶対に他人に知られたくない秘密を暴露することになってしまう。もちろん、この二人がそれを他人にばらすはずはないのだが、そう信頼しているのは僕だけであって、むこうにとっては、広められてしまう不安が常に存在することになる。何より、「自分の友達だから」「この二人は大丈夫だから」と言って勝手にばらしてしまうのは、それ自体が幼稚な態度であると同時に信義に反する。だとすれば、僕個人の友人関係にとってはマイナスになる覚悟をしてでも、黙っている方が善だと言えるのかもしれない。

消火栓の赤ランプが沈黙している。ランプの右側にボタン。左側にスピーカー。僕は考えた。話すべきだろうか。黙るべきだろうか。そもそも今回のことは、僕が勝手に首をつっこんだのだ。だが。

僕は口を開いた。

「これから、ちょっとつきあってほしいんです」ミノもいるが、柳瀬さんに合わせて丁寧語になる。「部室棟、書道室、それにCAI室。それぞれ確認が取れたら……」

心の中でごめんなさいと謝る。僕は、僕の大事な人を優先したい。

「……『兼坂さん』事件の真相を話します」

スクールバッグを肩にかけ直し、正門の中を振り返って見上げる。こうして見上げると本当に急坂だな、と思う。僕の通う市立蘇我高校は丘の上に建っていて、僕は毎日、この坂を上って登校する。「丘の上の高校」だと言えば知らない人には羨ましがられたりするが、その実態はというと夏場は汗だく、積雪時は転倒事故、それ以外の時でもノーブレーキで駆け下りる無法者が交通事故及びその未遂を多発させ、あまりいいことはない。その「市立坂」を生徒たちが下りてくる。ある人はまっすぐ前を向いて、ある人は携帯を見ながら、ある人は自転車を押して。皆、さすがに今日は駆け下りるつもりはないらしい。そして大部分の人たちは友達とふざけあいながら下りてくる。卒業証書の筒でチャンバラというの、高校生でもやるんだな、と思った。

いずれにしろ、ちらほら交ざる在校生はともかく、卒業証書の筒と胸の桜で飾られた卒業生にとっては、この「市立坂」を通るのは最後になるかもしれないのだ。最後の下り。横にいる柳瀬さんはさっき下りて、今は隣のミノと舞台俳優の顔についての話題で盛り上がっている。特に泣く様子もなく、これが終わったらクラスの打ち上げに合流し、夜は夜で仲のいい人たちと遊ぶらしい。進路が決まった後の期間はバラ色だと話している先生がいたが、この人の場合はすでに俳優としての訓練を始めていて、自主トレにレッスンに観劇（は半ば趣味だろうが）と忙しかったようだ。

よくよく考えてみれば電話で「学校に戻るから正門の前で待っていろ」と言ってきた伊神さんは駅方向からやってくるはずで、門越しに坂の上を見ている必要はなかったのだ。そう気付いて前を見るといきなり伊神さんがいた。「うわ」

「人の顔を見て『うわ』は失礼だよ」

伊神さんは昨日も着ていた学校侵入用のスーツである。ネクタイは昨日と違うが、一昨日とも違う気がする。何本も持っているということはよくスーツを着ているのだろうか。この人の日常生活が気になる。

「……なんでスーツなんですか？」

「君は式典に着流しで来るの？」

「来てたんですか……」そういえば市立の卒業生には昨年のＯＢ・ＯＧもよく来る。他校ではそんなにないことなのだそうだ。

伊神さんは横の二人を見て、柳瀬さんに「やあ、おめでとう」と軽く言うと、再びこちらを見た。「……二人で来たわけだね」

そう言うということは、やはりそこも重要だったのだろう。僕は視線を外し、横を通っていく卒業生三人組を目で追いつつ言葉を探す。

「……一番避けるべきは『独善』だと判断しました」

さてどうだ、と思ったが、伊神さんはふむ、と小さく頷いただけだった。たぶん「合格」なのだろう、と思う。何かに合格した時というのはえてしてあっさりとしたものである。とにかくこれで話しやすくなった、とほっとする。

伊神さんは二歩ほど移動し、僕と並んで道路に向かい、校門に背をあずけた。歩道の真ん中に四人も立っていては邪魔であり、同時に、話が長くなることを承知しているのだろう。

「……で、『兼坂さん』事件の真相、だったよね」

「はい」

僕が頷くと、やはり気になるのか、ミノが僕の前に移動する。

「伊神さんの話では、動機や背後関係は不明ですが、二つの『密室』はトリックだということでした」道路を走り抜けるタクシーを目で追う。保護者らしき人が乗っていたようだ。「書道室については『戸の片方が下の部分を切って低くなっており、その分通常の戸より高く持ち上げられるため、心張り棒の上を通す形で開けられる』。山岳部の部室棟の方はいわゆる『アルキメデスの熱光線』でした。でも」

どう言う。決定的な一言を。迷うが、結局、すぱっと切れ味のいい言葉は出てこなかった。

「……『アルキメデスの熱光線』は、事実ではありません」

昨夜、携帯で調べた話だった。「歴史研究者たちは実際に、シュラクサの遺跡で実験したそうですね。結果、語られているような状況では、収束光の熱で戦艦を炎上させることなどできそうにないと分かった。光線のエネルギーは距離が離れるにつれて減衰します。いくらたくさんの鏡で光を集めても、弩弓や投石機の射程外になるほど遠距離にある船体を、発火させるほどの熱は出ない。また当時のシュラクサは東向きで、午前中のわずかな時間しか強く日が差さなかった」

へえ、知らんかった、という反応はミノの方から返ってきた。伊神さんは黙ってこちらを見ている。

「同じことが山岳部の部室にも言えます。人工の明かりというのは、自然光に比べて極めて小さなエネルギーしかない。演劇部から持ち出せる1kwハロゲン灯の数本だけでは、いくら凹面鏡で光を収束させても、女子部棟の屋上から向かいの山岳部棟の中まで……距離十メートル以上も先にあるコンセント付近を発火させることなんてできません。灯体をたくさん集めれば可能かもしれませんが、あの時、犯人が使える灯体はせいぜい三、四本だけだったはずです」

伊神さんは前を見たまま、ふむ、と頷いた。「なぜ？」

「電源がないからです。まさか発電機を夜中にぶんぶん回すわけにはいかないから、犯人は真下の部室のコンセントに延長コードでつないで電源を確保するしかない。でもコンセントの容量は通常1・5kwで、灯体を二本つないだだけでブレーカーが落ちかねません」コンセントの容量云々については以前、僕の家で起こった事件の時に知った。そういえばあの事件も伊神さんが解決している。「それに集光で火をつけるなら、コンセント付近を狙った、というのも変です。このやり方だと、光を集める場所が白いか黒いかで、かかる時間が全く違う。白かクリーム色のコンセントより暗い色で、しかも燃えやすい材質で作られているものがたった数センチ下にありますよね。つまり、畳のへりが」

それ以前に、夜中に屋上で何本も灯体を光らせていたら目立ちすぎる。真下からだと見えないものの、北門から入ってくる過程では必ず目に入る。買い出しに散った山岳部員たちがいつ帰ってくるか分からない状況で、そんな派手なトリックを使うのは心理的に不可能なはずだった。

「書道室も同様です。確かに戸板が通常より低ければ、伊神さんの言った方法も可能ですが……はたして戸がそんな状態になっているまま、書道部員たちが何年も気付かない、ということはあるでしょうか？　毎日使っている書道室ですし、戸板を一番上まで持ち上げるとか、いったん外してみる、といったことは、一度や二度は誰かが試すはずです。これは事件当時の勅使河原さんについても言えます。ただ『思いきり戸を持ち上げる』だけでバレてしまうトリックに頼る犯人がいるでしょうか」

言われてみればねえ、と、今度は隣から柳瀬さんの声がした。

「もちろん検証もしてみました。そうしたら、書道室の戸は現在、普通に施錠できる状態になっていました。誰かが錠を修理したんだと思います。昨日やってた時、持ち上げると施錠できたのは、動く方の戸板が切られて低くなっているのではなくて、動かない方のもう一枚の戸板が持ち上げられていた状態だったんです。たぶん、敷居溝に詰め物が入れてあった」

「……なるほどね。だとして」伊神さんは前を見たままである。「僕の推理が違うというなら、犯人はどんなトリックを使ったのかな？　君の推理の通りだとするなら、密室を解く別のトリックが必要になるけど」

「いえ、トリックは必要ないです。書道室も、山岳部の部室も」

僕はバッグに入れてきた証拠品を探る。持ち歩いてみると意外と存在感があり、ごつごつ腰に当たるので気にはなっていた。ようやく出せる。

「まだ残っていました。書道室で検証した時に、伊神さんが使った両面テープです」

銀色の強力なやつだ。運が良かったのか、他の理由なのか、残りはまだそのまま書道室に残されていた。

「一昨日、伊神さんは書道室の密室を検証しました。隠れる場所はないし、糸で外から施錠するのも無理。ついでにこれも試しましたよね。『戸板の縁に両面テープを貼れば、簡単に外から閉めることができる』」両面テープを見せるが、伊神さんは一瞥したただけで、受け取るつもりはないようだった。「実際には、犯人が使ったのはこれだったんです。つまり、単に戸を両面テープでくっつけておいただけだった」

伊神さんはふむ、と頷き、横目でこちらを見下ろす。「……それは無理だって、確かめたよね？　粘着力が足りず、簡単に剝がれてしまう」

「ように錯覚させられていたんです」僕はバッグからもう一つ、同じ粘着テープを出した。「これ、演劇部にあった同じテープです。比べてみると、新しく買ってきた方のテープは、こちらの……伊神さんが密室の検証に使ったものよりはるかに粘着力が強い。つまり実際には、このテープを使えば簡単に密室が作れたんです。なのに僕たちは、この方法では無理だと思わされていた」

取り出した二つの粘着テープを並べて見せる。「超強力」の売り文句通り、演劇部にあった同じテープはかなりの粘着力であり、渾身の力で引き剝がす必要があった。戸板の縁に上から下まで貼れば、引手に手をかけた程度では開かなくなるだろう。

「つまり、トリックで騙されていたのは勅使河原さんではなく、調査に同行した僕たちだったんです。僕たちは調査の過程で騙されていた。調査時に伊神さんが何気なく出してきた両面テープは、あらかじめ何度か剝がされ、適度に接着剤を落として粘着力を落とした後、慎重に巻き直された特殊なものでした。……あなたはそれを、いかにもそこにあったかのように僕に渡すことで、『テープを使って戸を固定する方法は無理』だと誤認させた。それこそがトリックだったんです」

伊神さんは特にテープを受け取るつもりはないようだ。二つをバッグにしまい直す。

「それに気付けば、山岳部の方もすぐに分かりました。同様に密室を検証した時、伊神さんは『窓から出入りするのは無理。必ず跡が残る』と言いましたよね？　それが嘘だったんです。さっき試してみたんですが、普通に窓を開けて、窓枠に足をかけて出入りしても、はっきり分かるような痕跡は残りませんでした。つまり、僕が実験したあの時だけは、足跡が残るようにわざと壁面を汚してあったんです。でも事件の時はそうではなかったから、実際の犯人は普通に窓から出入りできたんです」

あるいは、と思う。伊神さんのことをよく知らない人だったら、こうまで簡単に騙されなかったかもしれない。僕もミノも柳瀬さんも、これまで何度となくこの人が事件を鮮やかに解決する場面を見てきた。この人が「名探偵」だということを学習していた。

だからこそ引っかかったのだ。密室の現場検証。名探偵が「窓から出入りすれば必ず痕跡が残る」と言えば、自分で裏を取ることもなくそうなのだと信じてしまう。これはたぶん世界中で、この人にしかできないトリックだった。

「つまり山岳部の部室に火をつけた人は、普通に窓から入ったんです。そして部屋の中で何かをして、それが原因で出火した。コンセントの周囲ですから、熱の出る機器で変なつなぎ方をしたとか……おそらく失火です。そしておそらく、先に部室に戻ってきた『犯人』が、煙が出ているのを見つけた。ドアは鍵がかかっていたから窓から侵入して火を消し、失火の原因になった機器を片付け、また窓から脱出しようとした。それが真相です」

「脱出『しようとした』？」

伊神さんはそこで、初めてわずかに口角を上げた。それを見て力が抜けた。いつものことだがずっと無表情で、怒っているのか、反論してくるのか、と不安だったのである。だがどうも、この人はこれまでの僕の話を楽しみながら聞いていたらしい。

それで確信がもてた。

「脱出しようとして落ちて、怪我をしたんだと思います」

たぶん、間違いない。僕は言った。「犯人は八並さんです」


卒業生の集団が、ざわざわと喋りながら横を通り過ぎていく。女子五名。三人が笑顔で、一人は泣いていて、一人がその人の肩を叩いている。それぞれの胸には桜の花。それぞれの手には卒業証書の筒。三年生は全員、等しく卒業生になる。

「推測ですが、山岳部の事件の真相はこうです」僕は卒業生たちが離れたのを見計らって口を開いた。「買い出しの途中、西浦さんは八並さんと離れて一人になっています。たぶん誕生日だった八並さんのために、何かサプライズを仕掛けようとしていたんじゃないでしょうか。ところがそれが原因で火が出てしまう。一人で部室に戻った八並さんはそれを見つけて、西浦さんがしようとしていたことを知る。……それで、とっさに失火を揉み消そうとしたんだと思います。自分へのサプライズが原因で部室に火がついた、となれば、西浦さんは落ち込むでしょうから」

しかも山岳部に対してはかなり申し訳ないことになる。他の山岳部員からすれば、彼女を連れてきた西浦さんが一人で勝手なことをして部室に火をつけた、ということになるし、それがばれて部室が使えなくなったりすれば、引退した三年生が後輩たちに迷惑をかけてしまった、ということにもなる。なので八並さんはとりあえず原因を分かりにくくし、原因不明の失火、という結論に持っていこうとした。

「でも、この失火事件の結果はそれだけでは済まなかった。八並さんが部室から落下して、全治三ヶ月、入院一ヶ月の大怪我をしてしまった」そしておそらく、これがすべての始まりだ。

「その結果、もともと病気でよく学校を休んでいた八並さんの出席日数が足りなくなり、卒業できないことが確定してしまった」

「えっ」

「マジか」

さすがに驚いたようだ。ミノも柳瀬さんもこちらを見た。

その柳瀬さんの胸で、桜のコサージュが揺れている。

僕は通学路の先に視線を移した。卒業生たちのグループが離れていく。

三年生は、三月で卒業してしまう。

確かに僕も、そのことを当たり前だと思っていた部分はあった。だが実際にはそうではない。

出席日数が足りないか、赤点で単位が取れなくて、留年せざるを得ない人だっているのだ。三年生の全員が卒業生になれるわけではない。

「八並さん自身は、あるいはそれほどショックではなかったかもしれません。もしかしたらこれまでにも一度、出席日数が足りなくて留年している可能性もありますから。でも西浦さんは違います。『自分が焼肉なんかに誘ったせいで』八並さんが卒業できなくなった、というふうに考える」

「因果関係のすべてに責任を持つことなんて、できないんだけどね」伊神さんは溜め息をつき、肩をすくめた。「バタフライ効果を考えれば、今日、僕がコーヒーを一杯飲んだせいで、どこか外国で飛行機が墜落した――ということになってしまう。くだらないよ」

だが、そのくだらない考え方をどうしてもしてしまうのが人間というやつだ。とりわけ、日本人はそういう傾向が強い。

「八並君は悩んでいた」伊神さんは言った。「客観的に見れば、彼女の出席日数は骨折での入院以前からすでにぎりぎりだったんだ。規定上の『ぎりぎり』ではなく、レポート提出などで穴埋めできる範囲を計算に入れてもなお『ぎりぎり』だった。落ちて入院したのは最後の一押しにすぎない。『エレベーターのブザーが鳴ったのは、最後に乗った奴のせいではない』ということを、僕は説明したんだけどね。西浦君はそう考えないだろう、という結論は動かなかった」

「……それで、八並さんに協力したんですね」

「その通り。……中学が同じでね。八並君は文芸部に出入りしていたこともあるから、見舞いには行っていた」伊神さんはあっさりと認めた。「そこで彼女から頼まれたんだよ。自分が卒業したように思わせたいから、協力してほしい、とね」

ミノは「マジかよ」と驚いたが、柳瀬さんの方は卒業証書の筒を人差し指の上でくるくる回しながら口を閉じている。可能かどうか検討しているのだろう。

「いや、でも」柳瀬さんは眉をひそめる。「……卒業式、どうしたの？」

僕は答えた。「卒業生に交ざって参加していました」

「あー……そういえば確かに、私の隣、梁取(やなとり)さんだからなあ。その隣までは見てない」柳瀬さんは記憶を探る様子で頭上の電線のあたりを見る。「……ん？　でも呼名どうすんの？」

「たぶん、一番の難関はそこだったんだと思います」よくあれを決行した、と僕も思う。「でも、可能です。柳瀬さんが呼ばれた後に一度、ひどいハウリング起こりましたよね？　その間に一人、返事をして起立した人がいます。あれが八並さんです」

つまり卒業生呼名の時、一人だけ「名前を呼ばれていないのにどさくさ紛れに起立した人」が交じっていたのだ。

「あったな、ハウリング。あの時は『放送委員何やってんだ』って思ったけど」ミノも覚えている様子で顔をしかめる。「言われてみりゃ、あそこでだけハウってあとは一回もなかった、っていうの変だよな。マイク位置を変えたわけでもないし」

マイクから「ぷおおおおん」という大音響が響いてしまうハウリングは簡単に言うと、

スピーカーから出た音を再びマイクが拾ってしまうことによる無限ループにより起こる。だから起こりうる状況なら最初から起きているし、マイク位置や音量など、状況を変えないと直らない。だがあの時は卒業式の半ばになって突然起こり始め、草加先生があたふたと色々やっていたのに起こり続け、そして不意に止まって以後は二度と起こらなくなった。ハウリングだとしたら不自然なのだ。

つまりあのハウリングは、実はハウリングではなかった。ハウリングの音を録音して流しただけだったのだ。片付けの間にそれを疑った僕はミノと一緒に放送室を調べたが、おそらく実行役の放送委員がすでに証拠隠滅をしていたのだろう。スピーカーへの入力端子につながれていただろう機器はすでになかった。だが今、僕のバッグには卒業式の録画映像がある。不自然なハウリングと、その間、BGMが止まっていたことがしっかり記録されていた。体育館放送室に詰めていた放送委員の一人、おそらくは伊神さんと面識のある映研の青砥（あおと）さんあたりが、BGMを流すチャンネルにハウリング音を割り込ませたのだ。

「もっと不自然なのは、ハウリングの最中に『柳瀬さんの次の次の人』が返事をして立ち上がり、そのまま何事もなかったかのようにその次の人の呼名に移ったことです」

会場にいた人たちの中にも「おかしい」と思った人はいただろう。だが大部分はそのまま見過ごしてしまった。進行に支障があったような様子がなかったからだ。本来、ハウリングで呼名が聞こえなかったなら、喋っている草加先生自身にもそれは分かるから、同じ人をもう一度呼び直すはずなのだ。一度きりの卒業式で自分だけ名前を呼ばれない、などということがあってはならないのだから。

「そのシーンは放送委員の人が撮影しています」僕はバッグを叩いた。ビデオカメラが入っているが、実際に映像を見せる必要はないだろう。「卒業式で問題なのはそこだけです。それさえクリアすれば、あとは『私も卒業しますよ』という顔で三年四組の列に交ざっていても、誰も気付かない」

留年の事実は重大なプライバシーであり、必要な人以外には「何組の誰が留年する」という情報はばらさない。担任の草加先生は当然知っているだろうが、あとはせいぜい生徒指導関連の数名、事務仕事をする職員さん、それに校長くらいのものだろう。他の教職員も、もちろん生徒も知らない。加えて「留年する生徒がいる」ということを知っていても、その生徒の顔と名前が一致するのは担任だけだ。その担任は卒業生入場の時にはクラスの先頭を歩いていて後ろなど見ないし、クラスを先導したらすぐに列を離れる。呼名の際には喋る合間に生徒の顔を見るだろうが、ハウリングで焦っていれば、その間にいつの間にか卒業しないはずの生徒が起立していたとしても気付かないだろうし、出席番号が最後の方になる「八並」さんは、すでに起立している生徒に交ざる。市立の卒業式では、一度名前を呼ばれた人は学年全員の呼名が終わるまで立ったまま、という形式なのだ。

そして三年生と下級生は、今日を最後に離れる。八並さんの留年を知っている下級生と、彼女が卒業したと思っている三年生の間で齟齬が生じることはまずない。休みがちだった八並さんは、自分の存在を認識している生徒が学年問わずほとんどいないことも知っていたのだろう。

まるで幽霊だ、と思う。だが幽霊であることをどうとらえるかは、ずっとそういう生活をしてきたであろう八並さんが決めることである。とにかく彼女はシュレーディンガーの猫よろしく「卒業」と「在校」の重ね合わせを試みた。ニュートン力学への挑戦だ。

そしてそれはうまくいくはずだった。僕自身だって、普通だったら気付きもしなかっただろう。なぜ気付いたかといえば、要するに、柳瀬さんを見ていたからである。たまたま柳瀬さんと八並さんの呼名が近くなければ、不審なハウリングの時に卒業生の列を見てはいなかったかもしれない。

だが僕は後片付けの時に気付いた。今年の卒業生は三百六十人。四十人×九クラスで、卒業生の列はきっちり揃う。そのはずなのに椅子が綺麗にストッカーに戻らない。つまり、四組の列は一人増えていたのだ。

「そういえば、その後の教室に八並さん、いなかったな……」

柳瀬さんが腕を組む。僕もそれは確認している。教室で卒業証書を渡す時などは教室内もざわついているし、受験日と重なって出席できなかったりして飛ばされる生徒も多いから、仮に八並さんの不在に気づいた同級生がいたとしても「そういえば」程度で済んでしまう。

「もちろん、それだけで西浦さんに対し、自分が卒業できていると思わせることはできません。だから八並さんは自分用に偽物の卒業証書を用意したし、大学の合格発表まで偽装した。それが書道室と、ＣＡＩ室の『兼坂さん』の真相です」

柳瀬さんが唸る。「さっきのあれ、偽物だったか」

「いや、でも」ミノはまだ懐疑的だった。「卒業証書なんて簡単に用意できるか？　字面まで一緒じゃなきゃダメだろ」

「うん。だから八並さんは、途中までできている物を盗んだんだ。……卒業証書って業者に発注して、文字も入った状態で全員分届くらしいんだ。手書きで入れるのは卒業生の名前だけ。だから、届いた卒業証書を一枚盗んで、自分で自分の名前を書けば、偽の卒業証書ができる。もちろん筒も一緒に盗む。桜のコサージュは難しいけど、配る時に余りが出るだろうからなんとかなる」

偽の卒業生が完成する。もっとも白紙の卒業証書は多めに発注していてどうせ廃棄予定のものだっただろうから、これを窃盗罪と言うのは少々酷である。

僕は携帯を出し、それから柳瀬さんを示した。「柳瀬さんにさっき、八並さんの卒業証書を写真に撮ってもらいました。それから吹奏楽部の瑞穂さんに頼んで、瑞穂さんの卒業証書の名前の部分を写真に撮って送ってもらいました。八並さんの下の名前は『一穂』ですから、『瑞穂』さんの『穂』と筆跡を比較できます。明らかに違う字でした」

ミノが頷く。「だから書道室か」

そうなのだ。卒業証書の記名は校長が達筆なら校長がやったりするが、市立では書道の先生がやる。そしてその作業の間、卒業証書は書道室に積んであるのである。

「予想ですが、八並さんは卒業証書を盗むために書道室に侵入し、その途中で何か、作業を中断しなければならない状況になったんです。……たぶん、積んである卒業証書の筒を崩してしまった、とかでしょう。クラス順、出席番号順に整理してあった証書の筒がばらばらになってしまったら、ちゃんと並べ直しておかないと『誰かが触った』ことがばれてしまう。そうなれば騒ぎになります。卒業証書というのは、悪用される可能性がないわけじゃないので」

柳瀬さんは僕から携帯を受け取り、二つの「穂」の字を比較している。ミノがそれを横から覗き込んでいるが、伊神さんは道路の方を見たまま動かない。事情をすべて知っているのだろう。

「……ですが、いったんばらばらになってしまった卒業証書の山を元通りに並べ直すのはかなり大変です。筒に入っているのなら一枚一枚取り出して確認しないといけないし、そもそも誰が何組なのか分からないと並べようがない。だから八並さんは、教室に各クラスの名簿を取りにいったんだと思います。その間、書道室に人が入らないように閉めておく必要があった」

「……なるほどな。それで『閉まらずの書道室』が閉まってたわけか」

「そう。で、CAI室の方だけど」ミノが携帯を返してくるのを受け取り、伊神さんの方を向く。「八並さんは今年度、卒業するわけじゃないから、そもそも受験資格がなく、本当は受験自体をしていないはずなんです。でも、その事実を知られるわけにはいかない」

八並さんの心中を想像してみると、かなり苦しい。受験期の話題なんて半分は受験のことだろう。その間、ずっと嘘をつき続けなくてはならない。

そして八並さんは受験生を装う過程で、おそらくは話の流れから、「自分の受験番号」を西浦さんに言わなくてはならなくなった。それこそが、CAI室の事件が起こった原因なのである。

「八並さんは西浦さんに対し、『大学に合格した』と偽る必要もありました。……だからCAI室で、二人一緒に発表を確認する、という『イベント』を考えた」

ミノに訊いてみることにする。「でもあのやり方って、不自然じゃない？」

「不自然だ。かつ不道徳だな」ミノは鼻息を吹き出して腕組みをした。「合格発表くらい一人で見ろっつうの。なんでカップルってのは、ああいう関係ないとこでキャッキャしたがるんだよ。邪魔すぎる」

「……いや、そこじゃなくて」

「まあな。画面の方を隠しておいて、二人で受験番号を一文字ずつ入力して、せえの、で覆いを取る——なんてやり方はおかしい」ミノは急に真面目に答え始めた。「画面を見ないまま入力したらなんか打ち間違いがあるかもしれないのにな。普通はせえの、でクリックする、でいいだろ。二人でマウスに手を重ねて。あああめっちゃ邪魔。知るかよ」

いささか怨念が入っているが、その通りなのである。「……うん。つまり、八並さんがわざわざこんな不自然な方法をとったということは、そこに何かあるんだ。八並さんは西浦さんと一緒に大学のサイトにつなぎ、受験番号を正しく入力したにもかかわらず、実際には受験してもいないはずの自分が『おめでとうございます　合格です』と表示されるようなトリックを実行した」

「何か、ね……。できるか？　そんなん」ミノは顎を撫でながら考え始めたが、すぐに呟いた。

「あれか。偽サイトに誘導する。……いや、受験番号は一文字ずつ入力したわけだから、そもそも入出力が別、か」

「……すごいね」よくすぐに分かるな、と思う。僕はひと晩悩んだ。

ん？　と言って身を乗り出す柳瀬さんに説明する。

「手の込んだ、でもプログラミングの知識は特にいらないトリックです」伊神さんも聞いてはいるようだ。そのまま続ける。「要するに、キーボードと本体、それにモニターをすり替えておいたんです。八並さんと西浦さんが座っている席に置いてあるモニターは、その席のキーボード・本体とつながっていなかった。二つの端末は配線をつなぎかえてあって、おそらくは後ろの、磯貝君の座っていた席の端末につながっていたんです」首を傾げる柳瀬さんのために両手を交差させるジェスチャーを入れる。「つまり八並さんたちの席のキーボードで入力したものは磯貝君の席のモニターに表示され、逆に磯貝君が入力したものが八並さんたちの席のモニターに表示されるんです」

だとすれば、八並さんたちが二人で受験番号を入力しても全く意味はない。彼女たちが見ているモニターに表示されるのは、後ろの席の磯貝君が操作している画面だ。

「あらかじめ、磯貝君に協力を頼んでいたんでしょうね。同時に、同じ大学を受験して、合格がすでに分かっている人から受験番号を教えてもらっていた。八並さんたちが見たのはその人の『合格』です」

よく考えてみれば、磯貝君の話もおかしかったのだ。そもそも二人の挙動を詳細に観察すぎであるし、カップルが前の席に座った、ということだが、他に人のいない静かなＣＡＩ室で、わざわざパソ研会員が作業をしている席の前を選んで座るものだろうか。普通は離れて座る。だが八並さんは、細工のしてある端末に座らなければならなかった。

「秋野が見た『ＣＡＩ室の女子』は、おそらくトリックの準備をしている八並さんです。端末のケーブルをつなぎかえて動作するかを確かめていた。だから『電源のついていない端末』の前に座っていた、という奇妙なことになったんです」

つまり、僕たちの知らないところで、もう一つのトリックが実行されていたことになる。秋野が見たのはその「準備」だった。

ＣＡＩ室。書道室。そして卒業式の細工。すべては、八並さんが卒業したように見せかけるためだった。そして山岳部の事件もまた、その原因が西浦さんにない、と示すためのトリックがあった。伊神さんの「推理」によって犯人が外部の人間だということになれば、西浦さんを始めとした山岳部員たちはとりあえず安心して卒業できる。

だが、実際の作業は大がかりではないものの、こうした手の込んだ細工は、心理的にハードルが高いはずだった。そして、これらのトリックの実行には「人脈」が必要になる。磯貝君に端末の操作を頼み、放送委員に偽装を頼み、八並さんが受ける予定だった大学の合格が決まっている人を見つけ、受験番号を教えてもらわなくてはならない。普段それほど学校に来ていない八並さんには難しい。つまり。

「……伊神さんがやったんですか？」

伊神さんは溜め息をついた。「部分的に、人を紹介するとかいったことをして手伝っただけだよ。絵を描いたのは僕じゃないし、そもそも僕は止めたんだよ。仮に卒業を装ったとしても、その後一年間、大学生を装うのは並大抵のことじゃないし、一年間、嘘をつき続けた後も、一年分の経歴の差をずっと偽り続けることになる。嘘をつき続ける、というのは大抵の場合、本人が予想したよりはるかに苦労が多いんだ」

確かにそうだ。そしてそれを心配したからこそ、僕はこの件を伊神さんにぶつけることにした。余りの卒業証書を盗むことより、そちらの方がはるかに問題だった。

「だが八並君は譲らなかった。そこで僕は、ある条件をつけた上で承諾した」伊神さんはポケットを探り、銀色に鈍く光るコインを出した。「『風紀委員』の試験に使わせてもらう、という条件だ」

僕たちの通う市立蘇我高校には生徒会の下、いくつかの委員会が存在する。放送委員会に保健委員会、美化委員会、体育委員会。そして臨時に組織される選挙管理委員会と文化祭・体育祭の各実行委員会。だが風紀委員会という組織はない。漫画などではよく出てくるが、実際にこれを置いている学校はあまり多くないのではないか。

初めて聞きました、と言おうとしたら、柳瀬さんが先に反応した。「ああ。あれ本当だったんですね」

柳瀬さんを見ると、彼女は卒業証書の筒をジャグリング風にくるりと回して答えた。

「噂でね、聞いたことあるの。市立には裏の委員会として『風紀委員会』があって、『風紀委員』が代々任命されてるって。毎年の風紀委員が誰なのかは生徒会とか、一部の部活の部長あたりが先輩から教えてもらうらしいけど、演劇部には伝わってない。吹奏楽部の高島さんも知らなかったってことは、あの人も先輩から教わってなかったんだと思うけど」

「吹奏楽部の部長には代々伝わっているはずなんだけどね。彼女の前任者が伝え忘れたか、伝える必要なしと判断したんだろう。なにせ非公式の組織で、時折非合法ですらある」

伊神さんは恐ろしいことをさらりと言った。急に不安になる。また嘘なのではないか、という気もした。

「……それ、何をする組織なんですか?」

「『校内のトラブルまたは不審な事案の調査、および処理』。……つまり『校内探偵』だよ」伊神さんはさらりと言うが、この人が言うと暗殺や死体処理までイメージしてしまう。「軽く言えば、生徒間での『トラブル相談室』みたいなものだよ。教員に相談できない話も多いからね」

ミノが僕を見た。「……それ、お前じゃねえか。『頼まれ葉山』」

柳瀬さんもうんうんと頷く。首をつっこむ頻度としては、この人も似たようなものだと思うのだが。

「君は事件を呼び寄せるからね」伊神さんは苦笑した。「だから適任だと思ったんだ。なにしろ風紀委員の任期は『無期限』でね。後継者を見つけるまでは、たとえ卒業・退学しても放り出すことはできない」

「つまり……」僕の中で、何かが急速につながっていく感触があった。「……伊神さんはこれまで、『風紀委員』の活動をしていた、と」

非公式の「風紀委員」。名探偵をやる委員会。つまり、この人のこれまでの活躍は「委員会活動」だったというのだろうか。

「僕は断ったんだよ。こんな面倒な」伊神さんは心底うんざりした、という顔で頭を掻く。「一年の時に先輩から無理矢理押しつけられたんだ」

ああそういうことだったのか、と納得する。伊神さんがなぜこれまで、僕の周囲で起きた事件に積極的に関わってくれたのか。単に、本人の謎好きだけではなかったのだ。卒業後もわざわざ学校に来てくれたのも。それは何割か、風紀委員の仕事としてだった。

「当初は適当に後任を探して引き継げばいいと思ってたけど、困ったことに、資質のある人間が一人もいない」伊神さんはコインを弄(もてあそ)ぶ。このコインは四日前、伊神さんの家で見たことがあると気付いた。色からして銀貨だろうか。「風紀委員に必要なのは人脈と行動力。それに推理能力」

それを言われると、確かに伊神さん以上の適任はいなかっただろう。この人は各部活だけでなく教師にも「特例」を通せるくらいの信頼を得ていた。

「君はクラスでは孤立気味だが、とりわけ文化部には人脈が広い。人見知りもしないしね。必要に応じて外部の大人に協力を求める社会性もある。なおかつ、不審な事案に対しては『まず自分が動く』という積極性があり、手間を厭(いと)わず調査する行動力もある」

褒められているぞ、と気付くと顔が熱くなった。これは、ベタ褒めと言ってもいいのではないだろうか。伊神さんが、僕を。

だが伊神さんは、なぜか恨めしげに目を細めて僕を見た。

「……だが、困ったことに推理能力が足りない」

「うっ」

一番恥ずかしい部分ではないか。だが自覚はあった。伊神さんのようには到底できない。

「それでも昨年度、僕が卒業する時にテストしてみたんだよ。だがあの時は、君は自分で解決するどころか、パニック状態で立花(たちばな)を頼った。……あるいは君に一番欠けていたのは自立心かもしれない」

熱くなっていた顔が破裂しそうになる。下を向くしかなかった。柳瀬さんとミノの前で言わないでほしかったが、この人は基本的に、そういう配慮はしてくれない。

昨年度、と言えば、明らかにあの日だった。卒業式の後、伊神さんが鍵のかかった部屋から消えたことがあったのだ。実際にはさしたるトリックではなく、というより単にその部屋の性質によるものだったのだが、僕はそれを推理することができず、立花さんという先輩に相談した。立花さんはすぐに解いた。確かにあれでは、風紀委員を任せる気にはならないだろう。

「それでも結局、代わりの人間は見つからなかったから、仕方なく僕が卒業後もやってたんだ。候補はいたんだけどね。ミス研の愛甲君は人脈不足。吹奏楽部のひかるちゃんは常識的すぎる。映研の青砥君はそもそも風紀委員会というシステム自体に懐疑的だった」伊神さんは指に挟んだコインをじっと見る。「でも、ようやく再試験ができた。試験のテーマは『名探偵の語った真相が必ずしも事実とは限らない』ということに気付けるかどうか。そして見ての通り、君は合格した。……一年間、育てた甲斐はあったよ」

「……育てた」

そう言われて、ああそうか、と納得する部分もあった。伊神さんは事件解決の段になると、必ず僕を呼んで、自分の推理過程を披露する。その前の段階でも、結論をすぐに話さず、「解けた」とだけ言っておあずけにすることが多かった。あれは、僕に考えさせようとしていたのだ。実際にいくつか、伊神さんが言う前に結論に辿り着けたこともあった。

名探偵、皆を集めてさてと言い。ホームズがワトソンの前で推理を披露するのは、ワトソンを育てるためでもあるのかもしれない。

「まあ、年度が替わる前に再試験のチャンスがあってよかったよ。八並君のおかげだ」

それを「おかげ」と言ってしまっていいのかは分からないが、腑に落ちた部分はあった。

「……磯貝君にも、何か指示していたんですね。僕が聞き込みにきたならすべて話すように、とか」

よく考えてみれば、磯貝君の態度は変だった。本気で伊神さんに頼まれ、八並さんの留年をごまかすために協力していたなら、ＣＡＩ室での八並さんと西浦さんの様子を、ああもこと細かに話す必要はどこにもない。つまり彼は「助手」だったのだ。彼のところに聞き込みにきたら、「兼坂さん」の謎を解く手がかりを教える、という。

「……磯貝君も八並さんのこと、知ってるんですか?」

「いや、ただ部分的に指示を与えて手伝ってもらっただけで、事件の全容は知らない。翠と草加教諭もそうだよ」

「ああ、翠ちゃんも……ていうか、草加先生もですか」

そういえば、職員室に「兼坂さん」の噂を聞きにいった時、草加先生は僕に「頑張って」と言っていたのだった。あれは明らかに不審な発言だったが。「……草加先生って、市立の卒業生でしたよね」

「お察しの通り、何十何代目だかの風紀委員だよ」

それで「試験」に協力していた、というわけらしい。風紀委員会の制度などは本来、教員からすれば受け容れがたいものであるはずなのに、よく協力してくれたものだ。

「まあ、僕にとってはどちらの結果になっても別によかったんだけど。……ただ、八並君も悩んでいたからね。嘘をつくか、正直に話すか」

伊神さんはコインを指で弾いた。空中に飛んだ鈍い銀色のコインが回転しながら陽光を受け、一瞬だけ輝く。

「どちらを選んでも後悔しそうな時は、コインでも投げて決めてしまうのがいい。少なくとも、悩む時間は節約できる」伊神さんはキャッチしたコインを見せる。「つまり賭けだった。葉山君が真相に辿り着き、それを僕に持ってきたなら、諦めて西浦君にすべて話す。そうでないなら嘘をつき通す。八並君は裏しか考えられないと言っていたが、僕は表に賭けた」

伊神さんはそこで、初めて僕の方を向き、少しだけ口許を緩めた。

「……表が出た。当たりだ」

伊神さんは、持っているコインを僕に見せた。鈍く光る銀貨の表面には、天使の絵が彫られている。

「君を市立高校の風紀委員に任命する。ちなみに拒否はできない」

伊神さんがコインを高く弾く。放物線を描き、コインはこちらに飛んできた。キャッチしようとして落とし、澄んだ音が聞こえる。慌てて拾い上げた。

「それが風紀委員の証明。一応、代々伝わっているものだからなくさないように」伊神さんはコインを指さす。「年号は一七二〇年。スイスのベロミュンスター1/2ターレル銀貨だ。裏面は紋章。表面は大天使ミカエル」

その名前は知っている。神の代行者。正義と公正の天使。

「君の仕事は、校内のトラブルや不審事案の調査・調停。そして解決した場合、その事案をどう処理するかも風紀委員に一任される」

「え……？」急に権限が増えた。手の中の銀貨が厚みを増したように感じる。

「取り扱った事案を警察に通報するか、しないか。誰にどのような形で結果を伝え、どのような形で責任を取らせ、決着させるか。それを君が決める」伊神さんは淡々と説明する。「つまり、風紀委員は相反する二つの仕事をするんだ。隠されている事件を明るみに出す一方で、それを隠蔽(いんぺい)することもある」

責任重大ではないか。いや、そもそも。「そんなことを生徒一人で決めちゃっていいんですか?」

「いや……そんな」

鋭い視線とともに問い返され、動けなくなる。

「では、すべてを大人に話して委ねるのが正解だと思う?」

これまでの伊神さんを振り返る。確かに、この人はそういう解決の仕方をしていた。隠されていた「刑事事件」が明るみに出たこともあった一方で、原則に従えば刑事事件に該当する場合でも、大人たちに知らされることなく内々で決着したものもあった。

あれが風紀委員の権限であり、仕事なのだ。確かに名探偵というのは、そういう権力を持っている。事件を解決するだけでなく、それをどういう形で決着させ、誰にどう責任を取らせるか。それとも取らせないか。

だが、僕の知っている小説の中の名探偵は、殺人事件の犯人を独断で見逃したりしてしまっている。確かに、その場に限っては妥当な判断に見えるものばかりだが、中には首をかしげるような終わり方の作品もあった。

「……それって、下手をすると『風紀委員が神のごとく振る舞い、他人の運命を決定する』っていう事態になるんじゃ」

「それは風紀委員でなくても、他人の厄介ごとに関わった人間が常日頃していることでしょ」

伊神さんは気楽に答えた。「まあ、だから風紀委員に最も必要な第一の資質は『倫理性』ということになるんだけどね」

　手の中の銀貨を見る。大天使ミカエルには「傲慢（ごうまん）」を否定するエピソードもあった。人間であるアダムとイヴを神の前に連れてきたミカエルは、最初の人間である二人にしかるべき敬意をはらって平伏するよう天使たちに求めた。だが人間を天使と等しい存在だと見做していないサタンはこれを拒否した。

「だからこそ今回の、八並君の件が『試験』にうってつけだったんだよね。解決できなければ問題外だけど、解決の仕方で倫理性も見ることができる」伊神さんは後ろのミノと柳瀬さんを指さした。「君は真相を推理した後、それをむやみにばらすことなく僕のところに来た。加えて『何も考えずに』ではなく『悩んだ末に』後ろの二人を同行させた。とりあえずは、風紀委員に必要な慎重さは持ち合わせていると言えるし、いざとなれば自分が『悪いことをする』覚悟もある、と分かる」

　手の中のコインが指に吸いついて離れないような感覚を覚える。どうやら僕は、思ったより重い責任を負わされてしまったようだ。

　だが、あまりに僕が深刻な顔をしていたためか、伊神さんは力の抜けた声で言った。

「別に難しく考えることはない。特に権力があるわけでもないんだ。その存在を知る生徒に対しては『協力するように』という申し送りがされているけど、それだって義務じゃない。それに歴代の風紀委員の中には、この伝統の正当性そのものを疑っていたため全く仕事をしなかった者も何人かいる。すべて社会のルールに従うべきで、大人たちに委ねるべきだ、とね」

「……僕の考えも、それに近いんですけど。『内々で解決する』みたいなの、やばくないですか？」

何かの本で読んだことがある。いじめやパワハラ、セクハラ、村八分といったものから、いわゆる「毒親」まで。そういった、社会に存在する理不尽のほとんどは、「社会一般のルール≠法律」が適用されない「部分社会」を作るから発生するのだという。

たとえば学校での「いじめ」は、一つ一つの行為に「社会一般の常識と法律」を当てはめていけば解決する。暴力は暴行・傷害罪。他人の持ち物を壊したり隠したりするのは器物損壊罪。物や金を奪えば強盗罪・恐喝罪。恥ずかしいことをさせたりするのは強要罪。言葉で侮辱すれば侮辱罪・名誉毀損罪。これはＳＮＳ上でも、名前を具体的に書かなくても、誰のことを指しているのか「見る人たちからして明らかなら」成立する。集団での無視などは刑法には当てはめにくいが、それで精神的苦痛を受けたなら不法行為であり、損害賠償請求の原因になる。これは決して「大袈裟な話」ではなく、社会一般のルールに当てはめれば本当にそうなのである。「いじめっ子」というやつは「一人の人間を集中的に狙い、執拗に犯行を繰り返す悪質な犯罪者」であり、「いじめ」は犯罪行為なのだ。つまりさっさと証拠を揃えて警察に通報すれば、普通に刑事事件になる。

だが学校という「部分社会」が「ローカルルール」を優先させ、「学校内のことだから」「子供同士の問題だから」と、刑事事件を揉み消してしまう。一般常識に照らして考えれば、こちらの方が異常なのだった。

「……風紀委員が『内々で解決』してしまうのは、むしろ僕たちのいる社会を一般社会から遠ざけてしまう結果になるんじゃないですか?」

「まともな意見だね。大変よろしい」伊神さんは、反論されたことがむしろ満足だという様子で頷いた。「だが君たちが大人に訴えたところで、それもまた教員たちが支配する『学校』という部分社会内で処理されるに過ぎない。そしてこの部分社会は、必ずしも君たちに優しくない。……これまでさんざん関わってきた事件を思い出してみてほしい。もしすべて最初から大人に任せていたら、いい結果になったものばかりじゃなかったでしょ」

これまで自分が関わってきた事件を思い出してみる。たとえば市立七不思議の一つ「フルートを吹く幽霊」。あの真相は結局、大人たちに知らせることはなかったが、もし知られていたらどうなっていたか。一般社会の言葉で言えば「夜間の学校への不法侵入事件」であり、学校という部分社会はおそらく「下校時刻を早める+徹底させる」という対応をとっていただろう。今のように各部活が自主的判断でなんとなく学校に居残ることはできなくなり、午後五時だかの時点で教師が校内を巡回し、生徒は全員追い出されることになる。

その後の「立ち女」事件だって、ただ教師に伝えただけだったらどうなっていただろうか。たとえば警察が「立ち女」に職務質問をするだけで終わっていたのではないか。「立ち女」は何も答えないままただの不審者となり、誰も救われなかっただろう。「〈天使〉の貼り紙」事件では文化祭が中止になっていたかもしれなかったし、「口裂け女」事件では吹奏楽部が学校の所有する楽器を使えなくなっていたかもしれない。

なるほどこれまで、確かに伊神さんは「風紀委員」として事件に関わっていたのだった。もちろんすべてを内密に処理するということはしておらず、たとえば「壁男」事件などは真相を暴いた結果刑事事件になり、結果として校舎の一部が使用不能になってしまったりもしたのだが、基本的にはすべて「余計なものを巻き込まない形で」解決しようとしていた。なぜなら。

「学校という場所は、要するに箱庭なんだ。外界からは守られ、それでいてある程度の自由と自治が認められている」伊神さんは、背にしている門扉を拳でとん、と叩いた。「だが極めて脆弱な箱庭だ。何か一つ問題が起これればすぐ『来年度から中止』されてしまうし、生徒の立ち入りが禁止されてしまう。それで自由を奪われるのは、事件とは何の関係もない生徒ばかりだ」

　柳瀬さんとミノも、腕を組んで唸りつつ口々に言う。「確かに市立（ウチ）、いろいろ緩いよねー。そこがいいんだけど」「ウェブで学校の評価とか見ても『自由な校風』って必ず書かれるっすからね」「だから自由にサボる奴が多いんだけどね」「偏差値のわりに大学進学率が低いんすよね」

　まあ、その通りである。だが必要に応じて学校をサボることははたして悪だろうか。偏差値が高い学校の生徒はみんな大学に進学しないといけないのだろうか。

「まあ、それが市立（ウチ）の校風なんだよ」伊神さんは正門のむこう、坂の上の校舎を振り返る。

「君たちは知らないかもしれないけど、今時、屋上に自由に入れる高校なんて少数派なんだよ。遅くまで校舎に残っていても追い出されないし、OB・OGは気軽に訪ねてくるし、アルバイトも黙認されている。今日の『卒業クーデター』だって、普通の学校では許されるはずがないことなんだ。それが許されているのは、生徒の『自治』が教員たちに信頼されているから。……風紀委員はその『自治』の担い手なんだよ」

通り過ぎていった卒業生の集団が横で立ち止まり、皆で肩を寄せあって写真を撮っている。僕は正門から市立坂を振り返る。その先にある校舎。「丘の上の校舎」と言うと一見優雅だが、実際には古くてボロく、埃と錆とガムテープでまだらになった校舎。箱庭というのはなんとなく分かった。多くの生徒は三年間しか通わず、卒業したら無関係になってしまう、期限付きの居場所。だが、だからといってくだらないはずがない。人生のうちの三年間というのは、大人から見てもけっこう大きいのではないか。

風紀委員。箱庭の守り人。そういえば大天使ミカエルもまた「楽園の守護者」だった。

「……分かりました。やりますよ。風紀委員」

僕はコインを握りしめた。

「やれやれだよ。これでようやく僕も『卒業』できる。『市立四年制』とはよく言ったもんだよね」伊神さんは首を回した。「まあ、君の手に余るような難しい事件があったら、いつでも呼んでくれてかまわない。というか、今ちょっと手伝ってほしいことがあるんだよね」

「はい？」

「大学の方でね。ちょっと面倒な事件があった。学外の助手が一人欲しい。高校生だと警戒されないからなおのこと都合がいい」伊神さんはさっさと背中を向け、駅方面を向いた。「行くよ」

「えっ」

「事件の概要は移動中に教える」

「そんな」

抵抗する間もなく手を取られる。引っぱられながら持っている荷物を確認し、携帯と財布はあるし、バッグの中の証拠品は後日返却で問題ない、などと考え始めている時点で、すでに抵抗を諦めているとも言えた。

後ろを振り返る。遠ざかっていく。呆れ顔のミノと、手を振る柳瀬さんと、丘の上の校舎が。

未来——12年後（5）

十二年前の卒業式。「解決」のあの日の記憶を辿ってみても、僕はまだ分からなかった。「兼坂さん」事件をモデルにこの小説を書いた「著者」の存在。画面の中のミノも腕組みをしたまま口を尖らせているから、まったく見当がついていないのだろう。僕たちは沈黙し画面隅の時計表示はゆっくりめのペースで進み、室内の僕を映した窓ガラスだけが風でせわしなく鳴っている。

この著者は、明らかにあの事件の真相を知っている。唯一、名前のある教員が「カルザーク先生」。そしてガミクゥはわざわざ「試験」をしている、と発言している。この台詞は明らかになくてもいいもので、つまり意図的に書かれたものだ。これが偶然だろうか？

——葉山。お前あの事件の真相、誰かに話したか？

「まさか」

——だよな。俺も話してない。部長もそうだろ？

話すはずがない。八並さんたちにとって不利益しかない内容なのだ。あの真相は僕たち三人と、伊神さんと、あとはせいぜい八並さん、西浦さんしか知らないだろう。結局あの後、八並さんは西浦さんに留年のことを話し、僕と同学年で一年間過ごして卒業したのだが、それでも八並さんがあの事件のことを誰かに喋るとは思えない。もちろん十二年も経てば他の誰かがどこかで漏らしている可能性もあるが、この著者は「学生時代」にこれを書いたと言っている。どう考えても、「学生時代」の時点で、「兼坂さん」事件の真相を知っている人間は六人しかいないはずなのである。つまり。

――まさか八並先輩が「著者」？　ないよな。

「ないよね」

即答する。自分の留年を隠そうとして伊神さんに頼み、起こした事件。八並さんとしては「皆に迷惑をかけた」という認識だっただろうし、なにより僕たちのキャラクターについて、部外者の八並さんがこんなに無遠慮に書くとは思えない。

――となると、たとえば翠ちゃんか？　独力で真相に辿り着いて、それを書いた。作中にも登場してないし、そういうことをしそうでもあるけど。

「んー……やんないと思うし……そもそも小説家デビューなんてしてたら、僕やミノは知ってると思う」デビューを隠しそうな性格ではない。「それに、そもそも真相を知らない人間が、自分個人の推測で書けるかな？　実在の人物と事件をモデルにして、推測で結論を書いてしまう」

——確かに、そんな勝手な子じゃないか。

だが画面のむこうのミノは、何かに気付いたようだった。

——あれ？　お前もしかして、著者が誰だか見当がついてる？

「いや、うん。それは」頭の中で論理を振り返る。「わりと、最初の時点から」

——言えよ。

「ごめん。……でも、どうしてあの人が『著者』になれたのか……つまり、モデルとなった『兼坂さん』事件の真相に辿り着けたのか、分からないんだ」

——とりあえず、誰だ？　著者。

「秋野麻衣」

ミノはそれを聞いて、一瞬動きを止めた。それから口を開け、またそのまま止まった。反論しようとしているのか、頷こうとしているのか、どちらをしようか迷っているのか。

風が窓を揺らす。通信が乱れたらしく、画面の中のミノが一瞬、コマ落としのようにカクカクと動いた。

——麻衣ちゃん、か。いや、言われてみれば本とか好きだったし、ありそうだけど……なんで？

「登場人物の描かれ方。……ミノ、自分のまわりの人を小説に登場させてミステリを書くとしたら、『犯人』は誰にする？」

ミノは斜め上に視線をやり、頷いた。

——なるほど。確かに、他の人に犯人役はやらせづらいな。失礼だし。

そうなのである。もし自分以外の誰かを犯人役にしたら、もしその人が読んだ場合、気分を害するかもしれない。どうせ読まないからいいや、で書いた場合、それは「陰口」というものになる。

つまり、「自分の周りの人をモデル」にミステリを書く場合、犯人役は必然的に自分か、架空の人間ということになるのだ。この場合、「犯人」は架空のティナだった。だが彼女の場合はむしろ正義ゆえの行動で、ヒーローめいたところもあるから、自分をそのように描くことに抵抗があったのは分かる。

そして、この小説の「犯人」は他にもいる。むしろ、こちらの方が真犯人だと言ってもいい。狡猾のディセトゥと、弱々しいメイ・アルキーノ。

「犯人役にされる方が、書かれた人はまだ気分を害さないかもしれない。ミステリの場合、どちらかというと犯人より、犯人に殺された被害者の方がひどい奴が多かったりするでしょ？犯人が重大な犯罪を犯す以上、犯人以外に、それ相応の悪人がいないと成立しないことが多いんだ」

——ああ。確かに最初に殺される奴とか、明らかに嫌な奴だったり、何か裏がありそうだったりするよな。

「そう。ミステリを書くには犯人以外に最低一人、悪人か、悪意はなくても過ちを犯してしまう人間が必要になることが多い。この小説で悪人なのはディセトゥだけ。過ちを犯しているのはメイだけ。だから、必然的に著者は秋野ということになる」

――確かに、メイの書かれ方はそうだな。麻衣ちゃん以外があれを書いたら悪口っぽくなる。未だに「麻衣ちゃん」と呼ぶのだな、と思う。高校からずっとのつきあいだから、どうも時間が止まっているようなところがある。高校時代の話を昨日のことのようにするし、顔なんかもあの頃から全然変わっていない気がする。第三者が見れば、相応に老けて見えるのだろうか。

――するとティナは「もう一人の自分」？　いや、なんか社交的だし、どっちかというと「理想の自分」ってとこか。

「だろうね。『まえがき』での照れ方を見るに、そうなんだと思う」さて、ここからが本題である。僕は机の上で手を組み、画面に正対する。「だけど、秋野がどうして『兼坂さん』事件の真相を知っていたんだと思う？」

ミノは半眼になる。

――そりゃ、推理して……は、ないか。ただの推測で、実際の事件と周りの人間をここまで書くってのは、ないもんな。

「そうなんだ。つまり……」

すると、画面の中でマウスを動かしながら喋っていたミノが、ん、と動いた。僕ではなく画面の右上方を見ている。テレビ電話以外のウインドウを表示しているのだろう。

「どしたの」

――いや、今ちょっと、気になったから検索してたんだけど。……ふうん。

ミノは画面の右上方に顔を近付けた。

——フランス語で「十七」が「ディセット」らしいぞ。

「えっ」

自分の間違いをすぐに自覚した。英語は得意な方なのですぐに英語の「decending（降下する）」か何かだと思ってしまっていたが、考えてみれば、音楽用語のネーミングが飛び交う作品でそこだけ英語なのはおかしい。

ディセット。ディセトゥ十七。狡猾の十七。いや、そうではなく。

「……一七、か。一七（にのまえなな）」

だとすると、やはり悪役、というか「あまり良くない役」はすべて自分、ということにしていたらしい。中学の頃から使っていたペンネームだというから、あるいは「昔の自分」だという意味だろうか。「一（にのまえ）」という姓はたしか、実際には存在しない「幽霊名字」だったはずだが。

……となると。

ガラスが風で揺れる。似たような風が、あの事件の時に吹いていた気がする。あれは確か、伊神さんが偽の解決を話した日だ。

……偽の解決。

不意に、頭の奥の方で何かがつながった気がした。何がどうつながったのか。見えるように、頭の前の方までたぐり寄せる感覚で集中する。偽の解決。幽霊名字。

「……ミノ。『一（にのまえ）』は幽霊名字だった」

——おう。

「……『兼坂（んねさか）』もそうだ。つまり同じネタだ」

——だな。

そうだ。そして当時のことを思い出す。「兼坂さん」の噂は伊神さんから聞いたし、草加先生からも聞いた。だがその二人からしか聞いていない。ミノがあれこれ書き込んで情報を募集しても、知っている、という人は一人も現れなかった。そんなことがあるだろうか？　学校内のネタに飢えている新聞部や、そのての話が大好きな超研にすら、知っている人は一人もいなかったという。そう教えてくれた。秋野が。

「……そうか」キーボードに視線を落として確認する。当時の記憶。やりとり。「考えてみれば、おかしい。たとえ当時の現役世代が知らなかったとしても、上の世代には伝わっているはずの『兼坂さん』の噂を、超研が全く知らなかったのは」

画面を見ると、ミノは口許に手をやって沈黙している。

——確かに。

「超研はあの年の秋に、機関誌の『エリア51』で『市立（いちりつ）七不思議』の特集をしている。でもあの特集、最近の話だった『〈天使〉の貼り紙』が入ってたり、よそにある怪談のヴァリエーションである『カシマレイコ』『口裂け女』『花子さん』が入ってたり、寄せ集めて無理矢理七つにした感じがすごいあったよね」

——ああ。あの号、まだ家のどっかにあるぞ。引っ越す時に捨てた記憶ないし。

「そんなに寄せ集めたなら、どうしてその時『兼坂さん』は出てこなかったんだ？　僕たちはあの年、これでもかっていうほど『七不思議』に関わってきた。それなのに、三月のあの時になって急に、それまで誰も、一言も触れてすらいなかった『兼坂さん』の話が出てきたのはどうしてだろう？　つまり……」

そう。秋野の小説の中でも、主人公のティナがはっきり言っている。

——「『悪霊ヴィーカ』なんて、いなかったんだよ」

「……『兼坂さん』なんて、本当は存在しなかったんだ。秋野が、あの事件のために考えた創作だ」

推理を何に喩えるかといえば、月並みだがやはりジグソーパズルだ。そして今、確かに、隅の方のピースがごっそり一度にはまった感覚があった。

たとえば、なぜ伊神さんは僕たちに指示し、草加先生のところに「兼坂さん」の話を聞きにいかせたのか。考えてみれば、伊神さんの部屋であのまま伊神さん自身が話せばよかった。そうせず、わざわざ草加先生の協力を得てまで先生に喋らせたのは、「教師から聞く」という状況が欲しかったからだろう。卒業生である教師の口から語られれば、「兼坂さん」の噂の実在自体は誰も疑わない。

「そう考えると、全部つながってくるよ。まず山岳部の事件だけど、八並さんのところに聞き込みにいくよう僕たちを誘導したのはたしか、秋野だった」

——だったっけ？

「うん」

——私、山岳部の人たちに訊く係、やります。西浦さんの方は柳瀬先輩に。

「CAI室の件はそもそも秋野が『見た』と言ってきた。それに書道室の件。……ミノがいろんなところで情報を募集してくれたよね」

——あのアカウント、まだ生きてるぞ。

「でも返信があったのは、匿名の拡散系SNSだった。しかもそのやりとりのために、わざわざ新しいアカウントまで作っていた。……おかしくない？」

——素性を知られたくなかったんだろ。

「でも勅使河原さんは、書道室の件について『書道部の後輩に訊いてみた』って言ってた。つまり勅使河原さん自身は、自分が『閉まらずの書道室』に遭遇したことを隠す気はなかったんだ。じゃあ、どうして一番使われてるメッセンジャーアプリでなく、いかにも使いそうな写真系SNSでもなく、新しくアカウント作ってまであそこで返信してきたんだ？」

この疑問は口にするまでもない。ミノもすぐに答えた。

――成りすまし、か。

「たぶん、そうだ」だとすれば、解答は一つしかない。「つまり、書道室と『兼坂さん』について情報提供を求めたミノに対して返信してきた、あの……『麒麟』だっけ？　あのアカウントも、勅使河原さんではなく秋野だったんだ。勅使河原さんはただ指示を受けて、訪ねてきた僕たちに対し、指示された通りの話をした」

記憶が次々に蘇ってくる。十二年を経て「もう覚えていない」と思い込んでいた細かなことを、実は全く忘れていなかったのだと気付く。一度こうして話し始め、何かがつながる感触があると、それが刺激になって別の事実を思い出すのだ。話しながら、他にも思い出したことがあると気付く。さすがにここまでの細部となると記憶に自信がなかったが。

「ミノってさ。最初、『兼坂（んねさか）さん』を間違えて呼んでなかった？」

――ん？　ああ、間違えてた気がする。最初は「兼坂（かねさか）さん」だと思ってた。

そう。夜、伊神さんからその話を聞き、帰宅中にそれをSNSのメッセージでミノと秋野に送った。だが翌日の教室で、ミノは間違えて「兼坂（かねさか）さん」と呼んでいた。

これは当然というか、僕のミスだった。SNSのメッセージにはルビがつけられないからだ。僕は字で「兼坂さん」と書いただけだから、ミノが「兼坂（んねさか）さん」と正しく知っているはずがない。

したがって、そのミノとやりとりをしただけの勅使河原さんも当然、「兼坂（かねさか）さん」と間違って呼ばなければおかしかった。「兼坂（んねさか）さん」はいくら検索しても出てこないのだから、ウェブ上の他の場所から知る可能性もない。

「なのに最初に話を聞きにいった時から、勅使河原さんは『兼坂さん』って正しく呼んでたよな？」

画面の中のミノが腕を組む。

——そこまで覚えてはねえけど、でも、訂正とかした記憶がねえってことは、そうだったんだろうな。……なるほど、おかしい。

となれば、勅使河原さんはあらかじめ誰かから「兼坂さん」の話を聞いていた、ということになる。僕たちがそれについて話を聞きにくることも知っていたのだろう。要するに、あの人も翠ちゃんや草加先生同様、ただのチェックポイントというか、謎解きイベントにいう「スタッフ」の立ち位置だったことになる。だとすれば。

……勅使河原さんが体験した「密室」など、最初から存在しなかったのではないか。

よく考えたら、仮に当時の僕の推理通りだったとして、「犯人」の八並さんは書道室を出る際、わざわざ密室など作るだろうか。仮に誰かに入られたとしても、黙っていれば自分が犯人だということまではばれないのではないか。

「山岳部の件についてもそうだ。よくよく考えてみれば、部室から煙が出ているのを八並さんが見つけたとして、窓から入ろうなんて考えるかな？　普通はドアが開かなかったら諦めるか、どうしよう、って思って誰かに電話してみるものじゃないかな。西浦さんだって近くにいて、もうすぐ来るはずだったんだから。なのに八並さんは誰にも連絡せず、いきなり『火を消さなきゃ』って窓から侵入したことになってる」

——確かにな。普通に一一九番するかもしれんし。

それに、考えてみれば、当時の僕の推理も伊神さんの推理もおかしかった。「痕跡が残るから窓からは出入り不可能」「本当は痕跡を残さず出入り可能」——僕たちはそう推理を戦わせたが、そもそもこの犯人が、窓枠に出入りの痕跡が残ることを気にしただろうか？　そんなものを調べる人間は普通まずいないし、痕跡が残ったところで犯人にどんな不利益があるというのだろう。痕跡が残る、残らない、を問題にしている僕たちの方がおかしかったのだ。

これはどういうことなのだろう、と思う。十二年が経った今、当時、見えていなかったことが次々と、当然のように見えてくる。十二年間この事件のことを考え続けていたというなら分かるが、解決したものと思ってずっと触れずにいたのに、だ。大人になって賢くなったからなのだろうか。だが、社会常識とか処世術ならまだしも、事件に対する洞察力が、あの時の自分と今の自分で違うようには思えない。

だとすれば、これは単に「しばらく置いておいたから」なのかもしれなかった。「時間が解決してくれる」という言い回しがあるが、あるいは人間の脳にはそもそもそういう機能が備わっているのかもしれない。

「つまり。……推測だけど。事件時、部室のドアにはもともと鍵なんてかかっていなかったんじゃないのか？　たしか土田さんだって『鍵はあけておいていい』って言ってた。それを八並さんが『かけて出た』と証言しただけだったんじゃ」

そうであるならば、八並さんが窓から侵入した、という無理な仮定をしなくても済む。

「だとすれば、真相はこうなんじゃないかな。事件時、八並さんは鍵をかけずに出てきた。そこに西浦さんが帰ってきて、サプライズをやろうとして小火を出した。次に戻ってきた八並さんは、普通にドアから入ってそれを発見し、痕跡を消した」

画面の中のミノが、口をへの字にして頷いた。僕は続ける。

「たぶんその後、気付いたんだ。ドアが開いていると、犯人が自分たちしかいないことがばれてしまう。……だから八並さんは内側から普通に鍵をかけると、窓から出ようとして落ちた」

窓から侵入した人間などいなかったのだ。窓から出ていった人間がいただけで。こう考えれば、八並さんの行動に無理がなくなる。壁などに跡がないのも当然だった。窓から出た途端に落ちたのだから。

——だとすると。

ミノが言った。

——「密室」なんて、始めからなかったのか。書道室も、山岳部の部室も。

「たぶんね」

答えながら、さあっ、と波が引くように、僕の中から何かが抜けていく感覚を覚えていた。もともと存在しなかったのだ。密室も。「兼坂さん」も。僕たちは存在しない噂を追い、存在しない密室にとりくんでいた。

ミノは腕を組み、遠くを見る目で空中をぼんやり眺めている。

——だとすると、俺ら全員、麻衣ちゃんの掌の上で踊らされてた、ってことか。

「最初は伊神さんが『黒幕』だったんだと思う。秋野と八並さんが親しいとは思えないしね。でも途中から、『スタッフ』として招集されていただけのはずの秋野が、『黒幕』の立場を乗っ取って自ら絵を描いた」

納得しかけたミノは、腕を組んだまま首を前、後ろ、と倒す。おそらく、「伊神さんを含めすべての関係者を操っていた黒幕」というイメージと、自分の中の秋野のイメージが一致しないのだろう。正直なところ僕もそうだ。

——麻衣ちゃん、そういうことするキャラか？　みんなを操ってやろう、なんて。

確かに、彼女は大人しい人に見えるし、僕もそう思っていた。だが。

「……大人しい人にだって、野心はあるよ」

自分にはこういう人に見えた、という印象だけで、その人の内面を決めつけることはできない。

ミノは「野心か」と呟いて頭を掻く。

——まあ、確かに麻衣ちゃんには、やる理由もあるか。

今度は僕が困惑する番だった。「……理由？　『できそうだからやった』んじゃなくて？」

——そう。いや、分かるだろ？　俺らはともかくさ。部長や麻衣ちゃんなんかは、事件でもない限りそんなに絡む機会がなかったわけで。

ミノはこちらを見た。

――お前がちょくちょく、やってくれてたやつだよ。

画面越しだが、目が合った、という感覚があった。ミノが言わんとしてることを一瞬遅れて理解する。秋野は「兼坂（かねさか）さん」事件のシナリオを作った。それは単に「やってみたかった」というだけでなく。

「……まさか、卒業前に接点を作ってくれた、っていう」

――お前のため、だけじゃねえだろうけどな。

ミノは苦笑いする。どうも、僕より事情を理解していそうな顔である。それが結論だ、といった調子で言う。

――なんだかんだであの子も只者じゃなかったんじゃねえか。

「……そういうことになるね」

正直なところ、彼女は伊神さんたちとは違う「普通の人」だと思っていた部分があった。だが蓋を開けてみると、ひょっとすると彼女が一番化け物だったのかもしれない。人の内面は分からない。

ミノの表情に再び苦笑いが浮かぶ。

――だったら、遠慮せず言ってりゃよかったのに。

「何を？」

――ああ。結局、聞いてないか？

「いや、何を」

――それに今、麻衣ちゃんの書いた小説を読んで確信した。お前も、読んでるうちになんとなく分かったんじゃないか？

「いや、だから……」

ミノは腕組みを解き、どか、と机に頬杖をついて言った。

――麻衣ちゃん、お前が好きだったんだよ。

あまりにあっさり言われたので、訊き返しそうになった。だがミノは平然としている。昔のことだから、なのか。それとも。

――俺は当時、告白して予想通りふられたわけだが。

「えっ？　してたの？　いつ？」

――あの事件の捜査中にだよ。そんな雰囲気じゃなかったけど、もういいや今だ、って感じで、勢いで。

ミノは頬杖をついたまま、どこか得意そうですらあった。

――その時にあの子が言うには、「好きな人がいるから」ってことだった。まあ、俺のことは好みのタイプじゃないんだろうな、ってのは自覚あったけどな。……俺は未練がましく「誰？」って聞いたら、麻衣ちゃんは「名前は言えない」って答えた。……だとすりゃ、答えは分かりそうなもんだろ？

確かに、そうである。ミノが知らない人なら名前を言ってもいいし、「あなたの知らない人だから」と言って答えなくてもいい。そうしなかったのは、ミノが知っている相手で、なおかつミノには言いたくない相手、である。

――ま、お前は部長ひと筋だったから、見込みがないって分かってた、ていうのもあったんだろうけどな。ただ、あの子は「住む世界が違う」って言ってたよ。自分は普通の人間だから、って。

僕も高校生当時、「柳瀬さんは住む世界が違うから」と思っていた。自分は彼女と違う普通の人間だからつりあわないのではないか、と。そのせいでずっと勇気が出なかった。

だから、秋野が僕のことをそう思っていたのは意外だった。地上から空を見上げているつもりでいたら、実は自分も飛行機の翼に立っていた、ということらしい。だが確かに、彼女の書いた小説の「ユーリ」を見ても、当時の彼女にはそう見えていたらしい、ということは分かった。

実際はそんなものではなかったのだ。いや、そもそも「普通の人間」なんて、この世には一人もいない。自分では自覚していないような意外な面を他人は見ていて、あの人はすごい、世界が違う、などと勝手に考えていたりする。世界が違うのだから、根本的に、何をどう頑張っても越えられない一線があるのだ、と。

いざ同じ世界に飛び込んでみたら、そうでもないことがすぐ分かるのに。

――あーあ。俺は損な役回りだなあ。当て馬。ピエロ。やられ役。ひでえなあ。

のけぞってそう言うので一瞬ぎくりとしたが、すぐに本気でないと分かった。そもそも今の状況を見れば。

「よく言うよ。仲間うちで一番幸せな奴が」

ミノは結局、今の奥さんと熱愛の末に結婚し、現在でも新婚時のままラブラブである。すっかりのろけ話が多くなり、僕に限らず、会う友人みんなそれを聞かされて「また始まったよ」と苦笑するのが半ばお約束になっている。

——まあな！　あのさ聞いてくれ。うちのかみさん、めっちゃ可愛いんだけど。先週な……。

微笑ましくて笑えるが結局はのろけ話、というミノと奥さんのエピソードを聞きつつ、僕は高校時代を思い出していた。事件解決の日。卒業式。そして、その後のある日のことだ。

——「麻衣ちゃん、お前が好きだったんだよ」。

それを聞いて、やっと分かったことがある。十二年間、ずっと謎のままだったことはもう一つ、あったのだ。あの日の秋野の態度。その意味。

ミノののろけ話がわりときっちりオチをつけて終わり、画面には鼻をこするにやけ面の友人が大映しになる。何かコメントしようと思ったところで玄関の方からガタガタと聞こえた。いつもの音なのでうちの人だと分かる。まるで飼い犬のようではあるが、分かるものは分かるのである。

「ごめん。うちの人帰ってきた」

——おう。あ、ならこのまま一緒に飲まねえ？　久しぶりに話したいし。

「いや、疲れてると思うからどうかな……最近えらい忙しいから、寝たいと思う」

——まあ、そうか。じゃ、よろしく言っといて。


「おう」

——いやあ、しかしあの秋野麻衣が小説家か。明日、本買いにいこう。


「僕もそうする」

——しかし、「一七」も大概だけど、なんか今のペンネームも変な名前じゃなかったか？　何だったたっけ？　最初ちらっと見た気がするけど。


「何だったっけ。ええと……あ、でもこれ、この後にあとがきがあるみたいだから、その最後とかに書いてあると思う」

——あ、あとがきとかあったのか。


「ああ、ペンネームってこれか……。その辺もふまえて今度、本人に訊いてみようか。久しぶりに全員まとまって会うとか」玄関の方からただいま、と声がする。振り返っておかえり、と応える。

——いいな。じゃ、また。


別れを言いつつ、変な間が残らないうちにビデオ通話を切り、パソコンを閉じて立ち上がる。

頭の片隅でぼんやり考えた。

小説の中のティナがそれを求めていたように。あの日、僕が違った行動をしていたら、違った未来もあったのだろうか。この世界とは別の結果になっている、もう一つの未来も。

あとがき

　というわけで、ここまでお読みいただきましてまことにありがとうございました。著者です。あとがきです。

　すでに明記されております通り、今回のお話は著者が学生時代、実際にやっていたことです。自分のまわりの人たちを登場人物にしてミステリを書く（ミステリだから当然人も死ぬ）ということを、本当にやっていたのです。こんな失礼なことをよくやっていたものだと、当時よりは社会常識を身につけたはずの今では思います。探偵役やワトソンならともかく、犯人にされた人の気分はいかばかりだったでしょうか。もっともデビュー以来、「私を出してくれ」「私のこの体験、ネタに使っていいよ」と言ってくる人は常におり[14]、だとすると実際には、犯人役は意外と嫌がられないのかもしれません。むしろ問題なのは「あまり出番がなかった人」「キャラ性が出ていなかった人」かもしれません。「この人は自分に対しては興味がないのだな」という話になってしまうわけなので。

あとがきから読む、という方にとりましてはちんぷんかんぷんかもしれないのでこのへんにしますが、「ちんぷんかんぷん」というのはリズミカルに韻を踏んでいていい言葉だと思います。「うんぬんかんぬん」「喧々囂々(けんけんごうごう)」「単三電池」なども同じ理由で好きです。しかし「ちんぷんかんぷん」って一体何なんでしょう。「『ひょんなこと』の『ひょん』」に匹敵する正体不明ぶり(15)です。勝手な推測ですが人は同じ音が続くと言葉が加速してしまい、たとえばコンビニの店員さんが「こちらおあたたたためになりますか」と客の秘孔を突く感じになるように(16)、つい文字数が増えていってしまうのではないかと思うのです。だとすれば「ちんぷんかんぷん」も最初はただのちんぷんまたはかんぷん、あるいはちんかんおよびぷんかんのどれかだったのではないでしょうか。それが何度も言われているうちに加速してしまい、ドップラー効果とか赤方偏移とかいう高速で移動するものに起こりがちなよく分からない効果によってなんやかんやあって次第に文字数が増えていき、ちんぷんかんだのちんかんぷんだのになり、ちんちんぷんぷんやぷんぷんかんかんを経て最終的にちんぷんかんぷんで落ち着いたのではないかと妄想しています。いや、生物は絶えず進化を続けているものですから、もしかしたら現在のち

(14) こうした人は「ミステリなので殺されるかもしれない」と言っても「それでもいい」と認めるが、「架空の人物と恋愛をするかもしれない」と言うと「それはやめて」と言う。覚悟が足りないと思う。

(15) 「ひょん」は「弓矢が突然飛んでくる音」からきたのだという説もあるが、それはそれでシチュエーションが謎である。

(16) ご存じでない方は「おあたたたた」「おあたぁ」「ほわっちゃ」等で検索してください。

んぷんかんぷんもまだ進化の途上であり、百年後、二百年後にはちんぷんかんぷんこんぷんつぉんぷんになり、千億年後にはちんぷんかんぷんこんぷんつぉんぷんりょんぷんのんぷんぐぁ♨(^o^)&%=ぷん(現代の文字では表記不能)ぷんぷんぷんくらいになっている可能性すら存在します。もっともおよそ二十億年後には太陽の膨張により海水がなくなり、七十五億年後には赤色巨星になった太陽が地球を飲み込んでいるはずなので、ぷんぷんどころではなくなっているはずなのですが。ちなみに千億年後くらいには地球のある銀河と隣のアンドロメダ銀河が融合し、一兆年後には星が銀河が輝きを失い始め、二兆年後には宇宙の膨張速度が速くなって赤方偏移により光が届かなくなるので宇宙は真っ暗になります。また赤方偏移ですか。他のはないのでしょうか。その後、宇宙が重力に従って収縮し最後に潰れるのか、このまま膨張を続けて極薄の、隣の星まで無限大の距離がある空間になって存在し続けるのかは不明ですが、ともかく先のことを考えるならぷんぷんより宇宙の心配をする方が合理的です。

話がぷんぷんゆんかんぷんな方向にそれたので元に戻しますが、本作は著者が学生時代に書いた原稿です。ご存じの通り私は「おっさんの方」と「美少女の方」の二人がおりまして、実際に原稿を書いているのは美少女の方で、イベントや著者近影で出たり、Twitterで書かなければいいのに余計なことを書いて炎上したり、印税や原稿料を版元さんから受け取り、適当に天引きして美少女の方に渡しているのはおっさんの方、という設定でやっております。この設定にもだいぶ慣れてまいりましたが、おっさんの方に「美少女」などと書かれるので大変困っています。まあ設定上なかなか歳はとらないのでいつまで経っても「少女」というのは別におかしくないのですが、美はいらないです。ただでさえ人見知りなのに美とかつけるからますます出ていきにくくなるんです。どうせ文字情報なんですから美の何割かをこっそり虀あたりにすり替え、読者の皆様があれ何かおかしいぞと気付く前にすっかり全部虀少女にしてしまうというのはどうでしょうか。それが駄目ならもうストレートに美を減らしていって最終的に少女に落ち着くよう調整していただきたいのですが、これはこれで「問題」があります。十行前の文章から美を外して「少女」で読んでみてください。途端に犯罪臭が出ますよね。これは奇妙なことです。やっていることは同じで、少女の年齢も同じなのに、ただの「少女」だと犯罪臭が出て「美少女」だとそれが消えるのです。それはつまり「美少女」という単語自体がすでにどっぷり消費対象として認識されつくしているからこそで、まあそのあたりの現代日本社会における「美少女」の消費のされかたについては社会学、ジェンダー・フェミニズムの視点から詳しい本がいくらでも出ておりますのでこんな素人よりそちらをご参照ください。乗っておいて何だ、というご意見につきましては申し訳ありませんと素直に頭を下げます。

もちろん美や少女やちんぷんそんぷんのんかんぷんより大事なことがございまして、本書の制作にあたりましてはたくさんの方にお世話になっております。東京創元社の担当K原様、今回もややこしい原稿でお世話になりました。装画のけーしん先生、校正担当者様、ブックデザインの西村弘美様、今回もありがとうございました。けーしん先生は画集 http://pie.co.jp/book/i/5101/ や他作家の装画だけでなく学習参考書、映画のキャラデザイン等各所で活躍されておりまして、目にするたびに「この人は儂のシリーズの装画をされている方でのう。ほっほっほ」と勝手に悦に入っております。また印刷・製本業者様、今回もお世話になります。最近は本当に乱丁・落丁・文字かすれ・汚れ等、見なくなりました。ありがとうございます。そして東京創元社営業部の皆様、取次及び運送会社の皆様、さらには全国書店の皆様、いつもお世話になっております。今回もよろしくお願いいたします。「なぜか書店員が訊かれる」という話がありますのでここでお断りしておきますが、別に今回でシリーズ完結というわけではないです。

そして読者の皆様。繰り返しになりますが、お読みいただきましてまことにありがとうございました。著者、まだまだこれからだと思っております。自分の持ち味なるものは（あるなら）忘れないように、なおかつどんどん新しいことをやっていきたいと思います。今後とも、よろしくお願いいたします。

似鳥　鶏

Twitter：https://twitter.com/nitadorikei

Blog「無窓鶏舎」：http://nitadorikei.blog90.fc2.com/

塾でバイトをしていたという親戚のお兄さんが言っていたのだが、生徒から「これ勉強して何の役に立つの?」と一番よく訊かれる教科が数学なのだという。なるほど気持ちは分からなくもない。目の前の問題文を読んでいても思う。f(X)、lim、Σ、i、cos θ。この抽象ぶり、この異次元言語ぶりはただごとではなく、これと自分の生活を結びつける回路が作れないのもまあ無理はない。実際には数学はあらゆる自然科学を理解するための共通言語であり、宇宙の法則を唯一記述できる魔法の呪文であり、現代科学の発展は数学なくしてありえないためただ生活しているだけでその恩恵をどっぷり浴びているのだし、そもそも「人はパンのみにて生くるにあらず」であり「役に立つこと」しかしないのでは死んでいるのと変わらないのだが、そんなことを言っても実感はできないだろう。そういえば以前、翠ちゃんも愚痴混じりに「なんで数学というものをやらないといけないんでしょうか」と言っていた。ここで言っているのは「受験勉強」のことなので、「将来の選択肢を広げるため」だと答えたが、別にそんな正論は求

円周率を π とする．正の整数 n に対し

$$a_n = \int_0^{2-\sqrt{3}} \frac{1 - x^{4n}}{1 + x^2}\,dx$$

$$b_n = \int_0^{2-\sqrt{3}} \frac{1 + x^{4n+2}}{1 + x^2}\,dx$$

とおく．

(1)　$\lim_{n\to\infty} a_n = \lim_{n\to\infty} b_n = \frac{\pi}{12}$ を証明せよ．

(2)　$3.141 < \pi < 3.142$ を証明せよ．ただし

$$1.7320508 < \sqrt{3} < 1.7320509$$

である．

めていなかっただろうな、と今なら分かる。そして集中力がなくなっている。問6が難しすぎて解き方が全く分からない。

数学の杉本（すぎもと）教諭は生徒を試すためというより半ば以上は自分の趣味で、定期考査の問題に時折「生徒が解けることを想定していない難問」を混ぜ込むという噂は本当だったのだ。伊神さんなら嬉々として解くのだろうなと思うが、あの人はもういない。ブレザーの胸ポケットに視線を落とす。ミカエルの銀貨を受け取った以上、まず自分の力でとりくむという思考回路を定着

させなければならない。だが頭の方はすでに降参した様子で〈歓喜の歌〉など歌っている。歓喜よ美しき霊感よ。そして別のことを考え始めている。卒業式のあの日、僕は結局、言えなかった。

いや、あれは半分以上伊神さんのせいだったと思うのである。銀貨を受け取った後、伊神さんは僕を引っぱって大学まで連れていき、学部の誰それの弟だと偽った上で大学内で起こったある事件についての聞き込みを手伝わせた。報酬に夕飯（学食）はおごってもらったが、地元に帰る頃には当然、柳瀬さんは帰宅していた時間だった。本当はあの日、自分の気持ちを伝えるつもりだったのだ。それなのに縁もゆかりもない大学内の事件の捜査に引っぱられたせいで。いや、よりにもよってあの日に、「兼坂さん」事件が解決してしまったせいだ。そもそも、そのきっかけが卒業式だったせいかもしれない。僕は式の後、三年四組の教室に行って柳瀬さんを連れ出すつもりでいたのに。

だがそれが、勇気を出せなかった言い訳に過ぎないことも自分で分かっていた。携帯で伝えるのはどうも納得がいかなかったから会って直接、とこだわっていたのだが、本当に覚悟があるなら、夜でもなんでも呼び出して会えばよかったのだ。伊神さんに手伝わされても途中で抜ければよかったし、そもそも解決より先にそちらに挑んでいればよかったし、卒業式前でもいくらでも時間があった。それなのに、僕は何もしなかった。結局、勇気が出なかったのだ。

柳瀬さんは卒業してしまった。卒業式の日が最後のチャンスだったのに。

チャイムが鳴り、数学Ⅱの試験が終了する。なすすべもなく答案用紙を前の席に回しつつ、同時にやってきた二つの脱力感に抗えず、椅子に浅くかけて肩を落とす。結局これで、柳瀬さんとは何もないまま、徐々に疎遠になっていくのだろうか。でもむこうからも特に来てくれるわけではなかったし、告白していても結果は同じだったかもしれないな、と思う。僕の心の狡猾な部分が、それが最も手っとり早い慰めだということを知っていてそう囁く(ささや)のだ。周囲ではさっそく「問6何だよ」と盛り上がっている。ともかくも、学年末考査は全教科終わった。今のところ周囲で不審な話も聞かないし、風紀委員の仕事もない。つまりはさしあたってすぐにすべきことはなくなったわけで、今日はとりあえずさっさと帰り、明日からはのんびり美術室で猪の絵を仕上げよう、と思った。

だがバッグの中で携帯が震える音がした。

14:00　本館中央階段　屋上前に来てください
（12:42　秋野麻衣）

教室の斜め前方、秋野の席の方を見る。彼女もこちらを振り返っていて、目が合った。なんとなくその瞬間だけ、教室の喧噪が遠ざかり、時間がゆっくりになったように感じた。彼女の表情がくっきり見えた気がした。

だが現実には時間はそのまま進んでおり、秋野はすぐに前を向いた。はっきり見たはずの彼女の表情も、すでに思い出せなくなっていた。

午後二時。教室は静かだった。僕の他には誰もいない。学年末考査が終わった直後なのだ。帰って休むにしろ、遊びにいくにしろ、解放感でいっぱいの時で、教室に残っている人なんて一人もいない。動いているのは日差しを反射させる空中の埃と、時折ぶるん、と揺れる時計の長針と、ぼんやり携帯を眺めながら時間が来るのを待っていた僕だけだ。部屋は暖かい。なんとなく、このままぼけっとしていてすっぽかしたいような気分も存在することに気付く。どうも卒業式の日からずっと、僕の中で甘えが優勢になっている気がする。用件も分かっていないのに何を、と自分を叱咤し、居心地のいい自分の椅子から立ち上がる。

廊下には誰もおらず、明かりも消えていて、ただ静かだった。中央階段を上る僕の足音だけが、たん、と響いたり、きゅっ、と鳴ったり、なぜか一歩一歩微妙に違って響く。階段を上るとさらに静かになった。静まりかえっている、というレベルを超えて「死んでいる」かのように感じる。どうしてここまで、と思って立ち止まり、誰もいない廊下の先を見渡して気付く。三年生が、もういないからだ。

日差しでかすかに金色がかった空気の中、ゆっくり階段を上ると、踊り場に秋野が立っていた。僕が現れる前からこちらを見ていたようだ。

「葉山くん」

「お待たせ。……ええと、テストお疲れ」

踊り場に上がる。彼女と二人だとあまり言葉が出てこない。一応彼女くらいなら、僕の方がはっきり背が高いんだよな、などと関係ないことを考えたりした。

秋野はテストの話には乗ってこず、すっ、と階段の上を振り返った。あの上はもう屋上しかない。

「屋上」

「うん。……何かあった？」

「柳瀬さん、いるから」

「え」

もう卒業しているのに、どういうことだろう。

「私が呼び出した。来てくれたから」秋野は、僕をまっすぐに見た。「行ってきて。今すぐ」

彼女からこれほど直接に、あるいは強引に言われたことなど、これまでなかった。


「でも……」

「最後のチャンスだよ」秋野は僕の目を見る。言葉の強さのわりに、視線は静かだった。「卒業しても何かのついでにチャンスがある、とか思ってるの？　それ、甘いから。卒業生って、もう高校の方を振り返ってなんか、くれないよ。自分の新しい生活で手一杯なんだから。自分と、今、自分のまわりにいる人しか見なくなる」

聞きながら、動けなくなった。自分がなんとなく考えていた、甘いことを指摘されている。

「柳瀬さん、劇団なんでしょ？　バイトもするだろうし、まわりにいくらでも大人の人がいるよ。取られちゃうよ。すぐに」秋野の声が強くなる。「卒業したら、もう大人なんだから。同じ世界の人の方がいいに決まってるもん。高校生なんか、むこうから見たら子供だよ。大人がライバルになったら絶対、かなわない」

「秋野」

「行って。今すぐ」秋野は俯いて叫んだ。「行け！」

全身がざわついた。重力に逆らって浮き上がるような感覚がある。秋野がこんなに強く言うことなんて、滅多になかった。そうしてくれているのだ。僕のために。

「ありがとう」

階段を駆け上がり、ドアの前で振り返って秋野を見下ろす。彼女もこちらを見上げていた。もう一度言う。「ありがとう」

「私、教室にいるから。……ううん。やっぱり来なくていい」秋野は背中を向けた。「でも、もし駄目だったら、……」

最後、何を言ったのかは聞き取れなかった。だが頷いた。秋野はこちらを見ないまま、踊り場の先へ消える。僕はドアを開ける。思ったより風があるのか、ドアが押されて押し戻されそうになる。肩でぶつかり、力をこめて全開にすると、屋上は日差しで眩しいほどだった。

柵にもたれて、こちらを向いている人がいた。見慣れた制服のスカートが風ではためく。

「……柳瀬さん」

柳瀬さんは「や」と小さく手を振った。「……来てくれたか」

「びっくりしました。もう卒業式は終わったから」風に押されながら歩み寄る。「まさか制服で」

「いや、私まだ卒業してないから」

「えっ」

「そうじゃなくて。三年生は三月三十一日まで高校に在籍してるから。卒業式が終わっただけ」

当然という顔で言われ、なんとなく力が抜けた。そういえば、そうだ。

「……で、ご用件は？」

柳瀬さんが微笑（ほほえ）んで僕を見る。そうか、と思った。それならきっと、まだ間に合うのだ。

僕は言った。

「柳瀬さん。僕は……」

それから、風の吹く屋上で並んで、どれだけ話しただろうか。とにかく二人とも、よく喋った。不思議なことだが、いざ「こちら側」に来てしまうと、あらためて話したいことが次から次へと出てくるのだった。これまでさんざん話してきたことでも、すべてに違った意味があるように思えてくる。まるで初めて月の裏側に出たように、ずっと見ていたはずのこの人について、発見がたくさんあった。

風が吹いている。丘の上の校舎の屋上は見晴らしがよく、ずっと先、駅の方まで街並が見渡せた。視線を上げると濃い青の空。そこに昼間の白い月が浮かんでいる。

秋野のことが頭に浮かび、ありがとう、ともう一度、声に出さずに礼を言った。彼女がいなければ、きっと勇気が出せなかった。僕は最後の機会を逃し、ずっともやもやと後悔し続けていただろう。それにしても驚いた。まさか秋野が助けてくれるとは思わなかったし、大人しい彼女があんなに強く言うとは思わなかった。そもそも柳瀬さんとはそれほど親しくないから、呼び出すだけでもハードルが高かったはずなのだ。

あそこまで必死になってくれたのは、どうしてだろう。少しだけ疑問に思った。それに、最後に言いかけたことは何だろう。

考えれば分かる気がしたが、考えない方がいい気もした。この場にもし彼女がいたら、こちらを振り返るな——と、たぶんそう言うだろう。

春の風が吹いている。僕は目を細める。結局、最後に少しだけ謎が残ったのだ。

だが、それもまた、悪くないかもしれない。

いつか、答えを知る日が来るかもしれない。

似鳥 鶏　著作リスト

〈市立（いちりつ）高校シリーズ〉
『理由（わけ）あって冬に出る』（創元推理文庫）
『さよならの次にくる〈卒業式編〉』（創元推理文庫）
『さよならの次にくる〈新学期編〉』（創元推理文庫）
『まもなく電車が出現します』（創元推理文庫）
『いわゆる天使の文化祭』（創元推理文庫）
『昨日まで不思議の校舎』（創元推理文庫）
『家庭用事件』（創元推理文庫）
『卒業したら教室で』（創元推理文庫）本書

〈楓ヶ丘動物園シリーズ〉
『午後からはワニ日和』（文春文庫）
『ダチョウは軽車両に該当します』（文春文庫）
『迷いアルパカ拾いました』（文春文庫）

『モモンガの件はおまかせを』（文春文庫）
『七丁目まで空が象色』（文春文庫）

〈戦力外捜査官シリーズ〉
『戦力外捜査官　姫デカ・海月千波』（河出文庫）
『神様の値段』（河出文庫）
『ゼロの日に叫ぶ』（河出文庫）
『世界が終わる街』（河出文庫）
『破壊者の翼』（河出書房新社）

〈御子柴シリーズ〉
『シャーロック・ホームズの不均衡』（講談社タイガ）
『シャーロック・ホームズの十字架』（講談社タイガ）

〈喫茶プリエールシリーズ〉
『難事件カフェ』（光文社文庫）［『パティシエの秘密推理　お召し上がりは容疑者から』改題］
『難事件カフェ2　焙煎推理』（光文社文庫）

〈ノンシリーズ〉

『迫りくる自分』（光文社文庫）

『きみのために青く光る』（角川文庫）［『青藍病治療マニュアル』改題］

『レジまでの推理　本屋さんの名探偵』（光文社文庫）

『一〇一教室』（河出書房新社）

『彼女の色に届くまで』（角川文庫）

『100億人のヨリコさん』（光文社文庫）

『名探偵誕生』（実業之日本社）

『叙述トリック短編集』（講談社）

『そこにいるのに』（河出書房新社）

『育休刑事』（幻冬舎）

『目を見て話せない』（KADOKAWA）

『生まれつきの花　警視庁花人犯罪対策班』（河出書房新社）

二九六頁の問題は平成二十五年度大阪大学理学部の入試問題を引用しました。

著者紹介　1981年千葉県生まれ。2006年『理由あって冬に出る』で第16回鮎川哲也賞に佳作入選しデビュー、〈市立高校シリーズ〉として人気を博す。連続ドラマ化された〈戦力外捜査官シリーズ〉など著作多数。

検印
廃止

卒業したら教室で

2021年3月19日　初版

著者　似鳥　鶏（にたどり　けい）

発行所　(株)東京創元社
代表者　渋谷健太郎

162-0814／東京都新宿区新小川町1-5
電話　03・3268・8231-営業部
03・3268・8204-編集部
URL　http://www.tsogen.co.jp
DTP　キャップス
暁印刷・本間製本

乱丁・落丁本は、ご面倒ですが小社までご送付ください。送料小社負担にてお取替えいたします。

ISBN978-4-488-47308-2　C0193

書店の謎は書店員が解かなきゃ!

THE FILES OF BOOKSTORE SEIFUDO 1

配達あかずきん

成風堂書店事件メモ

大崎 梢

創元推理文庫

近所に住む老人から託されたという、
「いいよんさんわん」謎の探求書リスト。
コミック『あさきゆめみし』を購入後
失踪してしまった母親を、捜しに来た女性。
配達したばかりの雑誌に挟まれていた盗撮写真……。
駅ビルの六階にある書店・成風堂を舞台に、
しっかり者の書店員・杏子と、
勘の鋭いアルバイト・多絵が、さまざまな謎に取り組む。
元書店員の描く、本邦初の本格書店ミステリ！

収録作品＝パンダは囁く，標野にて　君が袖振る，
配達あかずきん，六冊目のメッセージ，
ディスプレイ・リプレイ